LE SINGE NU

D0801947

DESMOND MORRIS

Le Singe nu

TRADUIT DE L'ANGLAIS PAR JEAN ROSENTHAL

GRASSET

© Desmond Morris, 1967, et Éditions Bernard Grasset, 1968.

ISBN : 978-2-253-00305-2 - Íʳᵉ publication - LGF

REMERCIEMENTS

Ce livre est destiné au grand public ; aussi bien, et pour ne pas rompre le cours de l'exposé, n'a-t-on pas, dans le texte, cité les sources. Mais de nombreux livres et communications d'une brillante originalité ont nourri la composition de ce volume et il serait injuste de le présenter sans remercier les auteurs de leur précieux concours. A la fin du livre, j'ai donc ajouté un appendice groupant, chapitre par chapitre, les sujets traités et les principales autorités que j'ai consultées. Cet appendice est suivi d'une bibliographie sommaire donnant quelques références détaillées.

J'aimerais également exprimer ma reconnaissance aux nombreux collègues et amis qui m'ont aidé, directement ou indirectement, au cours de discussions, grâce à un échange de correspondance et de bien d'autres façons encore. Je voudrais notamment citer : le Dr Anthony Ambrose, Mr David Attenborough, le Dr David Blest, le Dr N. G. Blurton-Jones, le Dr John Bowlby, le Dr Hilda Bruce, le Dr Richard Coss, le Dr Richard Davenport, le Dr Alisdair Fraser, le Pr J.H. Fremlin, le Pr Robin Fox, la baronne Jane Van Lawick-Goodall, le Dr Fae Hall, le Pr Sir Alister Hardy, le Pr Harry Harlow, Mrs Mary Haynes, le Dr Jan Van Hooff, Sir Julian Huxley, Miss Devra Kleiman, le Dr Paul Leyhausen, le Dr Lewis Lipsitt, Mrs Caroline Loizos, le Pr Konrad Lorenz, le Dr Malcolm Lyall-Watson, le Dr Gilbert Manley, le Dr Isaac Marks, Mr Tom Maschler, le Dr Harrison Matthews, Mrs Ramona Morris, le Dr John Napier, Mrs Caroline Nicolson, le Dr Kenneth Oakley, le Dr Frances Reynolds, le Dr Vernon Reynolds, l'Honorable Miriam Rothschild, Mrs Claire Russell, le Dr W.M.S. Russel, le Dr George Schaller, le Dr John Sparks, le Dr Lionel Tiger, le Pr Niko Tinbergen, Mr Ronald Webster, le Dr Wolfgang Wickler et le Pr John Yudkin.

Je m'empresse d'ajouter que la mention d'un nom dans cette liste ne signifie pas nécessairement que la personne en question partage toujours les opinions que j'exprime dans mon ouvrage.

INTRODUCTION

Il existe cent quatre-vingt-treize espèces vivantes de singes et de gorilles. Cent quatre-vingt-douze d'entre elles sont couvertes de poils. La seule exception est un singe nu qui s'est donné le nom d'*Homo sapiens*. Cette espèce à part, qui a brillamment réussi, passe une grande partie de son temps à étudier les plus nobles mobiles de son comportement et non moins de temps à en négliger (là, elle s'acharne) les mobiles fondamentaux. Le singe nu est fier d'avoir le plus gros cerveau de tous les primates, mais il s'efforce de dissimuler le fait qu'il a aussi le plus gros pénis, préférant attribuer cet honneur au puissant gorille. Mensonge. C'est un singe qui utilise de façon intense ses possibilités vocales, qui a le sens de l'exploration poussé au plus haut point et qui vit dans une société surpeuplée : il est grand temps qu'on examine les bases de son comportement.

Je suis zoologue et le singe nu est un animal. Je me sens donc le droit d'écrire sur lui et je refuse de garder plus longtemps le silence sous prétexte que certaines de ses conduites sont assez complexes et impressionnantes. Mon excuse : en devenant érudit, l'*Homo sapiens* n'en est pas moins resté un singe nu ; en acquérant de nouveaux mobiles élevés, il n'a perdu aucun de ceux, beaucoup moins nobles, qu'il a toujours eus. Cela provoque souvent chez lui une certaine gêne mais voilà bien des millions d'années que ses instincts originaux le conduisent, les nouveaux n'ayant tout au plus que quelques milliers d'années, et il ne doit pas espérer se débarrasser avec un haussement d'épaules de l'héritage génétique qu'il a accumulé tout au long de son évolution. Ce serait un animal beaucoup moins inquiet et beaucoup plus accompli si seulement il voulait bien admettre ce fait. Là, peut-être, le zoologue peut lui venir en aide.

Une des caractéristiques les plus étranges des études qui ont choisi pour objet le comportement du singe nu, c'est qu'elles sont presque toujours passées à côté de l'évidence. Les premiers anthropologues ont couru aux antipodes pour découvrir les vérités fondamentales de notre caractère, alors que ces lointaines cultures sont en voie d'extinction. Ils en sont revenus riches d'observations stupéfiantes sur les bizarres coutumes amoureuses, les étranges systèmes de parenté ou les rites mystérieux de ces tribus et ils ont exploité ces matériaux comme s'ils étaient d'une importance vitale pour éclairer le comportement de l'espèce tout entière. Certes, les travaux de ces chercheurs sont extrêmement intéressants, mais ils ne nous ont rien appris du comportement typique du singe nu moyen. On ne peut y parvenir qu'en examinant le comportement des représentants ordinaires et évolués des grandes cultures, qui forment la majorité. Contrairement à l'opinion des anthropologues ancien style, j'affirme que les groupes tribaux vivant aujourd'hui ne sont pas primitifs ; ils sont abêtis. Voilà des millénaires qu'il n'existe plus de tribus vraiment primitives. Le singe nu est une espèce essentiellement exploratrice et une société qui n'a pas réussi à progresser a, dans une certaine mesure, « mal tourné ».

Les psychiatres et les psychanalystes, eux, ne sont pas allés si loin et se sont concentrés sur des études cliniques des spécimens de la branche principale. Toutefois, une grande partie de leurs études initiales est encore déformée par un regrettable préjugé. Les sujets sur lesquels ils ont fondé leurs communications sont toujours des spécimens anormaux ou déficients à certains égards. Ces savants nous ont donné des aperçus très importants sur la façon dont nos schémas de comportement peuvent se dérégler. Mais quand on tente d'établir la nature biologique de notre espèce prise dans son ensemble, il est inopportun de se fonder uniquement sur les premières découvertes des anthropologues et des psychiatres.

La méthode que je me propose d'utiliser dans cet ouvrage puise ses matériaux à trois sources principales : 1° les renseignements sur notre passé que nous fournissent les paléontologues et tirés de l'examen des fossiles et autres vestiges de nos lointains ancêtres ; 2° les renseignements accumulés dans les études du comportement animal que les spécialistes de l'éthologie comparée ont entreprises, notamment sur nos plus proches parents vivants, les singes et les gorilles ; et 3° les renseignements que l'on peut recueillir par l'observation directe des schémas de comportement fondamentaux, communément observés chez les spécimens de la branche principale la plus évoluée.

En raison de l'ampleur de la tâche, il sera nécessaire, dans une certaine mesure, de simplifier. Je me concentrerai surtout sur les aspects de notre vie qui ont manifestement leur contrepartie dans d'autres espèces ; j'entends par là des activités comme l'alimentation, l'hygiène corporelle, le sommeil, le combat, l'accouplement et le soin des petits. Confronté à ces problèmes fondamentaux, comment le singe nu réagit-il ? Comment comparer ses réactions à celles des autres singes ? Sur quel point particulier est-il unique et quel est le rapport entre ses singularités et le profil très spécial de son évolution ?

En traitant de ces problèmes, je cours le risque de heurter un certain nombre de gens. Certains préféreront ne pas découvrir ni contempler le côté animal de leur personne. Ils estimeront peut-être que j'ai avili notre espèce en discutant son cas en termes amicaux mais grossiers ; assurément, telle n'est pas mon intention. D'autres n'apprécieront pas cette intrusion d'un zoologue dans leur spécialité. Mais je suis convaincu que cette façon d'aborder le problème peut être fort utile et que, malgré les lacunes de ma méthode, elle ne manquera pas de jeter une lumière nouvelle (et à certains égards inattendue) sur la nature complexe de notre extraordinaire espèce.

CHAPITRE PREMIER

ORIGINES

On peut lire sur la cage d'un certain zoo le texte suivant : « Cet animal est nouveau pour la science. » Dans la cage se trouve un petit écureuil. Il a des pattes noires et vient d'Afrique. On n'avait jamais trouvé d'écureuil à pattes noires sur ce continent. On ne sait rien de lui. Il n'a pas de nom.

Pour le zoologue, c'est aussitôt un défi. Qu'est-ce qui, dans son mode de vie, a fait de lui un être unique ? En quoi diffère-t-il des trois cent soixante-six autres espèces vivantes d'écureuils déjà connues et décrites ? D'une façon ou d'une autre, à un point précis de l'évolution de la famille écureuil, les ancêtres de cet animal ont dû se séparer de leurs congénères pour constituer une population indépendante qui se reproduisait de son côté. Qu'y avait-il dans l'environnement qui a rendu possible leur isolement en tant que forme nouvelle de vie ? La nouvelle tendance a dû se manifester sous une forme modeste : un groupe d'écureuils, dans une certaine région, subit de légers changements et se trouve mieux adapté aux conditions particulières de l'endroit. A ce stade, pourtant, ils pouvaient encore se croiser avec leurs parents du voisinage. Ces écureuils d'un type nouveau possédaient un léger avantage dans la région où ils vivaient, mais ils ne constituaient rien de plus qu'un rameau de l'espèce, toujours susceptible d'être rattaché au tronc originel. Si, à mesure que le temps passait, les nouveaux écureuils étaient de mieux en mieux adaptés à leur environnement particulier, le moment finirait par arriver où il serait avantageux pour eux d'éviter tout risque de contamination avec leurs voisins. A ce stade, leur comportement social et sexuel a dû subir des modifications spécifiques, qui ont rendu les croisements avec d'autres familles d'écureuils peu probables et, finalement, impossibles. Au début, peut-être leur anatomie a-t-elle changé et leur a-t-elle permis de mieux profiter des ressources alimentaires particulières à leur secteur, mais, par la suite, les cris d'amour et les attitudes préludant à l'accouplement ont dû changer à leur tour afin de n'attirer que des partenaires de ce nouveau type. Pour finir, une nouvelle espèce aura évolué, à part et discrète, une forme unique de vie, une trois cent soixante-septième sorte d'écureuils.

Quand on regarde cet écureuil non identifié on ne peut formuler que des hypothèses. La seule certitude qu'on ait — ses pattes noires — prouve qu'il s'agit d'une forme nouvelle. Mais ce ne sont là que les symptômes — comme l'éruption qui donne au médecin un indice sur la maladie de son patient. Pour vraiment comprendre cette espèce nouvelle, ces indices ne sont qu'un point de départ. Nous allons commencer humblement par lui donner un nom simple et clair : nous l'appellerons l'Ecureuil d'Afrique à pattes noires. Il nous faut ensuite noter tous les aspects de son comportement et de sa structure pour voir en quoi il diffère des autres écureuils. Ainsi, petit à petit, nous pourrons reconstituer son histoire.

Mais nous avons le grand avantage de n'être pas nous-mêmes des écureuils à pattes noires, évidence qui nous impose l'attitude d'humilité qui convient au chercheur digne de ce nom. Il n'en va pas de même, hélas ! lorsque nous tentons d'étudier l'animal humain ! Même pour le zoologue, qui a l'habitude d'appeler un chat un chat, il est difficile d'éviter l'arrogance du préjugé subjectif. Le seul moyen de surmonter l'obstacle, c'est de considérer délibérément l'être humain comme s'il appartenait à une autre espèce qui nous serait étrangère.

On peut, alors, commencer par comparer l'homme à d'autres espèces, auxquelles il semble s'apparenter étroitement. D'après ses dents, ses mains, ses yeux, et diverses autres caractéristiques anatomiques, c'est manifestement un primate, mais d'une sorte très bizarre. Cette bizarrerie devient évidente lorsqu'on étale en une longue rangée les peaux de cent quatre-vingt-douze espèces vivantes de singes et qu'on essaie alors d'insérer une peau humaine dans cette collection. Où qu'on la mette, elle paraît déplacée. On finit par la disposer tout au bout de la rangée, auprès de la dépouille des grands singes sans queue, comme le chimpanzé et le gorille. Mais, même là, les différences nous frappent. Les jambes sont trop longues, les bras trop courts et les pieds, assez curieux. De toute évidence, cette espèce de primate a mis au point un mode de locomotion particulier, qui a modifié sa forme primitive. Autre caractéristique, qui ne frappe pas moins : cette peau est pratiquement nue. A part les touffes de poils sur la tête, sous les aisselles et autour des organes génitaux, la surface de la peau est tout

13

entière exposée. Quand on la compare aux différentes espèces de primates, le contraste est spectaculaire. Certaines espèces de singes et de gorilles ont bien de petites plaques de peau nue sur l'arrière-train, le visage ou la poitrine, mais il n'y a rien, chez aucune des cent quatre-vingt-douze autres espèces, qui approche l'aspect physique de l'homme. Dès lors, et sans pousser plus loin les recherches, il est raisonnable de qualifier cette nouvelle espèce de « Singe nu ». C'est un nom simple, descriptif, résultant d'une observation qui n'implique aucune hypothèse particulière. Cela nous aidera peut-être à conserver un certain sens des proportions et à préserver notre objectivité.

Le zoologue doit ensuite établir des comparaisons. Où donc la nudité fait-elle prime ailleurs ? Un rapide examen de toute la gamme des mammifères vivants ne tarde pas à montrer qu'ils sont remarquablement attachés à la fourrure qui les protège et que, sur les quatre mille deux cent trente-sept espèces existantes, rares sont celles qui ont jugé bon de l'abandonner. Un épais manteau de poil isolant joue en effet un rôle capital pour empêcher la déperdition de chaleur. Sous un soleil intense, il empêche également l'échauffement et les dommages causés à la peau par l'exposition directe aux rayons solaires. Il a donc fallu qu'une raison très impérieuse soit à l'origine de cette disparition du poil. A quelques exceptions près, cette mesure draconienne n'a été prise que quand des mammifères se sont lancés dans un milieu totalement nouveau. Les mammifères volants, les chauves-souris, ont dû dénuder leurs ailes mais ils ont conservé ailleurs leur pelage et ne peuvent guère être catalogués comme des espèces nues. Les mammifères aquatiques, baleines, dauphins, marsouins, lamantins et hippopotames, se sont, eux aussi, dénudés selon leur tendance générale à acquérir une ligne plus profilée. Mais pour tous les mammifères plus caractéristiques qui vivent à la surface, qu'ils gambadent sur le sol ou qu'ils grimpent dans les arbres, un pelage serré est la règle générale. A part ces géants anormalement lourds que sont les rhinocéros et les éléphants (lesquels ont des problèmes de chauffage et de refroidissement qui leur sont propres), le singe nu est seul dans son cas, séparé par sa nudité des milliers d'espèces de mammifères terrestres, poilues, velues ou à fourrure.

Le zoologue en conclut que le singe est un mammifère fouisseur ou aquatique, à moins qu'il ne se soit produit quelque chose de bizarre, voire d'unique dans l'histoire de son évolution. Il faut par conséquent fouiller son passé, pour examiner le plus attentivement possible ses ancêtres immédiats.

Nous nous contenterons de résumer les conclusions des paléontologues et des ethnologues.

Le groupe des primates auquel appartient le singe nu, est issu, à l'origine, d'une famille d'insectivores primitifs. Ces premiers mammifères étaient de petites créatures insignifiantes, qui trottinaient nerveusement à l'abri des forêts, pendant que les reptiles régnaient, en souverains, sur le monde animal. Il y a cinquante à quatre-vingts millions d'années, après l'effondrement des grands reptiles, ces petits mangeurs d'insectes commencèrent à s'aventurer sur de nouveaux territoires. Ils s'y répandirent et prirent de nombreuses formes étranges. Les uns devinrent herbivores et s'enfouirent sous le sol, par besoin de sécurité, ou bien de longues pattes leur poussèrent, comme des échasses, qui leur permirent d'échapper à leurs ennemis. Les autres devinrent des tueurs à

15

longues griffes et aux dents acérées. Bien que les grands reptiles eussent abdiqué et quitté la scène, le terrain découvert redevint un champ de bataille.

Cependant, dans les sous-bois, de petites pattes se cramponnaient encore à la sécurité de la végétation forestière. Là aussi on faisait des progrès. Les premiers insectivores commençaient à élargir leur régime et à maîtriser les problèmes digestifs que leur posait un goût prononcé pour les fruits, les noix, les baies, les bourgeons et les feuilles. A mesure qu'ils évoluaient vers les formes intérieures des primates, leur vision s'améliorait, les yeux se déplaçant vers le devant de la face et les mains devenant des ustensiles à saisir la nourriture. Doués d'une vision à trois dimensions, de membres capables de manipulation et d'un cerveau qui se développait lentement, ils en arrivèrent à dominer de plus en plus leur monde arboricole.

Il y a entre vingt-cinq et trente-cinq millions d'années, ces pré-singes avaient déjà commencé d'évoluer en singes proprement dits. Ils commençaient à avoir de longues queues, qui faisaient contrepoids et leur taille se développait considérablement. Certains étaient en passe de devenir des spécialistes mangeurs de feuilles, mais la plupart avaient un régime étendu et varié. A mesure que le temps passait, certaines de ces créatures simiesques se faisaient plus grandes et plus lourdes. Au lieu de trottiner et de bondir, elles se mirent à se balancer en utilisant leurs mains, l'une après l'autre, pour s'accrocher aux branches. Leur queue devint inutile. Leur taille, tout en les rendant moins agiles dans les arbres, les incitait à des sorties au niveau du sol.

Déjà, à ce stade — à la phase du singe — tout les encourageait à se cantonner dans le luxuriant confort et la vie facile de leur forêt d'Eden. Des millions d'années de développement s'étaient passées à perfectionner cette aristocratie forestière, et s'ils sortaient maintenant de leur domaine, il leur faudrait lutter avec les herbivores et les tueurs terrestres, à présent hautement développés. Ils restèrent donc là, à mâchonner leurs fruits et à vaquer tranquillement à leurs occupations.

Il convient de noter que cette tendance, pour une raison inconnue, ne se manifestait que dans le Vieux Monde. Les singes avaient évolué séparément comme des animaux arboricoles avancés, aussi bien dans le Vieux Monde que dans le Nouveau, mais la branche américaine des primates n'est jamais parvenue au stade des grands singes. Dans le Vieux Monde, en revanche, les grands singes ancestraux occupaient une vaste zone forestière allant de l'Afrique occidentale au Sud-Est asiatique. On peut voir aujourd'hui les vestiges de ce développement chez les chimpanzés et les gorilles d'Afrique et chez les gibbons et les orangs-outans d'Asie. Entre ces deux extrémités, le monde ne compte plus aujourd'hui de singes velus. Les forêts luxuriantes ont disparu.

Qu'est-il advenu des grands singes primitifs ? On sait que le climat a commencé à travailler contre eux il y a environ quinze millions d'années ; leurs bastions forestiers s'en sont trouvés sérieusement réduits. Un dilemme se posait donc aux grands singes ancestraux : se cramponner à ce qui restait de leur ancienne forêt, ou affronter l'expulsion du Jardin d'Eden. Les ancêtres des chimpanzés, des gorilles, des gibbons et des orangs-outans sont restés sur place et leur nombre n'a depuis lors cessé de diminuer lentement. Les ancêtres du seul singe survivant — le singe nu — sont partis. Ils ont quitté les forêts pour affronter les animaux vivant en terrain découvert et déjà fort bien adaptés. C'était une entreprise risquée, mais si on se place sur le plan de la réussite dans l'évolution, elle fut largement bénéficiaire.

La suite est bien connue, mais un bref résumé ne sera pas inutile.

Dans ce nouveau milieu, nos ancêtres voyaient s'ouvrir devant eux des perspectives peu riantes. Il leur fallait devenir de meilleurs tueurs que les carnivores installés ou de meilleurs brouteurs que les herbivores déjà en place. Au lieu de tendre, avec nonchalance, le bras pour cueillir au bout de la branche un beau fruit mûr, le singe en quête de légumes au niveau du sol était contraint de gratter et de fouiller péniblement la terre dure, pour en extraire sa précieuse nourriture.

Cependant, son régime antérieur n'était pas entièrement à base de fruits et de noix. Les protéines animales avaient, à n'en pas douter, une grande importance pour le singe. Après tout, il était issu d'une vieille souche insectivore et son ancien habitat dans les arbres avait toujours abrité une riche faune d'insectes. Des coléoptères juteux, des œufs, de jeunes couvées sans défense, des rainettes et des petits reptiles, tout cela entrait dans son menu. Qui plus est, ce régime ne posait pas de graves problèmes à son système digestif, passablement bien adapté. Quand il descendit sur le sol, cette source de ravitaillement existait en abondance et rien ne l'empêchait de développer cette partie du régime. Au début, il n'était pas de taille à lutter avec le tueur professionnel du monde carnivore. Même une petite mangouste, pour ne pas parler d'un grand félin, s'y prenait mieux que lui. Mais il y avait de jeunes animaux de toutes sortes, sans défense ou malades, faciles

18

à prendre et le premier pas sur la route du régime principalement carnivore ne fut pas difficile.

Contrairement à ce qu'on imagine d'ordinaire, les grands singes terrestres possédaient déjà un grand cerveau hautement développé. Ils avaient de bons yeux et des mains qui savaient empoigner. Puisque c'étaient des primates, ils avaient, bien entendu, un certain niveau d'organisation sociale. Pressés par les cironstances d'améliorer leurs exploits de carnassiers, ils ne tardèrent pas à subir des modifications profondes. Ils devinrent des animaux plus verticaux — et par là même de meilleurs coureurs. Leurs mains, libérées des servitudes de la locomotion, se transformèrent en porte-armes robustes et efficaces. Leur cerveau se fit plus complet et ils se découvrirent des animaux plus intelligents, plus vifs, plus prompts à prendre des décisions. Ces phénomènes ne se suivirent pas dans une succession déterminée ; ils s'épanouirent ensemble, d'infimes progrès se faisant d'abord dans un domaine puis dans un autre, chacun pressant le développement de l'autre. Un singe chasseur, un singe tueur était en voie d'apparaître.

On pourrait avancer que l'évolution aurait dû favoriser de façon moins spectaculaire le développement d'un tueur plutôt apparenté au félin ou au chien, une sorte de singe-chat ou de singe-chien, en se contentant simplement de développer les dents et les ongles pour en faire des crocs et des griffes redoutables. Mais cette évolution aurait mis le singe terrestre en concurrence directe avec les tueurs déjà hautement spécialisés de la famille des félins et des chiens. Elle aurait provoqué une concurrence avec eux sur leur terrain et le résultat aurait sans nul doute été désastreux pour les primates en question. Il se peut, d'ailleurs, que la tentative ait été faite et qu'elle se soit soldée par un échec si sanglant qu'on n'en a même pas retrouvé trace. Au lieu de cela, on a tenté une approche entièrement nouvelle, en utilisant les armes artificielles au lieu d'armes naturelles, et ce fut la réussite.

L'étape suivante a consisté à passer de l'utilisation à la fabrication des outils, et ce développement s'est accompagné d'une amélioration des techniques de chasse, non seulement en ce qui concerne les armes, mais aussi dans le domaine de la coopération sociale. Les singes chasseurs opérant en meute parvinrent à mettre au point des manœuvres de plus en plus complexes. Tandis que leur cerveau connaissait un développement constant.

Toutefois pour l'essentiel, il s'agissait d'un groupe de chasse composé de mâles. Les femelles étaient trop occupées à élever les petits pour pouvoir jouer un rôle important dans la poursuite et la capture du gibier. A mesure qu'augmentait la complexité de la chasse et que les raids se prolongeaient, il devint indispensable au singe chasseur de renoncer à la vie errante et nomade de ses ancêtres. Il fallait une base, un endroit où revenir avec les dépouilles, où les femelles et les petits attendraient et pourraient partager la nourriture. Cette étape, comme on le verra dans les chapitres suivants, a eu de profonds effets sur le comportement des singes nus contemporains et même sur les plus sophistiqués d'entre eux.

Le singe chasseur devint donc un singe territorial. Tous ses schémas de comportement dans le domaine sexuel, familial et social, commencèrent à en être affectés. Il avait à présent des responsabilités. Il se mit à s'intéresser à l'équivalent préhistorique des machines à laver et des réfrigérateurs. Il commença à mettre au point ce qui fait le confort du foyer : le feu, le stockage des provisions, l'aménagement d'abris artificiels. Mais nous sortons là du domaine de la biologie pour pénétrer dans celui de la culture.

Il convient de répéter ici que, dans ce livre, nous ne nous intéressons pas aux explosions culturelles massives qui ont suivi, et dont le singe nu d'aujourd'hui est si fier : la progression spectaculaire qui, en un petit demi-million d'années, l'a amené de la production du feu à la production d'un engin spatial. C'est une histoire passionnante, mais le singe nu court le risque d'être ébloui par tout cela et d'oublier que, sous le vernis de surface, il est encore essentiellement un primate. (« Un singe est un singe, un valet est un valet, même s'ils sont vêtus de soie ou de pourpre. ») Même un singe de l'espace doit uriner.

Si on accepte l'histoire de notre évolution telle qu'elle vient d'être exposée ici, un fait, dès lors, ressort clairement : nous avons émergé essentiellement en tant que primate carnassier. Parmi les divers singes et gorilles qui existent aujourd'hui, ce phénomène fait de nous une espèce unique, mais on a déjà vu dans d'autres groupes d'importantes conversions de ce genre. Le panda géant, par exemple, est un cas parfait du processus inverse. Alors que nous sommes des végétariens devenus carnivores, le panda est un carnivore devenu végétarien et, comme nous, c'est à bien des égards une créature extraordinaire, voire unique. Il faut noter qu'une modification aussi importante produit un animal à la personnalité double. Une fois passé le seuil, il plonge dans son nouveau rôle avec une grande énergie évolutionnaire, à telle enseigne qu'il emporte avec lui un grand nombre de ses traits d'autrefois. Il ne s'est pas écoulé assez de temps pour qu'il rejette toutes ses caractéristiques précédentes alors qu'il revêt précipitamment les nouvelles. Quand les poissons jadis ont commencé à conquérir la terre ferme, leurs nouveaux attributs terrestres se sont rapidement développés pendant qu'ils continuaient à traîner avec eux leurs anciens attributs aquatiques. Il faut des millions d'années pour mettre au point un modèle d'animal radicalement nouveau, et les pionniers sont, en général, de bien curieux mélanges. Tel est le cas du singe nu. Son corps et son mode de vie étaient adaptés à une existence en forêt et voilà que brusquement (brusquement en termes d'évolution) il est jeté dans un monde où il ne peut survivre que s'il se met à vivre comme un loup débrouillard et s'il est capable d'accumuler des armes. Il nous faut examiner, maintenant, dans quelle mesure précise ces coups du sort ont affecté son corps, et surtout son comportement ; modification dont nous sentons encore aujourd'hui l'influence.

Pour mieux le comprendre on peut comparer la structure et le mode de vie d'un « pur » primate cueilleur de fruits avec ceux d'un « pur » carnivore.

Les plus brillantes étoiles dans la galaxie des carnivores sont, d'une part les grands chiens et les loups, de l'autre les grands félins : lions, tigres et autres léopards. Ils sont magnifiquement équipés d'organes sensoriels d'une délicate perfection. Leur sens de l'ouïe est aigu et leurs oreilles mobiles peuvent capter les bruissements ou les reniflements les plus légers. Leurs yeux, s'ils discernent mal le détail et la couleur, réagissent de façon incroyable au plus infime mouvement. Leur sens de l'odorat est si développé qu'il nous est difficile de le concevoir. Ils doivent être capables d'explorer un véritable paysage d'odeurs. Non seulement ils peuvent déceler une odeur donnée avec une précision sans défaut, mais aussi en séparer les divers composants. Des expériences effectuées sur des chiens, en 1953, ont montré que leur sens de l'odorat était entre un million et un milliard de fois plus précis que le nôtre. On a contesté depuis ces résultats stupéfiants, mais selon les estimations les plus prudentes, le sens olfactif du chien serait au moins supérieur au nôtre d'environ cent fois.

Outre cet équipement sensoriel remarquable, les loups et les grands félins ont un physique extra-ordinairement athlétique. Les félins sont des sprinters rapides comme l'éclair, et les chiens des coureurs de fond extraordinaires. Lors de la mise à mort, ils peuvent faire agir des mâchoires puissantes, des crocs aigus et solides et, dans le cas des grands félins, des membres antérieurs puissamment musclés et armés d'énormes griffes, pointues comme des dagues.

Pour ces animaux, l'acte de tuer est devenu un but en soi, une façon de s'accomplir. Il est vrai qu'on ne les voit guère tuer gratuitement, par pur gaspillage, mais si on nourrit des carnivores captifs avec de la viande, et non avec des animaux vivants, il est clair que leur besoin de chasser est loin d'être satisfait. Chaque fois que son maître emmène un chien domestique se promener ou qu'il lui lance un bâton que le toutou doit rapporter, cette course comble son besoin fondamental de chasser, mieux que toutes les boîtes de pâtée. Même le chat le plus obèse a besoin d'une promenade nocturne, qui lui offrira la possibilité de bondir sur un oiseau sans méfiance.

Le système digestif des carnivores est conçu pour accepter des périodes de jeûne relativement longues, suivies de repas plantureux. (Un loup, par exemple, peut absorber en une seule fois un cinquième de son poids total : l'équivalent d'un steak de quinze à vingt kilos pour vous et moi.) Leur alimentation a une haute valeur nutritive et il y a très peu de déchets. Leurs excréments, toutefois, sont sales et malodorants et la défécation s'accompagne de comportements particuliers. Dans certains cas, ils enterrent leurs excréments avec beaucoup de soin ; dans d'autres, le loup va toujours se libérer l'intestin à une distance considérable de sa base. Et quand les louveteaux souillent la tanière, la mère dévore les selles des petits pour maintenir la propreté du repaire. Les périodes d'intense activité alternent avec des périodes de grande paresse et de détente. Mais, dans les rapports « sociaux », les armes redoutables dont sont dotés les carnivores constituent une menace latente dans le cas de la moindre querelle. Si deux loups ou deux lions se fâchent, ils sont tous deux si puissamment armés qu'un combat pourrait fort bien s'achever, en quelques secondes, par la mutilation ou par la mort. Cela risquerait de compromettre gravement la survie de l'espèce et, à mesure que le redoutable arsenal des carnassiers se perfectionnait, ils ont également acquis de puissantes inhibitions, qui les empêchent d'utiliser leurs armes contre des membres de leur propre espèce. Ces inhibitions semblent avoir une base spécifiquement génétique : elles n'ont pas à être apprises. Des postures particulières de soumission ont été élaborées, qui apaisent automatiquement un animal dominateur et l'empêchent d'attaquer. La possession de ces signaux est un élément essentiel du mode de vie des « purs » carnivores.

Les méthodes de chasse varient d'une espèce à l'autre. Le léopard traque en solitaire d'affût en affût et bondit à la dernière minute. Le guépard rôde longuement en quête de sa proie avant de fondre sur elle à toute vitesse. Le lion chasse généralement en groupe, l'un d'eux rabattant la proie affolée vers les autres qui se cachent pour l'attendre. La meute de loups entreprend parfois une manœuvre d'encerclement, suivie d'une tuerie massive. Les meutes de chiens sauvages d'Afrique pratiquent d'ordinaire une poursuite impitoyable, chaque chien prenant le relais de l'autre jusqu'au terme de la chasse.

On sait que le partage de la nourriture se pratique chez un grand nombre d'espèces. Bien sûr, dans le cas d'une tuerie massive, il y a assez de viande pour tout le groupe et on observe peu de chamailleries, mais dans certains cas le partage va plus loin. Les chiens chasseurs d'Afrique, par exemple, se régurgitent de la nourriture une fois la chasse terminée. Il leur arrive de développer cette pratique à un point tel que l'on a pu parler d'« estomac communal ».

Les carnivores qui ont avec eux des jeunes se donnent beaucoup de mal pour fournir de la nourriture à leurs petits. Les lionnes chassent et rapportent de la viande jusqu'à l'antre, ou bien en avalent de grands quartiers pour les régurgiter ensuite à leurs lionceaux. On a parfois observé des lions qui les aidaient dans cette opération, mais la pratique ne semble pas courante. On a vu, en revanche, des loups accomplir des trajets de vingt-cinq kilomètres afin de trouver à manger pour leur femelle et leurs petits.

Voilà donc certaines caractéristiques des carnivores concernant leurs habitudes de chasse. Comment les comparer avec le mode de vie des singes et des gorilles, frugivores ?

Chez les primates supérieurs le sens de la vue domine nettement celui de l'odorat. Dans leur monde arboricole, bien voir est beaucoup plus important que bien sentir, et le museau a considérablement diminué de taille, ce qui donne aux yeux un bien meilleur champ de vision. Dans la recherche de la nourriture, les couleurs des fruits sont des indices précieux et, contrairement aux carnivores, les primates ont acquis une bonne vision des couleurs. Leurs yeux sont également mieux équipés pour repérer les détails statiques. Or, leur nourriture est statique et déceler d'infimes mouvements est moins important que reconnaître de subtiles différences de formes et de texture. L'ouïe est importante, mais beaucoup moins que pour les carnassiers qui chassent, et leurs oreilles extérieures sont plus petites et n'ont pas la mobilité de celles des carnivores. Le sens du goût est plus raffiné, le régime plus varié et plus riche en saveurs diverses. Il y a notamment une forte réaction positive aux denrées sucrées.

Le physique du primate convient à l'ascension et à l'escalade ; il n'est pas fait pour la course rapide en terrain plat, ni pour des exploits d'endurance. Il possède le corps agile d'un acrobate plutôt que la robuste charpente d'un athlète. Ses mains sont bonnes pour saisir, non pour déchirer ou pour frapper. Ses mâchoires et ses dents sont raisonnablement fortes ; rien de comparable au formidable appareil à pincer et à broyer des carnivores. Tuer de temps en temps de petites proies insignifiantes n'exige pas d'effort géant, et n'est pas, en fait, un élément fondamental de sa vie.

L'alimentation s'étale sur la plus grande partie de la journée. Au lieu de grands repas gargantuesques suivis de longs jeûnes, les singes et les gorilles mâchonnent sans cesse : c'est un constant grignotage. Il y a, bien sûr, des périodes de repos, généralement au milieu du jour et pendant la nuit, mais le contraste est néanmoins frappant. La nourriture est toujours là, attendant qu'on la cueille et qu'on la mange. Pour se nourrir les animaux n'ont qu'à se déplacer selon que leurs goûts changent ou que varie la saison de tel ou tel fruit. On n'observe aucun « stockage » de nourriture sauf, de façon très provisoire, dans les bajoues de certains singes.

Leurs excréments sont moins malodorants que ceux des carnivores et ils n'ont adopté aucun comportement particulier pour s'en débarrasser, puisqu'ils tombent des arbres, loin d'eux. Et comme ils se déplacent sans cesse, il est rare qu'ils infectent une zone particulière. Même les grands singes qui gîtent dans les arbres pour dormir, changent de litière et de site chaque nuit, si bien qu'ils n'ont guère à se préoccuper de l'hygiène de leur abri temporaire. (Il est tout de même assez surprenant de découvrir que 99 % des gîtes de gorilles abandonnés, dans une région d'Afrique, étaient souillés de crottes et que les animaux avaient bel et bien dormi dessus. Voilà qui constitue une remarquable illustration du profond manque d'intérêt des primates en ce qui concerne leurs excréments.)

En raison de la nature statique et de l'abondance de la nourriture, le groupe de primates n'a pas besoin de se scinder pour partir à sa recherche. Ils peuvent se déplacer, fuir, se reposer et dormir ensemble dans une étroite communauté, chacun d'eux gardant un œil sur les mouvements et les actions de tous les autres. C'est une façon de vivre très peu carnivore. Même chez les espèces de primates qui se divisent parfois en petits groupes, ces unités ne se composent jamais d'individus isolés. Un singe ou un gorille solitaire est une créature vulnérable. Il ne possède pas les puissantes armes naturelles du carnivore, et serait une proie facile pour les tueurs qui rôdent.

L'esprit de coopération que l'on observe chez les animaux qui chassent en meute, comme les loups, n'existe guère dans le monde des primates. Pour eux c'est l'esprit de compétition et de domination qui règne. La rivalité dans la hiérarchie sociale existe, bien sûr, chez les loups comme chez les primates, mais dans le cas des singes et des gorilles, il est tempéré par l'action coopérative. Ils n'ont pas besoin toutefois d'exécuter des manœuvres compliquées et coordonnées pour se nourrir. Le primate vit dans l'instant, au jour le jour.

Comme ses réserves alimentaires sont proches et n'attendent que d'être cueillies, il n'a pas à parcourir de grandes distances. On a soigneusement étudié des groupes de gorilles sauvages, les plus grands des primates vivants, et l'on a suivi leurs déplacements ; on sait donc aujourd'hui qu'ils parcourent en moyenne un peu plus de cinq cents mètres par jour. Parfois ils ne se déplacent que de quelques dizaines de mètres. Les carnivores, au contraire, doivent fréquemment parcourir des kilomètres en une seule expédition de chasse. On les a vus, dans certains cas, chasser sur plus de quatre-vingts kilomètres, et mettre plusieurs jours à regagner leur base. Ce retour à une base fixe est beaucoup moins commun chez les singes. Certes, un groupe de primates vit dans un secteur assez nettement déterminé, mais le soir, il s'installera volontiers pour la nuit là où l'auront mené ses vagabondages de la journée. Il en vient à connaître la région dans laquelle il vit, car c'est là qu'il déambule sans cesse, mais il aura tendance à utiliser ce secteur au petit bonheur. De même, les rapports entre deux bandes seront moins défensifs et moins agressifs que dans le cas des carnivores. Un territoire est, par définition, un secteur défendu et les primates ne sont donc pas — c'est là une de leurs caractéristiques — des animaux territoriaux.

Un point mineur, mais qu'il convient de noter ici, c'est que les carnivores ont des puces, mais que les primates n'en ont pas. Les singes sont harcelés par les poux et par divers autres parasites externes mais, contrairement à l'opinion admise, ils n'ont absolument pas de puces. Pour le comprendre, il est nécessaire d'examiner le cycle de la vie de la puce. Cet insecte pond des œufs, non pas sur le corps de son hôte, mais parmi les détritus dans le gîte de sa victime. Les œufs mettent trois jours pour éclore et donner de petits vers. Ces larves ne se nourrissent pas de sang, mais des déchets qui se sont accumulés dans l'antre ou la tanière. Au bout de deux semaines, elles filent un cocon et une chrysalide se forme. Elles demeurent dans cet état d'assoupissement pendant environ deux semaines encore avant d'en émerger adultes, prêtes à sauter sur le corps de l'hôte qui leur conviendra. Ainsi, pendant le premier mois de son existence, la puce mène une vie indépendante. On comprend dès lors pourquoi un mammifère nomade, comme le singe, n'en est pas importuné. Même si quelques puces égarées s'aventurent sur l'un d'eux et s'accouplent avec succès, leurs œufs resteront sur place quand le groupe de primates se déplacera et, lorsque les nymphes sortiront de leurs cocons, il n'y aura pas d'hôte « à la maison » pour que leurs relations se poursuivent. Les puces ne sont donc parasites que pour les animaux qui ont une base fixe, comme les vrais carnivores. L'importance de ce point va bientôt apparaître.

En opposant les modes de vie des carnivores et des primates, je me suis naturellement attaché, d'une part aux chasseurs en terrain découvert, d'autre part aux cueilleurs de fruits arboricoles. Il existe, bien sûr, quelques exceptions à la règle, mais il nous faut à présent étudier la plus importante : celle du singe nu. Dans quelle mesure a-t-il pu se modifier, combiner son héritage frugivore à son régime carnivore récemment adopté ? Quel genre d'animal exactement cette combinaison l'a-t-elle fait devenir ?

Tout d'abord, il n'avait pas le genre d'équipement sensoriel nécessaire pour la vie au sol. Son odorat était trop faible et son ouïe pas assez fine. Son physique ne convenait absolument pas aux rudes épreuves d'endurance et aux sprints foudroyants. Par nature, il avait plus le sens de la compétition que de la coopération et n'était sans doute pas doué pour faire des plans ni pour se concentrer. Mais, par bonheur, il avait un remarquable cerveau, déjà plus brillant au niveau de l'intelligence générale que celui de ses rivaux carnivores. En amenant son corps à la position verticale, en modifiant ses mains d'une façon et ses pieds d'une autre, et en améliorant encore davantage son cerveau et en l'utilisant à fond, il avait une chance.

Comme la bataille devait être gagnée par le cerveau plutôt que par le muscle, il fallait prendre une mesure d'évolution dramatique pour que se trouvât grandement augmentée sa puissance cérébrale. Ce qui s'est produit a été assez curieux. Le singe chasseur est devenu un singe infantile. Ce n'est pas la première fois qu'on voit l'évolution recourir à ce subterfuge ; on l'a observé dans un certain nombre de cas très divers. Pour exprimer les choses très simplement, c'est un processus (appelé néoténie) grâce auquel certains caractères juvéniles ou infantiles persistent à l'état adulte. (L'exemple le plus connu est celui de l'axolotl, une sorte de salamandre, qui peut demeurer un têtard toute sa vie et qui est capable de se reproduire dans cet état.)

On comprendra mieux la façon dont ce processus de néoténie aide le cerveau du primate à grandir et à se développer si l'on considère l'enfant à naître d'un singe caractéristique. Avant la naissance, le cerveau du fœtus de singe se développe rapidement. Quand l'animal vient au monde, son cerveau atteint déjà 70 % de sa taille définitive, et sa croissance est achevée dans les six premiers mois de la vie. Même un jeune chimpanzé achève sa croissance cérébrale dans les douze mois qui suivent la naissance. Notre espèce, au contraire, possède à la naissance un cerveau qui n'a que 23 % de sa taille adulte. Une rapide croissance se poursuit dans les six ans qui suivent la naissance, mais le développement ne s'achève que vers la vingt-troisième année.

Donc, pour vous et moi, la croissance cérébrale se poursuit encore une dizaine d'années *après* la maturité sexuelle, mais pour le chimpanzé elle s'achève six ou sept ans *avant* que l'animal ne devienne apte à la reproduction. Voilà qui explique très clairement ce que l'on entend quand on dit que nous sommes devenus des singes infantiles ; encore faut-il préciser cette notion. Nous (ou plutôt, nos ancêtres les singes chasseurs) sommes devenus infantiles sur certains points, mais pas sur d'autres. Les taux respectifs de développement de nos diverses qualités se sont désynchronisés : alors que notre système de reproduction allait de l'avant, notre croissance cérébrale traînait. Il en allait ainsi dans divers autres domaines, certains aspects de notre développement se trouvant plus ou moins ralentis. Le cerveau ne fut pas la seule partie du corps affectée : l'attitude corporelle se trouva également influencée. Un mammifère, avant de venir au monde, a l'axe de la tête perpendiculaire au tronc. S'il naissait ainsi sa tête serait braquée vers le sol lorsqu'il se déplace à quatre pattes, mais avant la naissance, sa tête pivote vers l'arrière, si bien que son axe se trouve aligné sur celui du tronc. Ainsi, quand il vient au monde et qu'il se met à marcher, sa tête est braquée vers l'avant comme il convient. Si un tel animal se mettait à marcher sur ses pattes de derrière dans une position verticale, sa tête serait braquée vers le ciel. Pour un animal vertical comme le singe chasseur, il est donc important de conserver l'angle fœtal et c'est, bien sûr, ce qui s'est passé. Là encore, il s'agit d'un exemple de néoténie, le caractère pré-natal persistant dans la vie post-natale et adulte.

On peut expliquer ainsi de nombreux autres caractères physiques particuliers du singe chasseur. Le cou long et mince, le visage plat, la petitesse des dents et leur apparition tardive, l'absence de lourdes arcades sourcilières et la non-rotation du gros orteil.

Le fait que tant de caractères embryonnaires séparés aient été de nature à aider le singe chasseur dans son nouveau rôle a représenté dans son évolution la chance dont il avait besoin. En un seul coup de néoténie, si j'ose dire, il a pu acquérir tout à la fois le cerveau qu'il lui fallait et le corps qui l'accompagnait. Il a pu courir verticalement, avec ses mains libres pour manier des armes, et en même temps il a gagné un cerveau capable de créer ces armes. Mieux encore, non seulement il est devenu plus habile à manipuler les objets, mais il a eu également une enfance plus longue, durant laquelle il pouvait profiter de l'enseignement de ses parents et des autres adultes. Les bébés singes et les jeunes chimpanzés sont joueurs, curieux et inventifs, mais cette phase ne dure guère. L'enfance du singe nu, à cet égard, se prolonge jusqu'à la période de sa vie où il est sexuellement adulte. Le temps ne manque pas, dès lors, pour imiter et pour apprendre les techniques particulières conçues par les générations précédentes. Sa faiblesse en tant que chasseur est plus que compensée par son intelligence et ses dons d'imitation. Il est à même de profiter, comme aucun animal ne l'a encore jamais fait, des leçons de ses parents.

Mais l'enseignement n'a pas suffi. Une aide génétique était nécessaire et des changements biologiques fondamentaux dans la nature du singe chasseur devaient accompagner ce processus.

Outre qu'il est devenu un tueur, le singe chasseur a dû modifier la chronologie de son comportement alimentaire. Plus question de grignotages occasionnels : il fallait de grands repas espacés. On a commencé à pratiquer le « stockage » de nourriture. Il a fallu intégrer au système de comportement une tendance à revenir à une base fixe. Il a fallu améliorer le sens de l'orientation. La défécation a dû devenir un mode de comportement organisé dans l'espace, une activité privée (caractéristique des carnivores) et non plus communale (caractéristique des primates).

J'ai précisé plus haut que l'un des résultats de la base fixe, c'est qu'elle ne vous met pas à l'abri de parasites tels que les puces. J'ai dit également que les carnivores ont des puces, mais pas les primates. Si le singe chasseur était le seul parmi les primates à avoir une base fixe, on peut penser qu'il avait également des puces, et cela semble assurément le cas. On sait qu'aujourd'hui nous sommes parasités par ces insectes et que nous avons notre propre espèce de puces — qui a évolué avec nous. Si elle en a eu le temps cela prouve qu'elle nous accompagne depuis assez de millénaires pour avoir déjà importuné les premiers singes chasseurs.

Dans le domaine social, le singe chasseur a dû accroître son besoin de communiquer et de coopérer avec ses semblables. Les expressions faciales et vocales sont devenues plus compliquées. Avec des armes nouvelles à manier, il a dû mettre au point des signaux impératifs susceptibles d'arrêter les attaques à l'intérieur du groupe social. D'autre part, avec une base fixe à défendre, il a dû acquérir des réactions agressives plus énergiques envers les membres des groupes rivaux.

En raison des exigences de son nouveau mode de vie, il a dû maîtriser son puissant instinct de primate à ne jamais quitter le gros du groupe.

Dans le cadre de son nouvel esprit de coopération et en raison du caractère erratique des ressources alimentaires, il a été obligé de partager sa nourriture. Comme les loups cités plus haut, les mâles chez les singes chasseurs ont dû rapporter à la base des provisions pour les femelles nourricières et pour leurs petits qui grandissaient lentement. Un comportement paternel de cette sorte a dû être une nouveauté, car c'est une règle générale chez les primates que pratiquement toutes les attentions des parents viennent de la mère. (Seul un primate évolué, comme notre singe chasseur, connaît son père.)

En raison de la période extrêmement longue durant laquelle les jeunes dépendaient de leurs aînés et de leurs exigences constantes, les femelles se trouvaient presque perpétuellement confinées à la base. A cet égard, le nouveau mode de vie du singe chasseur mettait en évidence un problème particulier, qu'il ne partageait pas avec les « purs » carnivores caractéristiques : le rôle de chaque sexe devait devenir plus distinct. Les groupes de chasse, contrairement à ceux des « purs » carnivores, devaient se composer uniquement de mâles. Si quelque chose allait à l'encontre du caractère du primate, c'était bien cela. Pour un primate viril, s'en aller en quête de nourriture et laisser ses femelles sans protection et exposées aux avances de tous les mâles qui pourraient passer par là, était une chose « impensable ». Tous les efforts de formation culturelle ne parviendraient pas à le lui faire admettre. Une modification profonde du comportement social s'imposait.

La solution, ce fut le développement du couple. Les singes chasseurs mâles et femelles tomberaient amoureux et resteraient fidèles les uns aux autres. C'est une tendance courante dans de nombreux groupes d'animaux, mais elle est rare chez les primates. Trois problèmes se trouvaient ainsi résolus du même coup : 1° les femelles demeureraient liées chacune à un mâle et lui restaient fidèles pendant qu'il était à la chasse ; 2° les rivalités sexuelles entre les mâles diminuant, cette évolution contribuait à développer l'esprit de coopération. En chassant ensemble, tous les mâles, quelle que soit leur force, joueraient un rôle et on ne rejetterait plus les plus faibles hors de la société, comme cela se produit chez de nombreuses espèces de primates. Qui plus est, grâce à ses armes artificielles récentes et redoutables, le singe chasseur mâle se trouvait contraint d'apaiser toute mésentente au sein de la tribu ; 3° enfin, le développement d'une unité de reproduction composée d'un seul mâle et d'une seule femelle signifiait que la progéniture en bénificiait également. La lourde tâche d'élever et de former le petit au développement lent exigeait une unité familiale cohérente. Dans d'autres groupes d'animaux, qu'il s'agisse de poissons, d'oiseaux ou de mammifères, quand le fardeau est trop lourd pour qu'un seul des parents le supporte seul, on voit se développer un lien de couple très fort, unissant les parents, le mâle et la femelle, durant toute la saison de reproduction. C'est également ce qui s'est passé dans le cas du singe chasseur.

Ainsi, les femelles étaient sûres du soutien de leurs mâles et pouvaient se consacrer à leurs devoirs maternels. Les mâles étaient sûrs de la loyauté de leurs femelles et n'hésitaient pas à les quitter pour aller chasser. La progéniture bénéficiait en outre du maximum de soins et d'attentions. C'était assurément une solution idéale, mais une solution qui impliquait un bouleversement profond du comportement socio-sexuel des primates et, comme on le verra plus tard, ce processus n'a jamais vraiment été poussé jusqu'au bout. Il est clair, à en juger d'après le comportement de notre espèce aujourd'hui, que cette tendance ne s'est réalisée qu'en partie et que nos antiques instincts de primates continuent à réapparaître sous des formes atténuées.

Voilà donc comment le singe chasseur a assumé le rôle d'un redoutable carnivore et changé en conséquence ses façons de primate. J'ai laissé entendre qu'il s'agissait de changements biologiques profonds plutôt que de simples changements culturels et que la nouvelle espèce avait subi des modifications d'ordre génétique. On peut considérer que c'est là une hypothèse injustifiée. On est en droit d'estimer — si grande est la puissance de l'endoctrinement culturel — que ces modifications auraient pu aisément s'obtenir par l'éducation et par le développement de traditions nouvelles. J'en doute. Il suffit de regarder le comportement de notre espèce aujourd'hui pour voir qu'il n'en est rien. Le développement culturel nous a permis d'avancer de façon de plus en plus impressionnante dans le domaine de la technologie, mais partout où ces progrès entrent en conflit avec nos caractères biologiques fondamentaux, ils se heurtent à une vive résistance. Les types de conduite fondamentaux établis au temps lointain où nous étions des singes chasseurs apparaissent encore dans toutes nos activités, si nobles soient-elles. Il nous arrive souvent de courber la tête devant notre nature animale et d'admettre tacitement l'existence de la bête complexe qui se réveille en nous. Si nous sommes sincères, nous conviendrons qu'il faudra, pour la changer, des millions d'années et le même processus génétique de sélection naturelle qui l'a fait apparaître. D'ici là, nos civilisations ne pourront prospérer que si elles ne heurtent pas nos exigences animales fondamentales ni ne tentent de les supprimer.

Malheureusement, notre cerveau qui pense n'est pas toujours en harmonie avec notre cerveau qui sent.

Dans les chapitres suivants nous nous efforcerons de voir comment le phénomène s'est produit, mais il est tout d'abord une question à laquelle il faut répondre : celle qui a été posée au début de ce chapitre. Lorsque nous avons, pour la première fois, rencontré cette étrange espèce, nous avons noté qu'elle avait d'emblée un caractère distinctif : sa peau, qui m'a conduit, en tant que zoologue, à baptiser cette créature « le singe nu ». Nous avons vu qu'on aurait pu lui donner également un certain nombre d'appellations fort appropriées : le singe vertical, le singe fabricant d'outils, le singe cérébral, le singe territorial, etc. Mais ce ne sont pas là les premiers traits qui nous ont frappé. Considéré simplement comme spécimen zoologique, c'est sa nudité qui surprend dès l'abord et c'est le nom auquel nous nous attacherons, ne serait-ce que pour l'aligner sur d'autres travaux scientifiques. Quelle est la signification de ce caractère étrange ? Pourquoi diable a-t-il fallu que le singe chasseur devienne un singe nu ?

Les fossiles, malheureusement, ne peuvent rien nous apprendre sur ce point et nous ignorons absolument à quelle époque précise s'est produite la grande dénudation. On peut affirmer, avec quelque certitude, que le phénomène coïncide avec l'apparition de nos ancêtres en terrain découvert. Mais comment la dénudation s'est-elle exécutée et comment a-t-elle aidé à survivre le singe émergeant de sa forêt ?

Ce problème a longtemps intrigué les experts. L'une des hypothèses les plus prometteuses est que ce phénomène faisait partie du processus de néoténie. Si l'on examine un bébé chimpanzé à la naissance, on s'aperçoit qu'il a une bonne partie de la tête couverte de poils mais que son corps est presque nu. Si ce caractère était conservé jusqu'à l'état adulte de l'animal par la néoténie, l'état de la peau du chimpanzé adulte ressemblerait fort à celui de la nôtre.

Il est intéressant de noter que, dans notre espèce, cette suppression néoténique de la pousse du poil n'est pas allée jusqu'au bout. Entre le sixième et le huitième mois de sa vie intra-utérine le fœtus est presque entièrement couvert d'un fin duvet à la façon des mammifères à fourrure. On appelle ce manteau fœtal le lamigo et c'est juste avant la naissance seulement qu'il disparaît. Les prématurés viennent parfois au monde avec leur lamigo, à la grande horreur de leurs parents mais, sauf exceptions très rares, ils le perdent bientôt. On ne connaît pas plus de trente cas de familles ayant eu une progéniture qui, en grandissant, a donné des adultes couverts d'une fourrure complète.

D'ailleurs tous les adultes de notre espèce ont bel et bien un système pileux abondant, plus développé en fait que celui de nos cousins les chimpanzés, mais nos poils sont minuscules. Soit dit en passant, cela ne s'applique pas à toutes les races : les Noirs ont perdu totalement leur pelage. Toutefois, ce n'est pas parce qu'un aveugle a deux yeux qu'il n'est pas aveugle Fonctionnellement, il est incontestable que nous sommes tout nus et notre peau entièrement exposée au monde extérieur. Il s'agit d'expliquer cette situation, sans tenir compte des nombreux poils minuscules que l'on peut compter à la loupe.

L'explication par la néoténie ne donne d'indice que sur la façon dont la nudité a pu se produire. Elle ne nous dit rien sur la valeur de la nudité en tant que caractère nouveau ayant aidé le singe nu à mieux survivre dans un environnement hostile.

Une explication vient à l'esprit : quand le singe chasseur abandonna son passé de nomade pour s'installer dans des bases fixes, ses antres se sont bientôt trouvés infestés de parasites, tiques, mites, puces et autres poux, à tel point que son existence en devenait intenable. Dépouillé de sa fourrure, le singe était plus à même de faire face à ce problème.

Il peut y avoir un élément de vérité dans cette explication, mais guère plus. Peu d'autres mammifères vivant dans des antres — et on a le choix entre des centaines d'espèces — ont franchi ce pas. Néanmoins, on admettra volontiers que la nudité rendait plus facile la cueillette de ces parasites agaçants, tâche qui occupe encore aujourd'hui une grande partie du temps des primates velus.

On peut dire aussi, dans le même ordre d'idées, que le singe chasseur avait une façon de se nourrir si grossière que son pelage ne tardait pas à devenir sale et poisseux, ce qui entraînait, une fois encore, des risques de maladie. On fait remarquer que les vautours, qui plongent la tête et le cou dans les carcasses sanguinolentes, perdent leurs plumes à ces endroits et que le même processus, s'étendant au corps tout entier, avait pu se produire chez les singes chasseurs. Pourtant, le chimpanzé lui-même, dans la brousse, se sert de temps en temps des feuilles comme papier hygiénique, lorsqu'il a des problèmes de défécation, et cette explication paraît hasardeuse.

On a même avancé que le développement du feu avait amené la disparition du pelage. On prétend que le singe chasseur ne sentait le froid que la nuit, et que, dès l'instant où il jouissait du luxe de s'asseoir devant un feu de camp, il pouvait se passer de son pelage, se trouvant ainsi dans de meilleures conditions pour affronter la chaleur de la journée.

Une autre théorie, plus ingénieuse encore, suppose qu'avant de devenir un singe chasseur, le singe originel a traversé une longue phase aquatique. On l'imagine arpentant les rives des mers tropicales en quête de nourriture. Il aura trouvé là, en quantités relativement abondantes, des coquillages et autres fruits de mer, constituant des réserves de vivres plus riches et plus séduisantes que celles qu'il pouvait découvrir dans les plaines. Il se serait mis peu à peu à nager en eaux plus profondes et à plonger pour trouver sa nourriture. Durant cette phase, prétend-on, il aurait perdu son pelage comme certains autres mammifères marins. Seule sa tête, émergeant de la surface de l'eau, aurait conservé sa fourrure pour le protéger de l'éclat du soleil. Par la suite, quand ses outils (conçus à l'origine pour ouvrir des coquillages) se sont perfectionnés, il aurait quitté les rives de la mer pour s'aventurer en chasseur dans les terres découvertes.

On affirme que cette théorie explique pourquoi nous sommes à l'aise aujourd'hui dans l'eau, alors que nos plus proches parents vivants, les chimpanzés, sont si désemparés qu'ils ne tardent pas à se noyer. Elle explique aussi notre silhouette profilée et même notre posture verticale, cette dernière, dit-on, s'étant développée à mesure que nous nous aventurions en eaux de plus en plus profondes. Elle explique enfin un étrange caractère de nos régions pileuses. Un examen attentif révèle en effet que, sur notre dos, l'orientation des poils minuscules qui le couvrent diffère de façon frappante de celle des autres singes. Chez nous, ces poils sont orientés en diagonales de part et d'autre de l'épine dorsale, ce qui correspond à la direction de l'eau s'écoulant sur notre corps qui nage... Avant de disparaître complètement, le pelage aurait été modifié comme il convenait pour réduire la résistance lors de la natation. On fait remarquer aussi que nous sommes seuls parmi les primates à posséder une épaisse couche de graisse sous-cutanée. Certains veulent y voir l'équivalent du lard de la baleine ou du phoque, couche isolante compensatrice. On souligne qu'on n'a donné aucune autre explication à cet aspect de notre anatomie. On invoque même la sensibilité de nos mains en faveur de la théorie aquatique. Une main relativement primitive peut, après tout, tenir un bâton ou une pierre, mais il faut une main subtile et hautement sensibilisée pour rechercher la nourriture dans l'eau. C'est peut-être ainsi que le singe terrestre a acquis à l'origine sa super-main, qu'il a transmise ensuite toute faite au singe chasseur. Enfin, la théorie aquatique aiguillonne les traditionnels chasseurs de fossiles, en faisant observer qu'ils ont été étrangement incapables de déterrer le chaînon manquant de notre lointain passé, et elle avance que, s'ils se donnaient seulement la peine de fouiller aux environs des côtes africaines, ils trouveraient peut-être des indices intéressants.

Malheureusement, ces fouilles n'ont pas encore été faites et, malgré la séduction d'un certain nombre de preuves qui viennent indirectement l'étayer, cette théorie manque d'un support solide. Elle explique, non sans ingéniosité, des caractères particuliers, mais elle exige en retour qu'on accepte une hypothétique phase aquatique dont nous n'avons aucune trace. (Du reste, même si elle se révélait exacte, elle ne serait pas gravement en contradiction avec le tableau général de l'évolution du singe terrestre en singe chasseur. Cette théorie prouverait simplement que le singe terrestre est passé par une cérémonie baptismale plutôt salutaire.)

Il existe également une théorie qui se situe dans un ordre d'idées tout à fait différent : au lieu d'être une réaction à l'environnement physique, la perte du pelage serait de nature sociale. Autrement dit, elle n'est pas apparue comme un processus mécanique, mais comme un signal. On peut voir des taches de peau nue chez un certain nombre de primates et dans certains cas la peau nue semble jouer le rôle de signes de reconnaissance, permettant à un singe d'en identifier un autre comme appartenant à sa famille ou à une autre. La perte du pelage chez le singe chasseur serait alors une simple marque d'identité. Il est évidemment indéniable que cela facilitait l'identification mais il y avait tout de même d'autres moyens d'y parvenir sans sacrifier un pelage isolant fort précieux.

Une autre hypothèse, voisine, suggère que la perte du pelage est une extension de la signalisation sexuelle. On affirme que les mammifères mâles sont, en général, plus velus que leurs femelles et que, en développant cette différence, la femelle du singe nu est parvenue à se rendre de plus en plus sexuellement séduisante pour le mâle. La tendance à la perte du pelage affectait également le mâle, mais dans une moindre mesure et avec des zones particulières de contraste, comme la barbe.

Cette dernière hypothèse explique peut-être les différences sexuelles en ce qui concerne le système pileux mais, là encore, la disparition d'un isolant protecteur serait bien cher payer l'acquisition d'une particularité plus séduisante, compte tenu du système partiellement compensateur que représente la graisse sous-cutanée. Une autre version de cette idée suggère que ce n'était pas tant l'aspect que la sensibilité au toucher qui était sexuellement importante. On peut supposer en effet qu'en exposant au contact l'une de l'autre leurs peaux nues durant les rencontres sexuelles, le mâle et la femelle devenaient plus hautement sensibilisés aux stimuli érotiques. Dans une espèce où l'on évoluait vers les liens par couple, cela renforçait l'excitation des activités sexuelles et resserrait les liens du couple en intensifiant les agréments de la copulation.

Cependant, l'explication la plus communément avancée de cette disparition du pelage se fonde sur le processus de refroidissement. En sortant des forêts ombreuses, le singe chasseur s'exposait à des températures beaucoup plus élevées que celles qu'il avait connues et on suppose qu'il s'est dépouillé de son pelage pour éviter de s'échauffer. Superficiellement cela semble une explication assez raisonnable. Après tout, nous ôtons bien notre veste par une brûlante journée d'été. Mais elle ne résiste pas à un examen plus attentif. Tout d'abord, aucun des autres animaux (ayant à peu près notre taille) et vivant dans les plaines découvertes n'a suivi cette évolution. Si c'était aussi simple que cela, on pourrait s'attendre à avoir des lions nus et des chacals nus, alors que leur pelage est court, mais dru. L'exposition de la peau nue à l'air augmente certainement les possibilités de déperdition de chaleur, mais elle accroît en même temps l'échauffement et les risques de lésions par les rayons solaires, comme le savent bien tous ceux qui pratiquent les bains de soleil. Des expériences effectuées dans le désert ont montré que le port de vêtements légers peut réduire la déperdition de chaleur en diminuant l'évaporation d'eau, mais réduit aussi de 55 % par rapport au chiffre obtenu dans un état de totale nudité, l'échauffement produit par l'environnement. A des températures vraiment élevées, des vêtements plus lourds et plus amples, du genre de ceux que portent les Arabes, constituent la meilleure des protections. Ils affaiblissent l'intensité de la chaleur, mais permettent en même temps à l'air de circuler autour du corps : cela favorise l'évaporation de la transpiration, qui le rafraîchit.

De toute évidence, la situation est plus compliquée qu'il n'y paraît au premier abord. Les niveaux de température exacts de l'environnement et la quantité d'ensoleillement jouent un grand rôle. Même si l'on suppose que le climat se prêtait à la disparition du pelage — c'est-à-dire qu'il était modérément chaud — il nous faut encore expliquer le fait que le singe nu soit le seul primate qui ait perdu son pelage.

La meilleure réponse qu'on ait trouvée jusqu'à présent se fonde sur le fait que le singe chasseur n'était pas physiquement équipé pour fondre à toute vitesse sur sa proie ni même pour entreprendre de longues poursuites. Il a dû s'y résoudre et il y est parvenu, parce qu'il avait un cerveau plus développé. Il a su effectuer des manœuvres plus intelligentes et utiliser des armes plus redoutables, mais au prix de pénibles efforts physiques. La poursuite était pour lui d'une telle importance qu'il lui fallait bien supporter ces inconvénients, quitte à subir un échauffement considérable. La sélection a donc imposé une forte pression pour réduire cet échauffement et la moindre amélioration dans ce sens a été favorisée, fût-ce au détriment d'autres domaines, car la survivance même du singe nu en dépendait. Voilà, sûrement, le facteur capital dans la conversion du singe chasseur velu en singe nu. En perdant son lourd pelage et en subissant une augmentation du nombre des glandes sudoripares sur toute la surface du corps, le singe nu parvenait à un rafraîchissement remarquable — non pas à chaque instant de l'existence, mais dans les moments d'efforts violents — grâce à la production d'une abondante pellicule de liquide s'évaporant sur son corps et sur ses membres exposés à l'air.

Cette transformation ne pouvait réussir que dans un milieu modérément chaud. C'est pourquoi ce développement s'est accompagné de la formation d'une couche de graisse sous-cutanée, ce qui indique la nécessité, à d'autres moments, de maintenir la chaleur du corps. Si cette acquisition semble contrebalancer la disparition du pelage, il ne faut pas oublier que la couche de graisse aide à conserver la température par temps froid, sans empêcher l'évaporation de la sueur, ni l'échauffement. La combinaison d'un pelage réduit, d'une augmentation des glandes sudoripares et de l'apparition d'une couche de graisse semble avoir exactement donné à nos laborieux ancêtres ce dont ils avaient besoin, si l'on songe que la chasse était l'un des aspects les plus importants de leur nouveau mode de vie.

Ainsi apparaît notre singe nu, vertical, chasseur, manieur d'armes, territorial, néotène, cérébral, primate par ses origines, carnivore d'adoption, et prêt à conquérir le monde. Mais il représente, dans le processus de l'évolution, un phénomène très neuf, un prototype, et les nouveaux modèles ont souvent des imperfections. Pour lui, les principaux inconvénients naîtront de la disparité entre ses étonnants progrès dans le domaine culturel et son développement génétique beaucoup plus lent. Ses gènes resteront à la traîne et viendront constamment lui rappeler que, malgré ce qu'il a pu faire pour modeler son environnement, il reste tout de même un singe nu.

Nous pouvons dès lors cesser de fouiller son passé pour observer sa conduite présente. Comment le singe nu moderne se comporte-t-il ? Comment résout-il les éternels problèmes de ses petits ? Et comment son cerveau en forme de calculatrice électronique est-il parvenu à réorganiser ses instincts de mammifère ? Peut-être a-t-il dû faire plus de concessions qu'il ne se plaît à l'avouer. Tel est l'objet de notre étude.

CHAPITRE II

SEXE

Sexuellement, le singe nu se trouve aujourd'hui dans une situation quelque peu déconcertante. En tant que primate il est tiré dans une direction, en tant que carnivore d'adoption il est entraîné dans une autre, et dans une autre encore en tant que membre d'une communauté éminemment civilisée.

La première des modifications qui d'un arboricole sexuel ont fait un chasseur sexuel s'est opérée sur une période relativement longue et avec un certain succès. La seconde modification a été moins réussie. Elle s'est produite trop vite et il a fallu compter sur l'intelligence et sur l'application d'une contrainte acquise, plutôt que sur des changements d'ordre biologique fondés sur la sélection naturelle. On pourrait dire que ce n'est pas tant le développement de la civilisation qui a modelé le comportement sexuel moderne que le comportement sexuel qui a donné sa forme à notre civilisation. Si cette déclaration semble un peu audacieuse, qu'il me soit permis d'exposer ma théorie, et nous pourrons reprendre la discussion à la fin du chapitre.

Il me faut tout d'abord établir avec précision comment le singe nu se comporte aujourd'hui lorsqu'il s'adonne à des activités sexuelles. Ce n'est pas si facile que cela en a l'air, en raison de la grande variété qu'on observe dans ce domaine, aussi bien d'une société à l'autre qu'au sein d'une même société. La seule solution consiste à prendre des résultats moyens, et obtenus sur de vastes échantillonnages, des sociétés les plus évoluées. On peut fort bien ne pas tenir compte des petites sociétés arriérées qui n'ont pas réussi. Elles ont peut-être des coutumes sexuelles fascinantes et bizarres, mais biologiquement parlant elles ne représentent plus le courant principal de l'évolution. Il se pourrait même fort bien que leur comportement sexuel insolite ait contribué à faire d'elles des échecs biologiques en tant que groupes sociaux.

La plupart des renseignements détaillés dont nous disposons proviennent d'un certain nombre d'études consciencieuses entreprises ces dernières années en Amérique du Nord et essentiellement fondées sur la culture de cette région. Il s'agit, par bonheur, d'une culture biologiquement fort importante et fort brillante et que l'on peut, sans crainte de déformation, considérer comme représentative du singe nu moderne.

Le comportement sexuel de notre espèce passe par trois phases caractéristiques : la formation du couple, l'activité pré-copulatoire et la copulation en général, mais pas toujours dans cet ordre. Le stade de la formation du couple, appelé généralement stade de la cour, se prolonge de façon très remarquable si on fait la comparaison avec les autres animaux, puisqu'il dure fréquemment des semaines, voire des mois. Comme chez bien d'autres espèces, il est caractérisé par un comportement hésitant, ambivalent, qui implique des conflits entre la peur, l'agression et l'attirance sexuelle. La nervosité et l'hésitation diminuent lentement si des signaux sexuels assez forts sont échangés. Ces signaux comportent des attitudes corporelles et des expressions faciales et vocales complexes. On range parmi ces dernières les signaux sonores hautement spécialisés et symbolisés du langage, mais, et c'est tout aussi important, ils offrent au membre du sexe opposé une tonalité vocale bien distincte. On dit souvent d'un couple où l'un courtise l'autre qu'ils « se murmurent de doux riens » et cette formule souligne clairement l'importance du ton de la voix par rapport au contenu des mots.

Après le premier stade des manifestations visuelles et vocales, on procède à de simples contacts corporels. Ils accompagnent en général la locomotion, qui se développe considérablement quand les deux membres du couple sont ensemble. Des contacts de main à main et de bras à bras sont suivis de contacts de bouche à visage et de bouche à bouche. On observe des étreintes réciproques, aussi bien à l'arrêt que pendant la locomotion. On assiste couramment à des élans aussi soudains que spontanés de course, de poursuites, de sauts et de danse — et de juvéniles syndromes ludiques quelquefois réapparaissent.

Une grande partie de ce stade de la formation du couple peut avoir lieu en public, mais quand on passe à la phase pré-copulatoire, le couple recherche la solitude et les types de conduite suivants sont pratiqués dans la mesure du possible à l'écart des autres membres de l'espèce. Avec le stade pré-copulatoire, on observe une tendance croissante à adopter une posture horizontale. Les contacts de corps à corps augmentent tout à la fois en vigueur et en durée. Les postures côte à côte à faible intensité cèdent bientôt la place à des contacts face à face à haute intensité. Ces positions peuvent être conservées pendant de longues minutes et même pendant plusieurs heures, durant lesquelles les signaux vocaux et visuels perdent peu à peu de leur importance au bénéfice des signaux tactiles. Ceux-ci comprennent de petits mouvements et des pressions diverses de toutes les parties du corps, mais notamment des doigts, des mains, des lèvres et de la langue. Les vêtements sont en partie ou totalement abandonnés et la stimulation tactile de peau à peau s'étend à une surface aussi grande que possible.

Les contacts de bouche à bouche atteignent leur fréquence la plus élevée et leur durée la plus longue au cours de cette phase, la pression exercée par les lèvres variant de l'extrême douceur à l'extrême violence. Lors des réactions à haute intensité, les lèvres sont écartées et la langue s'insère dans la bouche du partenaire. On a recours alors à des mouvements de la langue pour stimuler la muqueuse sensible de l'intérieur de la bouche. Les lèvres et la langue sont appliquées également à bien d'autres zones du corps du partenaire, notamment les lobes des oreilles, le cou et les organes génitaux. Le mâle attache une importance particulière aux seins et aux mamelons de la femelle, et les contacts au moyen des lèvres et de la langue se développent alors en un processus plus élaboré de léchage et de succion. Une fois le contact établi, les organes génitaux du partenaire peuvent devenir également la cible d'actions répétées de cette nature. Quand cela se produit, le mâle se concentre principalement sur le clitoris de la femelle, et la femelle sur le pénis du mâle, encore que dans les deux cas d'autres régions du corps se trouvent également impliquées.

Outre les baisers, le léchage et la succion, la bouche est utilisée aussi sur diverses régions du corps du partenaire, pour des morsures d'intensité variable. La chose ne dépasse en général pas le doux mordillement de la peau ou le pincement sans brutalité, mais elle peut aller jusqu'à la morsure énergique et même douloureuse.

Entre ces assauts de stimulation orale du partenaire et l'accompagnant avec fréquence, on observe aussi de nombreuses manipulations de la peau. Les mains et les doigts explorent toute la surface du corps, se concentrant surtout sur le visage et, dans les phases d'intensité plus élevée, sur les fesses et la région génitale. Comme dans les contacts oraux, le mâle attache une attention particulière aux seins et aux mamelons de la femelle. Les doigts sans cesse flattent et caressent. De temps en temps ils serrent avec une grande force et les ongles parfois s'enfoncent profondément dans la chair. La femelle peut saisir le pénis du mâle ou lui prodiguer des caresses rythmées, simulant les mouvements de la copulation, et le mâle stimule de la même façon les organes génitaux de la femelle, et notamment le clitoris, là encore, en général, en leur imprimant des mouvements rythmés.

Outre ces contacts, de la main et du corps, on observe aussi une tendance, lors du stade à intensité élevée de l'activité pré-copulatoire, à frotter de façon rythmée les organes génitaux contre le corps du partenaire. On note aussi de nombreux mouvements de torsion et d'entrelacements des bras et des jambes, avec de temps en temps de puissantes contractions musculaires, si bien que le corps se trouve dans un état de violente tension, bientôt suivi de détente.

Tels sont donc les stimuli sexuels prodigués au partenaire durant les poussées d'activité pré-copulatoire, et qui produisent une excitation suffisante, sur le plan physiologique, pour que la copulation se produise. La copulation commence par l'insertion du pénis du mâle dans le vagin de la femelle. La chose s'accomplit communément les deux membres du couple face à face, le mâle sur la femelle, tous deux en position horizontale, mais les jambes écartées. Il existe de nombreuses variantes à cette position, comme nous le verrons par la suite, mais c'est là la plus simple et la plus caractéristique. Le mâle commence alors une série de poussées rythmées du bassin. Elles peuvent varier considérablement en force et en rapidité, mais quand aucun obstacle ne se présente, elles sont en général assez rapides et profondes. A mesure que la copulation progresse, se manifeste une tendance à réduire les contacts oraux et manuels ou du moins à en diminuer la subtilité et la complexité. Néanmoins ces formes désormais subsidiaires de stimulation mutuelle persistent dans une certaine mesure durant la plupart des séquences copulatoires.

La phase copulatoire est en général beaucoup plus brève que la phase pré-copulatoire. Le mâle arrive dans la plupart des cas à l'éjaculation du sperme au bout de quelques minutes, à moins de recourir, par calcul, à des tactiques de retardement. Il ne semble pas que chez les autres primates femelles les séquences sexuelles soient couronnées par un orgasme, mais le singe est à cet égard un animal à part. Si le mâle poursuit l'accouplement pendant une période de temps plus longue, la femelle à son tour finit par arriver à la consommation, à une violente expérience orgasmique, aussi forte et aussi libératrice que celle du mâle et identique à tous les égards à celle-ci sur le plan physiologique, sauf évidemment en ce qui concerne l'éjaculation du sperme. Certaines femelles parviennent très vite à ce point, d'autres pas du tout, mais il est atteint en moyenne entre dix et vingt minutes après le début de la copulation.

Il est étrange qu'un décalage existe entre le mâle et la femelle en ce qui concerne le temps nécessaire mis pour parvenir à l'orgasme et à la dissipation de la tension. C'est un problème qu'il nous faudra discuter plus tard en détail, lorsque nous étudierons la signification fonctionnelle des diverses formes d'activité sexuelle. Qu'il nous suffise de dire, pour l'instant, que le mâle peut dominer « l'élément temps » et amener la femelle à l'orgasme, soit en prolongeant et en intensifiant la stimulation pré-copulatoire, si bien qu'elle est déjà fortement excitée avant même l'insertion du pénis, soit en recourant à des procédés d'auto-inhibition lors de la copulation pour retarder son propre orgasme, soit en continuant la copulation aussitôt après l'éjaculation et avant que cesse son érection, soit en prenant un bref repos et en s'accouplant alors pour la seconde fois. Dans ce dernier cas, la diminution de son instinct sexuel l'obligera automatiquement à mettre bien plus de temps à parvenir à l'orgasme, et ce phénomène donnera à la femelle assez de temps alors pour qu'elle y arrive elle-même.

Lorsque les deux partenaires ont éprouvé l'orgasme, il s'ensuit normalement une longue période d'épuisement, de détente, de repos et souvent de sommeil.

Après les stimuli sexuels, il nous faut maintenant étudier les réactions sexuelles. Comment le corps réagit-il à toute cette stimulation intensive ? Dans les deux sexes on observe un accroissement marqué du pouls, de la pression sanguine, et du rythme respiratoire. Ces changements se dessinent durant les activités pré-copulatoires pour arriver à un paroxysme lors de l'orgasme. Le pouls qui, au niveau normal, est de 70 à 80 pulsations par minute, s'élève à 90 ou 100 durant les phases préliminaires de l'excitation sexuelle, puis monte à 130 lors de la phase d'intense excitation, pour atteindre une pointe d'environ 150 au moment de l'orgasme. La pression sanguine enregistre des élévations de 40 à 100 millimètres de mercure lors de l'orgasme. La respiration devient plus profonde et plus rapide à mesure que l'excitation se fait plus grande puis, lorsque l'orgasme approche, plus haletante et s'accompagne souvent de gémissements ou de grognements rythmés. Lors de l'orgasme le visage peut être convulsé, la bouche grande ouverte et les narines dilatées, comme on le voit chez un athlète poussé à la limite de ses forces ou chez quelqu'un qui manque d'air.

Une autre modification importante qui se produit durant l'excitation sexuelle : un bouleversement spectaculaire dans la distribution du sang qui passe des régions profondes aux zones superficielles du corps. Ce refoulement général d'un surcroît de sang vers la peau provoque un certain nombre de résultats frappants. Cela donne non seulement un corps en général plus chaud au toucher, comme brûlant d'un feu ou d'un éclat sexuel — mais provoque aussi certaines modifications spécifiques dans un certain nombre de zones spécialisées. A de hautes intensités d'excitation, une rougeur sexuelle caractéristique apparaît. On l'observe chez la femelle où elle se montre généralement dans la région de l'estomac et de la partie supérieure de l'abdomen, pour s'étendre à la partie supérieure des seins, puis en haut du torse, puis aux flancs et à la région médiane des seins et, pour finir, à la face inférieure de ceux-ci. Cette rougeur peut s'étendre également au visage et au cou. Chez les femelles réagissant de façon intense, elle peut gagner aussi la partie inférieure de l'abdomen, les épaules, les coudes et, avec l'orgasme, gagner les cuisses, les fesses et le dos. Dans certains cas, elle atteint presque toute la surface du corps. On l'a décrite comme une éruption comparable à la rougeole et elle semble être un signal visuel de sexualité. Elle se produit aussi, mais plus rarement, chez le mâle où, là encore, elle commence dans la partie supérieure de l'abdomen, s'étend sur la poitrine pour gagner ensuite le cou et le visage. Elle atteint parfois aussi les épaules, les avant-bras et les cuisses. Une fois l'orgasme atteint, la rougeur sexuelle disparaît vite, se dissipant suivant l'ordre inverse dans lequel elle est apparue.

Outre la rougeur sexuelle et la vaso-dilatation générale, on observe aussi une nette vaso-congestion des divers organes distensibles. Cette congestion est provoquée par les artères qui pompent le sang dans ces organes plus vite que les veines ne peuvent le drainer. Cet état peut se prolonger durant des périodes considérables car l'engorgement des vaisseaux sanguins dans les organes contribue à boucher les veines par lesquelles le sang tente de s'écouler. Cela se produit dans les lèvres, le nez, les lobes des oreilles, les boutons des seins et les organes génitaux des deux sexes et aussi dans les seins de la femelle. Les lèvres se gonflent, rougissent et sont plus protubérantes. Les parties tendres du nez se gonflent et les narines se dilatent. Les lobes des oreilles également s'épaississent et se gonflent. Les mamelons grandissent et se durcissent dans les deux sexes, mais de façon plus marquée chez la femelle. (Ce n'est pas dû à la seule vaso-congestion, mais également à une contraction des muscles du mamelon.) La longueur du mamelon femelle augmente de parfois un centimètre et son diamètre de près d'un demi-centimètre. L'aréole, ou région de peau pigmentée entourant le mamelon, devient également tumescente et sa couleur s'accentue chez la femelle, mais pas chez le mâle. Le sein de la femelle présente de même une augmentation de taille notable. Une fois l'orgasme atteint, le sein de la femelle moyenne aura vu ses dimensions normales augmenter dans une proportion qui va parfois jusqu'à 25 %. Il devient plus ferme, plus rond et plus protubérant.

Les organes génitaux des deux sexes subissent des modifications considérables à mesure que l'excitation se prolonge. Les parois vaginales chez la femelle connaissent une vaso-congestion massive provoquant une rapide lubrification du canal vaginal. Dans certains cas, ce phénomène se produit dans les quelques secondes suivant le début de l'activité pré-copulatoire. On observe aussi un allongement et une distension des deux tiers internes du canal vaginal, la longueur totale du vagin augmentant de dix centimètres lors de la phase d'intense excitation sexuelle. A mesure que l'orgasme approche, il se produit un gonflement du tiers externe du canal vaginal et, lors de l'orgasme proprement dit, une contraction musculaire de deux à quatre secondes de cette région, suivie de contractions rythmiques à intervalles de huit dixièmes de seconde. Chaque expérience organique s'accompagne de trois à quinze de ces contractions rythmiques.

Pendant l'excitation, les organes génitaux externes de la femelle se gonflent considérablement. Les grandes lèvres s'écartent, se gonflent et présentent parfois des augmentations de taille de l'ordre de deux à trois fois leurs proportions normales. Les petites lèvres se distendent aussi jusqu'à avoir deux ou trois fois leur diamètre normal et elles saillent à travers le rideau protecteur des grandes lèvres, allongeant ainsi d'un centimètre supplémentaire la longueur totale du canal vaginal. A mesure que l'excitation se développe, on observe un autre changement frappant des petites lèvres. Déjà rendues plus protubérantes par la vaso-congestion, elles changent maintenant de couleur pour tourner au rouge vif.

Le clitoris (homologue féminin du pénis mâle) devient également plus large et plus protubérant lorsque commence l'excitation sexuelle, mais sitôt que l'on atteint à de hauts niveaux d'excitation, le gonflement labial tend à masquer ce changement et le clitoris se rétracte sous le capuchon protecteur. Il ne peut à ce stade être stimulé directement par le pénis du mâle, mais dans l'état de congestion et de sensibilisation où il se trouve, il peut être affecté indirectement par les pressions rythmiques auxquelles les mouvements de poussées du mâle soumettent cette région.

Le pénis du mâle subit une modification spectaculaire à mesure que se développe l'excitation sexuelle. De flaccide et mou qu'il est, il se dilate, se raidit et atteint à l'érection grâce à une vaso-congestion intense. Sa longueur normale, d'environ neuf centimètres et demi, s'accroît de sept à huit centimètres. Le diamètre augmente aussi dans des proportions considérables, donnant à l'espèce le plus gros pénis en érection qu'on puisse observer chez un primate vivant.

Lors de l'orgasme du mâle se produisent plusieurs puissantes contractions des muscles du pénis, qui expulsent le fluide séminal dans le canal vaginal. Les premières de ces contractions sont les plus fortes et s'effectuent à des intervalles de huit dixièmes de seconde, au même rythme que les contractions vaginales de la femelle lors de l'orgasme.

Pendant la période d'excitation, le sac scrotal se contracte et la mobilité des testicules diminue. Ils sont élevés par un raccourcissement des cordons spermatiques (comme d'ailleurs ils le sont en cas de froid, de peur et de colère) et sont gardés plus serrés contre le corps. La vaso-congestion de cette région provoque une augmentation de la taille des testicules de l'ordre de 50 à 100 %.

Telles sont donc les principales réactions que l'on observe dans le corps du mâle et dans celui de la femelle lors de l'activité sexuelle. Une fois l'orgasme atteint, toutes les modifications citées disparaissent rapidement et, après l'acte, l'individu au repos retrouve bientôt son état physiologique normal. Cependant, il importe de mentionner une dernière réaction post-orgasmique. On peut observer une abondante sudation aussi bien chez le mâle que chez la femelle aussitôt après l'orgasme et ce phénomène peut se produire indépendamment des efforts considérables ou minimes déployés lors des activités sexuelles. Toutefois, sans qu'il y ait de rapport avec l'ensemble de ces dépenses physiques, il existe un lien avec l'intensité de l'orgasme lui-même. La pellicule de sueur se développe sur le dos, les cuisses et la partie supérieure du torse. La sueur ruisselle parfois des aisselles. Dans les cas intenses, c'est l'ensemble du tronc, des épaules aux cuisses, qui peut être intéressé. La peau des mains et la plante des pieds transpirent également et, là où le visage est devenu tavelé par la rougeur sexuelle, il peut y avoir sudation sur le front et la lèvre supérieure.

Ce bref sommaire des stimuli sexuels de notre espèce et des réactions qu'ils provoquent nous fournit à présent une base pour discuter du sens de notre comportement sexuel par rapport à nos origines et à notre mode de vie en général, mais il convient tout d'abord de souligner que les divers stimuli et réactions mentionnés ne se produisent pas tous avec une égale fréquence. Certains de ces phénomènes ont lieu inévitablement chaque fois qu'un mâle et une femelle se rencontrent pour pratiquer une activité sexuelle, mais d'autres ne s'observent que dans certains cas. Pourtant, ils se manifestent avec une fréquence suffisamment élevée pour qu'on puisse les considérer comme « caractéristiques de l'espèce ». En ce qui concerne les réactions du corps, la rougeur sexuelle s'observe chez 75 % des femelles et environ 25 % des mâles. L'érection du mamelon est universelle chez les femelles, mais elle ne se produit que chez 60 % des mâles. Une abondante sudation après l'orgasme est un phénomène qui touche 33 % aussi bien des mâles que des femelles. A part ces cas spécifiques, la plupart des autres réactions citées s'observent toujours, bien que, naturellement, leur intensité et leur durée varient suivant les circonstances.

Un autre point qui mérite d'être précisé, c'est la façon dont ces activités sexuelles se répartissent durant la vie de l'individu. Pendant la première décennie de la vie, aucune activité sexuelle ne se manifeste ni dans l'un ni dans l'autre sexe. Certes, on observe de fréquentes manifestations de ce qu'on appelle « l'activité ludique » chez les jeunes enfants, mais les phénomènes sexuels fonctionnels ne peuvent manifestement pas se produire avant que la femelle ait commencé à ovuler et le mâle à éjaculer. Chez certaines femelles la menstruation commence à l'âge de dix ans, et à quatorze ans 80 % des jeunes femelles sont normalement réglées. Elles le sont toutes à l'âge de dix-neuf ans. Le développement des poils pubiques, l'élargissement des hanches et le gonflement des seins accompagnent cette modification et, en fait, la précèdent légèrement. La croissance générale du corps s'effectue à un rythme plus lent et ne s'achève que dans la vingt-deuxième année.

La première éjaculation chez les garçons ne se produit en général pas avant qu'ils aient atteint l'âge de onze ans, si bien que sexuellement ils démarrent moins vite que les filles. (L'éjaculation la plus précoce qu'on ait enregistrée concerne un garçon de huit ans, mais c'est extrêmement rare.) A douze ans, 25 % des garçons ont connu leur première éjaculation et à quatorze ans, 80 %. (A ce stade donc, ils ont rattrapé les filles.) L'âge moyen pour la première éjaculation est de treize ans et dix mois. Comme pour les filles, le phénomène s'accompagne de changements caractéristiques. Le système pileux commence à se développer sur le corps, notamment dans la région pubique et sur le visage Le système pileux se développe en général dans l'ordre suivant : pubis, aisselles, lèvre supérieure, joues, menton. Puis, beaucoup plus progressivement, la poitrine et les autres régions du corps. Chez les garçons, ce sont les épaules qui s'élargissent et non les hanches. La voix devient plus grave. Cette dernière modification se produit aussi chez les femmes, mais dans une bien moindre mesure. Dans les deux sexes on observe aussi une accélération du développement des organes génitaux proprement dits.

Il est intéressant de noter que, si l'on mesure la réaction sexuelle en terme de fréquence d'orgasmes le mâle atteint beaucoup plus rapidement ses plus hautes performances que la femelle. Bien que les mâles commencent leur processus de maturation sexuelle environ un an après les filles, ils n'en parviennent pas moins à leur sommet orgasmique alors qu'ils ont moins de vingt ans, tandis que les filles ne parviennent aux leurs que vers vingt-cinq ans et même passé trente ans. En fait, la femelle de notre espèce doit atteindre l'âge de vingt-neuf ans avant de pouvoir égaler le taux d'orgasme du mâle de quinze ans. 23 % seulement des femelles de quinze ans ont connu l'orgasme et ce chiffre ne s'élève qu'à 53 % pour l'âge de vingt ans. A trente-cinq ans, il est de 90 %.

Le mâle adulte obtient une moyenne de trois orgasmes par semaine et plus de 7 % d'entre eux connaissent une éjaculation quotidienne ou plus que quotidienne. La fréquence de l'orgasme pour le mâle moyen atteint son point le plus élevé entre l'âge de quinze et de trente ans, puis décroît régulièrement de trente ans jusqu'à la vieillesse. La faculté d'obtenir des éjaculations répétées diminue et l'angle d'érection du pénis baisse également. Vers dix-huit ou vingt ans l'érection peut être maintenue pendant près d'une heure en moyenne, mais ce chiffre est tombé à quatre minutes à l'âge de soixante-dix ans. Néanmoins, 70 % des mâles sont encore sexuellement actifs à l'âge de soixante-dix ans.

On observe chez la femelle un tableau analogue de diminution de la sexualité à mesure que l'âge augmente. La cessation plus ou moins abrupte de l'ovulation vers l'âge de cinquante ans ne réduit pas de façon marquée le degré de réaction sexuelle, si l'on prend la population dans son ensemble. On observe toutefois de grandes variations individuelles dans son influence sur le comportement sexuel.

La plus grande partie de toute l'activité copulatoire dont nous avons discuté s'exerce quand les partenaires sont réunis en couple. Cette union peut prendre la forme d'un mariage officiellement reconnu ou d'une liaison quelconque. Il ne faudrait pas croire que la haute fréquence de copulations non conjugales qu'on observe implique une complète promiscuité. Dans la plupart des cas, il s'agit d'une cour caractérisée et d'un comportement de formation de couple, même si le couple ainsi constitué n'a pas une durée très longue. 90 % environ de la population forment des couples réguliers, mais 50 % des femelles et 84 % des mâles ont connu la copulation avant le mariage. A quarante ans, 26 % des femelles mariées et 50 % des mâles mariés ont eu des expériences de copulation extra-conjugales. Il arrive aussi que se brisent complètement, dans un certain nombre de cas, des couples officiels et que leurs membres se séparent (0,9 % en 1956 aux Etats-Unis, par exemple). Le mécanisme de formation du couple dans notre espèce, bien que très puissant, est loin d'être parfait.

Maintenant que nous avons devant nous tous ces faits, nous pouvons commencer à poser des questions. Comment la façon dont nous nous comportons sur le plan sexuel nous aide-t-elle à survivre ? Pourquoi nous conduisons-nous comme nous le faisons, plutôt qu'autrement ? Peut-être sera-t-il plus facile de répondre à ces questions si nous en posons une autre : comment notre comportement sexuel se compare-t-il avec celui des autres primates vivants ?

On voit dès l'abord que l'activité sexuelle est beaucoup plus intense dans notre espèce que chez tout autre primate, y compris ceux d'entre eux qui sont les plus proches de nous. Pour eux, la longue phase de la cour n'existe pas. Il n'y a guère de singes qui établissent des rapports de couple prolongés. Les mécanismes pré-copulatoires sont brefs et se limitent généralement à quelques expressions faciales et vocales. La copulation elle-même est également très brève. (Chez les babouins, par exemple, le temps qui s'écoule entre la monte et l'éjaculation ne dépasse pas sept à huit secondes, avec un total d'une quinzaine de poussées du bassin, et souvent moins.) La femelle ne semble éprouver aucun orgasme. S'il y a quelque chose qu'on pourrait qualifier ainsi, c'est une réaction imperceptible quand on la compare à celle de la femelle de notre espèce.

La période de réceptivité sexuelle de la femelle du singe est plus limitée. Elle ne dure en général qu'environ une semaine ou un peu plus de leur cycle mensuel. Cela constitue déjà un progrès par rapport aux mammifères inférieurs, où elle se limite plus strictement à la période réelle d'ovulation, mais dans notre espèce la tendance chez le primate à une plus longue réceptivité a été poussée à son extrême limite, si bien que la femelle est réceptive pratiquement à tout moment. Dès l'instant où la femelle du singe est enceinte, ou bien si elle nourrit un petit, elle cesse d'être sexuellement active. Là encore notre espèce a étendu ses activités sexuelles durant ces périodes, si bien qu'il n'y a qu'une brève période juste avant et juste après la parturition où l'accouplement soit sérieusement limité.

De toute évidence, le singe nu est de tous les primates vivants celui qui a la vie sexuelle la plus intense. Pour en trouver les raisons, il nous faut considérer ses origines. Que s'est-il passé ? Premièrement, il a dû chasser pour pouvoir survivre. Deuxièmement, il lui a fallu un cerveau développé pour compenser ses déficiences physiques de chasseur. Troisièmement, il lui a fallu une enfance plus longue afin de permettre le développement de ce cerveau plus gros et de son éducation. Quatrièmement, les femelles ont dû rester pour s'occuper des petits pendant que les mâles allaient chasser. Cinquièmement, les mâles ont dû coopérer entre eux durant la chasse. Sixièmement, ils ont dû se mettre debout et utiliser des armes pour ne pas rentrer bredouilles de la chasse. Je ne veux pas dire que ces changements soient apparus dans cet ordre ; au contraire, ils se sont, à n'en pas douter, opérés peu à peu en même temps, chaque modification aidant les autres à se produire. Je me contente d'énumérer les six changements fondamentaux qui ont eu lieu à mesure qu'évoluait le singe chasseur. Ces changements, à mon avis, impliquent tous les éléments nécessaires pour expliquer la complexité de nos attitudes sexuelles d'aujourd'hui.

Pour commencer, les mâles devaient être certains que leurs femelles leur resteraient fidèles lorsqu'ils les laissaient seules pour aller chasser. Les femelles ont donc dû acquérir une tendance à vivre par couple. Puis, si l'on voulait voir les mâles plus faibles participer à la chasse, il fallait leur donner davantage de droits sexuels. Il fallait davantage partager les femelles, avoir une organisation sexuelle plus démocratique, moins tyrannique. Chaque mâle aussi devrait avoir une forte tendance à former un couple avec une femelle. En outre, les mâles étaient munis d'armes redoutables et les rivalités sexuelles se révéleraient beaucoup plus dangereuses : encore une excellente raison pour que chaque mâle se satisfasse d'une seule femelle. A cela venaient s'ajouter les exigences, beaucoup plus lourdes pour les parents, des petits, dont la croissance était lente. Il allait falloir acquérir un comportement paternel et les devoirs des parents devraient être partagés entre la mère et le père : encore une bonne raison en faveur d'un couple solide.

En prenant cette situation comme point de départ, on peut voir la suite. Le singe nu a dû acquérir le don de tomber amoureux, d'être sexuellement marqué par un partenaire unique, de former un couple stable. Comment a-t-il fait ? Comment a-t-il été aidé ? En tant que primate, il a déjà tendance à contracter de brèves unions qui durent quelques heures, voire quelques jours, mais il lui a fallu les intensifier et les étendre. Un élément qui l'a aidé, c'est son enfance prolongée. Durant les longues années de croissance, il aura eu la possibilité de nouer de profonds liens personnels avec ses parents, liens beaucoup plus puissants et durables que tout ce qu'un jeune singe pourrait connaître. La disparition de ce lien familial avec la maturation et l'indépendance allait créer un « vide de relation » — une brèche qu'il fallait combler. Il se trouvait donc déjà prêt à nouer de nouveaux liens tout aussi forts pour les remplacer.

Même si cela suffisait à intensifier son besoin de former de nouveaux liens de couple, il fallait encore une aide supplémentaire pour en maintenir la cohésion. Le couple devrait durer assez longtemps pour aller au bout de ce long processus : élever une famille. Etant tombé amoureux, il

65

devrait rester amoureux. Avec la cour (« faire la cour »), prolongée et excitante, il pourrait remplir la première condition, mais il faudrait, après, quelque chose de plus. La méthode la plus simple et la plus directe pour y parvenir consistait à rendre les activités partagées du couple plus compliquées et plus payantes. Autrement dit, à rendre le sexe plus sexy.

Comment y est-on arrivé ? Il semble que la réponse soit : par tous les moyens possibles. Si l'on considère le comportement du singe nu aujourd'hui, on peut voir ce schéma se dessiner. La réceptivité accrue de la femelle ne saurait s'expliquer dans les seuls termes d'accroissement du taux de natalité, s'il est vrai pourtant que, en étant prête à copuler alors qu'elle en est encore à la phase maternelle d'élever un bébé, la femelle augmente le taux de natalité. Etant donné la très longue période durant laquelle les petits dépendent d'elle, ce serait un désastre s'il en allait autrement. Mais ce phénomène n'explique pas pourquoi elle est prête à accueillir le mâle et à être sexuellement excitée tout au long de chacun de ses cycles mensuels. Elle n'ovule qu'à un moment précis de ce cycle, si bien que l'accouplement, à tout autre moment, ne peut avoir aucune fonction procréatrice. La vaste activité sexuelle déployée par notre espèce sert, d'évidence, non pas à donner une progéniture, mais à cimenter les liens du couple en permettant à chacun des partenaires de se prodiguer mutuellement des agréments. L'accomplissement répété de l'acte sexuel dans le cadre d'un couple est donc bien non pas une sorte de prolongement sophistiqué et décadent de notre civilisation moderne, mais une tendance profonde, avec des bases biologiques solides et des motifs parfaitement justifiés par l'évolution de notre espèce.

Même quand elle n'est plus soumise à ses cycles mensuels — autrement dit, lorsqu'elle est enceinte — la femelle continue à réagir au mâle. Ce qui est particulièrement important car, avec le système un mâle-une femelle, il serait dangereux de frustrer le mâle pendant une trop longue période. L'union du couple serait en péril.

Non seulement la période de temps pendant laquelle des activités sexuelles peuvent se produire s'est trouvée accrue, mais les activités elles-mêmes se sont compliquées. La vie de chasseur, qui nous a donné des peaux nues et des mains plus sensibles, nous a ouvert de plus vastes perspectives pour la stimulation sexuelle par contacts de corps à corps. Ceux-ci jouent un rôle essentiel dans le comportement pré-copulatoire. On flatte, on frotte, on presse et on caresse beaucoup et infiniment plus que dans toute autre espèce de primate. De plus, des organes spécialisés comme les lèvres, les lobes de l'oreille, les mamelons, les seins et les organes génitaux sont richement pourvus en terminaisons nerveuses et sont devenus hautement sensibilisés à la stimulation érotique d'ordre tactile.

Les lobes de l'oreille : ils semblent bien être apparus exclusivement à cette fin. Les anatomistes les ont souvent qualifiés d'appendices sans raison ou d'« excroissances graisseuses inutiles ». On explique généralement leur présence en les décrivant comme des « vestiges » de l'époque où nous avions de grandes oreilles. Mais si l'on considère les autres espèces de primates, on constate qu'elles ne possèdent pas de lobes d'oreille charnus. Il semble que, loin d'être un vestige, il s'agisse de quelque chose de nouveau et, lorsqu'on découvre que, sous l'influence de l'excitation sexuelle, ils s'engorgent de sang, se gonflent et deviennent hypersensibles, il est difficile de ne pas admettre que leur évolution a eu exclusivement pour fin la création d'une nouvelle zone érogène. (Chose surprenante, l'humble lobe de l'oreille a été passablement négligé dans ce contexte, mais il convient de noter qu'on a enregistré des cas de mâles aussi bien que de femelles qui parviennent bel et bien à l'orgasme à la suite de stimulation du lobe de l'oreille.) Il est intéressant aussi de noter que le nez protubérant et charnu de notre espèce est un autre trait unique et mystérieux que les anatomistes sont incapables d'expliquer. L'un d'eux en a parlé comme d'une « simple variation exubérante sans signification fonctionnelle ». Il est difficile de croire que quelque chose d'aussi positif et d'aussi distinct parmi les appendices des primates ait évolué sans fonction précise. Lorsqu'on lit que les parois latérales du nez contiennent un tissu érectile spongieux qui provoque l'élargissement des conduits nasaux et des narines par vaso-dilatation lors de l'excitation sexuelle, on commence à se poser des questions.

A côté de ce répertoire tactile amélioré, on observe aussi des développements assez rares sur le plan visuel. Des expressions faciales complexes jouent ici un rôle important bien que leur évolution se fasse, dans bien d'autres contextes, dans le sens d'une amélioration des communications. Nous avons la musculature faciale la mieux développée et la plus complexe de tout le groupe des primates. A vrai dire, nous avons même le système d'expressions faciales le plus subtil et le plus complexe de tous les animaux vivants. Grâce à d'infimes mouvements de la chair autour de la bouche, du nez, des yeux, des sourcils et du front et en recombinant ces mouvements suivant les façons les plus diverses, nous parvenons à rendre toute une gamme de changements d'humeur complexes. Lors des rencontres sexuelles, et surtout lors des débuts de la phase de cour, ces expressions sont d'une extrême importance. (On examinera dans un autre chapitre la forme exacte qu'elles prennent.) La dilatation de la pupille se produit également lors de l'excitation sexuelle et, bien qu'il s'agisse d'un changement minime, peut-être y réagissons-nous plus que nous n'en avons conscience. La surface même du globe oculaire se met également à briller.

Comme les lobes de l'oreille et le nez protubérant, les lèvres de notre espèce sont un trait unique, qu'on ne rencontre nulle part ailleurs chez les primates. Certes, tous les primates ont des lèvres, mais elles ne sont pas comme les nôtres tournées vers l'extérieur. Un chimpanzé peut faire saillir et retourner ses lèvres dans une moue exagérée, révélant ainsi la muqueuse qui, normalement, se trouve dissimulée à l'intérieur de la bouche. Mais les lèvres n'apparaissent que brièvement dans cette posture, avant que l'animal retrouve son visage normal « aux lèvres serrées ». En revanche, nous avons des lèvres retroussées et en état de déversion permanent. Aux yeux d'un chimpanzé, nous devons avoir l'air de faire continuellement la moue. Si vous avez d'aventure l'occasion d'être embrassé par un chimpanzé affectueux, le baiser qu'il peut vous appliquer vigoureusement sur le cou ne laisse aucun doute sur la faculté qu'il a d'émettre avec ses lèvres un signal tactile. Pour le chimpanzé, il s'agit là d'un signal de salutation plutôt que d'un signal sexuel, mais dans notre espèce on l'utilise, dans l'un et l'autre contexte, le contact par baiser devenant particulièrement fréquent et prolongé durant la phase pré-copulatoire. Il était donc sans doute plus commode d'avoir les muqueuses sensibles exposées de façon permanente, de façon que les contractions musculaires spécifiques autour de la bouche n'aient pas à s'exercer tout au long des contacts prolongés par baisers, mais il y a davantage. Les lèvres au tissu muqueux dont je parle ont pris une forme bien définie et caractéristique. Elles ne se sont pas fondues peu à peu dans la peau du visage qui les entourait, mais elles ont pris un contour précis, devenant ainsi un remarquable émetteur de signaux visuels. On a déjà vu que l'excitation sexuelle produit un gonflement et un rougissement des lèvres, et la nette démarcation de cette zone soulignait d'évidence le raffinement de ces signaux, en rendant plus facilement reconnaissables de subtils changements dans l'état des lèvres. D'ailleurs, même en état de non-excitation, elles sont plus rouges que le reste de la peau du visage et, par leur simple existence, sans indiquer de changement dans l'état physiologique, elles jouent le rôle de véritables panneaux, attirant l'attention sur la présence d'une structure tactile sexuelle.

Se penchant sur la signification de nos lèvres, muqueuses sans pareilles, les anatomistes ont déclaré que leur évolution « n'est pas encore clairement comprise » et ils ont laissé entendre qu'elle tient peut-être aux fréquents mouvements de succion exigés du bébé qui tète. Mais le jeune chimpanzé lui aussi tète longuement sa mère et ses lèvres préhensiles plus musclées sembleraient au contraire mieux équipées pour cette tâche. Cela n'explique pas non plus l'apparition d'une marge bien nette entre les lèvres et le visage qui les entoure. Pas plus que cela n'explique les frappantes différences observées entre les lèvres des populations à peau claire et à peau sombre. Si, en revanche, on considère les lèvres comme des émetteurs de signaux visuels, des différences sont plus faciles à comprendre. Si les conditions climatiques exigent une peau plus sombre, le phénomène va aller à l'encontre des possibilités de signalisation visuelle des lèvres en réduisant leur contraste coloré. Si elles ont vraiment une importance dans les signaux visuels, on peut alors s'attendre à une sorte de développement compensatoire et c'est précisément ce qui semble s'être passé, les lèvres négroïdes gardant leur caractère bien apparent en devenant plus grosses et plus protubérantes. Ce qu'elles ont perdu en contraste de couleur, elles l'ont compensé en taille et en forme. De plus, les marges des lèvres négroïdes sont plus nettement délimitées. Sur le plan anatomique, ces caractères négroïdes ne semblent pas primitifs, mais ils paraissent représenter plutôt un progrès positif dans la spécialisation de la région des lèvres.

Il y a un certain nombre d'autres signaux visuels sexuels évidents. Lors de la puberté, ainsi que je l'ai déjà mentionné, le passage à un état de reproduction pleinement opérationnel est signalé par l'apparition de touffes de poils bien visibles surtout dans la région des organes génitaux et des aisselles et, chez le mâle, sur le visage. Chez la femelle on observe la croissance rapide des seins. La forme du corps se modifie également, il s'élargit aux épaules chez le mâle et au bassin chez la femelle. Ces changements non seulement distinguent l'individu sexuellement mûr de celui qui ne l'est pas, mais la plupart d'entre eux permettent de distinguer aussi le mâle mûr de la femelle mûre. Ils jouent le rôle non seulement de signaux révélant que le système sexuel est maintenant en état de fonctionner, mais ils indiquent aussi dans chaque cas s'il est masculin ou féminin.

On considère en général le grossissement des seins féminins comme un développement maternel plutôt que sexuel, mais il ne semble guère y avoir d'indice pour le prouver. D'autres espèces de primates fournissent d'abondance en lait leur progéniture et pourtant elles ne présentent pas de gonflement précis et hémisphérique des seins. La femelle de notre espèce est à cet égard unique parmi les primates. L'évolution de seins proéminents d'une forme caractéristique semble encore un autre exemple de signalisation sexuelle, rendue possible et facilitée par l'apparition de la peau nue. Des poches mammaires gonflées, chez une femelle couverte de pelage, seraient moins voyantes en tant que signaux, mais une fois le poil disparu elles apparaîtraient alors nettement. Outre leur forme remarquable, les seins servent aussi à concentrer l'attention visuelle sur les mamelons et à rendre plus apparente l'érection du mamelon qui accompagne l'excitation sexuelle. La zone de peau pigmentée entourant le mamelon, et qui devient plus foncée lors de l'excitation sexuelle, joue un rôle analogue.

La nudité de la peau peut permettre aussi certains signaux de changement de couleur. Ceux-ci se produisent chez d'autres animaux dans les zones limitées où existent de petites surfaces de peau nue, mais dans notre espèce elles ont pris une importance plus grande. La rougeur apparaît de façon particulièrement frappante durant les premiers stades du comportement sexuel (stade de cour) et, dans les phases suivantes accompagnant une excitation plus intense, on observe des rougeurs en plaques caractéristiques. (Il s'agit là encore d'une forme de signal que les races à la peau plus sombre ont dû sacrifier aux exigences climatiques. Nous savons toutefois qu'elles subissent ces mêmes changements car, tout en demeurant invisibles au niveau de la transformation de la couleur, un examen attentif révèle des modifications remarquables dans la texture de la peau.)

Avant d'en terminer avec tout cet attirail de signaux sexuels d'ordre visuels, il nous faut considérer un aspect passablement insolite de leur évolution. Pour ce faire, il nous faut examiner rapidement quelques phénomènes assez étranges qui se sont produits dans le corps d'un certain nombre de nos cousins primates inférieurs, les singes. Les récents travaux de chercheurs allemands ont montré que certaines espèces ont commencé à s'imiter elles-mêmes. Les exemples les plus spectaculaires de ce phénomène s'observent chez le mandrill et le gelada. Le mandrill mâle a un pénis rouge vif avec des taches bleues de part et d'autre du sac scrotal. Cette disposition de couleur se retrouve sur son visage, son nez étant rouge vif et ses grosses joues imberbes d'un bleu intense. On dirait que le visage de l'animal s'efforce d'imiter sa région génitale en émettant le même ensemble de signaux visuels. Quand le mandrill mâle aborde un autre animal, cet affichage génital tend à être dissimulé par sa posture, mais il peut encore apparemment transmettre les messages essentiels en utilisant l'aspect phallique de son visage. Le gelada femelle pratique un jeu analogue d'auto-imitation. Autour de ses organes génitaux s'étend une zone de peau d'un rouge vif, bordée de papilles blanches. Les lèvres de la vulve au centre de cette zone sont d'un rouge plus riche et plus profond. Cette disposition se répète sur la région du torse, où de nouveau on retrouve une tache de peau nue et rouge, cernée par le même genre de papilles blanches. Au centre de cette tache de poitrine, les mamelons rouge foncé sont disposés si près l'un de l'autre qu'ils rappellent fortement les lèvres de la vulve. (Ils sont en effet si rapprochés que le petit tète les deux mamelles à la fois.) Comme la tache génitale, la tache de poitrine a une intensité de couleur variable suivant les divers stades du cycle sexuel mensuel. La conclusion inévitable c'est que le mandrill et le gelada ont, pour une raison quelconque, fait passer leurs signaux génitaux dans une position antérieure. Nous connaissons trop peu la vie des mandrills à l'état sauvage pour pouvoir hasarder des hypothèses sur les raisons de cet étrange phénomène dans cette espèce particulière, mais nous savons, en revanche, que les geladas sauvages passent une bien plus grande partie de leur temps dans une position assise verticale que la plupart des autres espèces de singes. Si c'est pour eux une posture plus caractéristique, alors il s'ensuit qu'en ayant leurs signaux sexuels sur la poitrine ils peuvent plus facilement les transmettre aux autres membres du groupe que si les marques n'existaient que sur la partie inférieure de leur corps. De nombreuses espèces de primates ont des organes génitaux de couleur vive, mais ces phénomènes de mimétisme frontaux sont rares.

Notre propre espèce a radicalement modifié sa posture caractéristique. Comme les geladas, nous passons beaucoup de temps assis dans une position verticale. Nous nous tenons également debout et nous nous faisons face lors des contacts sociaux. Se pourrait-il alors que nous aussi nous nous adonnions à des jeux analogues d'auto-imitation ? Se pourrait-il que notre posture verticale ait influencé nos signaux sexuels ? Quand on envisage la question de cette façon, la réponse semble certainement : oui. La posture caractéristique d'accouplement de tous les autres primates implique l'approche par-derrière du mâle vers la femelle. Celle-ci soulève l'arrière-train et le tend vers le mâle. Sa région génitale lui est visuellement présentée de dos. Il la voit, s'avance vers elle et la monte par-derrière. Il n'y a pas durant la copulation de contact entre les parties antérieures du corps, la région génitale du mâle étant pressée contre la partie postérieure de la femelle. Dans notre espèce la situation est très différente. Non seulement il y a une activité pré-copulatoire de face à face prolongée, mais la copulation elle-même est avant tout un acte qui met en jeu les parties antérieures.

On a quelque peu discuté ce dernier point. C'est une vieille idée que la position d'accouplement face à face est, pour notre espèce, biologiquement naturelle ; dès lors, toutes les autres devraient être considérées comme de simples variantes plus ou moins sophistiquées. De récents travaux ont contesté cette affirmation et certains chercheurs ont prétendu que, en ce qui nous concerne, il n'existe pas de position fondamentale. Tout rapport corporel, selon eux, devrait apporter de l'eau au moulin de notre activité sexuelle et comme nous sommes une espèce inventive, il devrait être naturel pour nous d'expérimenter toutes les postures qui nous plaisent : plus elles sont nombreuses et mieux cela vaut, car la variété des postures accroît la complexité de l'acte sexuel, lui redonne du piquant et empêche l'ennui sexuel entre les membres d'un couple formé depuis longtemps. Leur argument est parfaitement valable dans le contexte où ils le présentent, mais en s'efforçant de faire admettre leur point de vue ils sont allés trop loin. Ils protestaient en fait contre l'idée que toute variante de la position fondamentale est un péché. Pour lutter contre ce préjugé, ils ont souligné la valeur de ces variantes et à très juste titre. Tout développement du plaisir sexuel chez les membres d'un couple contribue évidemment de façon notoire à renforcer les liens qui les unissent. Ils sont donc biologiquement sains pour notre espèce. Mais en menant ce combat, les chercheurs en question ont perdu de vue le fait qu'il existe néanmoins une position fondamentale et naturelle pour notre espèce : le face à face. Pratiquement tous les signaux sexuels et toutes les zones érogènes se trouvent sur la partie antérieure du corps : les expressions faciales, les lèvres, la barbe, les mamelons, les signaux aréolaires, les seins de la femelle, la toison pubique, les organes génitaux eux-mêmes, les principales zones de rougissement sexuel... On pourrait certes dire que nombre de ces signaux fonctionneraient parfaitement bien dans les premiers stades, qui pourraient être de face à face, mais qu'ensuite, pour la copulation proprement dite, une fois les deux partenaires pleinement excités par les stimuli des zones antérieures, le mâle pourrait adopter une autre position pour la copulation par l'arrière et prendre aussi bien toute autre posture insolite qu'il lui plairait d'adopter, C'est parfaitement exact et même possible pour renouveler les conditions de l'acte, mais cela présente certains désavantages. Tout d'abord, l'identité du partenaire sexuel est beaucoup plus importante pour une espèce où se forment des couples comme la nôtre. L'approche par-devant signifie que les signaux sexuels reçus et les plaisirs qu'on en attend sont étroitement liés avec les signaux d'identité émis par le partenaire.

L'amour face à face c'est « l'amour personnalisé ». En outre, les sensations tactiles pré-copulatoires en provenance des zones érogènes concentrées sur la face antérieure du corps peuvent se prolonger dans la phase copulatoire lorsque l'acte sexuel est exécuté dans la position face à face. Un grand nombre de ces sensations se perdraient si d'autres positions étaient adoptées. En outre, l'approche par-devant fournit le maximum de possibilités de stimulation du clitoris de la femelle lors des coups de bassin du mâle. Il est vrai que le clitoris, quelle que soit la position de son corps par rapport à la femelle, sera stimulé passivement par le mouvement de retrait qui suit la poussée en avant du mâle, mais dans l'accouplement face à face viendra s'ajouter la pression rythmique directe de la région pubienne du mâle sur la zone clitorale, et cela renforcera considérablement la stimulation. Enfin, il y a l'anatomie fondamentale du canal vaginal de la femelle, dont l'angle a basculé en avant de façon marquée ainsi qu'il apparaît lorsqu'on établit une comparaison avec d'autres espèces de primates. Il s'est déplacé vers l'avant plus qu'on n'aurait pu s'y attendre ; ce n'est, pourtant, que le résultat passif du simple processus qui a fait de nous une espèce verticale. A n'en pas douter, s'il avait été important pour la femelle de notre espèce de présenter ses organes génitaux au mâle pour une monte par-derrière, la sélection naturelle n'aurait pas tardé à favoriser cette tendance et les femelles auraient aujourd'hui un canal vaginal plus nettement orienté vers l'arrière.

Il semble donc plausible de considérer que la copulation face à face est fondamentale pour notre espèce. Il existe, bien entendu, un certain nombre de variantes qui n'éliminent pas l'élément antérieur : le mâle au-dessus, la femelle au-dessus, côte à côte, accroupis, debout, et ainsi de suite, mais la position la plus valable et la plus communément utilisée est celle où les deux partenaires sont horizontaux, le mâle sur la femelle. Les chercheurs américains ont estimé que, dans leur culture, 70 % de la population n'utilisent que cette position. Même ceux qui varient leurs postures continuent à utiliser la plupart du temps la position fondamentale. Moins de 10 % font l'expérience de positions pour pénétration par l'arrière. Un vaste sondage portant sur près de deux cents sociétés différentes répandues à travers le monde a montré que la copulation dans laquelle le mâle prend la femelle par l'arrière ne constitue la pratique habituelle d'aucune des communautés étudiées.

Si nous admettons maintenant ce fait, nous pouvons, après cette brève digression, revenir à la question première concernant l'auto-imitation sexuelle. Si la femme de notre espèce entendait faire passer avec succès l'intérêt du mâle vers la face antérieure de son corps, c'était à l'évolution de faire quelque chose pour rendre cette région plus stimulante. A un moment donné de notre lointain passé, nous avons dû utiliser l'approche postérieure. Supposons que nous ayons atteint le stade où la femelle émettait par-derrière, à l'intention du mâle, des signaux sexuels au moyen d'une paire de fesses charnues et hémisphériques (que l'on ne trouve pas, soit dit en passant, chez d'autres primates) et d'une paire de lèvres vaginales d'un rouge vif ; supposons que le mâle ait acquis une puissante réaction sexuelle à ces signaux spécifiques ; supposons qu'à ce stade de l'évolution, l'espèce soit devenue de plus en plus verticale et avec une orientation antérieure dans ses contacts sociaux. Etant donné cette situation, on pourrait fort bien s'attendre à trouver une sorte d'auto-imitation antérieure du même genre que celle observée chez le gelada. Pouvons-nous, en examinant les régions antérieures des femelles de notre espèce, distinguer des structures susceptibles d'imiter l'ancienne exhibition génitale des fesses hémisphériques et des lèvres rouges ? La réponse apparaît aussi clairement que le sein féminin lui-même. Les protubérances hémisphériques des seins de la femelle sont certainement des copies des fesses charnues, et le contour bien dessiné des lèvres rouges bordant la bouche, une copie des lèvres vaginales. (On se rappelle peut-être que, lors d'une intense excitation sexuelle, les lèvres de la bouche ainsi que celles des organes génitaux se gonflent et prennent une coloration plus foncée, si bien que non seulement elles se ressemblent mais qu'elles changent aussi de la même façon lors de l'excitation sexuelle.) Si le mâle de notre espèce était déjà prêt à réagir sexuellement à ces signaux lorsqu'ils émanaient de par-derrière la région génitale, alors sa sensibilité innée à leur endroit se déclenche lorsque les signaux se retrouvent sous cette forme, sur la partie antérieure du corps de la femelle. Et c'est, semblerait-il, précisément ce qui s'est passé, avec les femelles ayant respectivement sur la poitrine et sur la bouche une réplique des fesses et des lèvres. (On pense aussitôt à l'emploi du rouge à lèvres et du soutien-gorge, mais nous reviendrons sur ces détails plus tard, quand nous étudierons les techniques sexuelles propres à la civilisation moderne.)

Outre les signaux visuels de première importance, certains stimuli odorants jouent un rôle sexuel. Notre sens olfactif s'est trouvé considérablement réduit au cours de notre évolution, mais il est raisonnablement efficace et joue un rôle plus grand lors des activités sexuelles qu'on ne le croit en général. On sait qu'il existe des différences sexuelles au niveau des odeurs corporelles et on a même avancé qu'une partie du processus de formation du couple — le fait de tomber amoureux — implique une sorte d'empreinte olfactive, une fixation sur l'odeur individuelle et spécifique du corps du partenaire. Il faut relier à cela une surprenante découverte : à la puberté s'opère un changement marqué dans les préférences en matière d'odeurs. Avant la puberté on observe de fortes préférences en faveur des odeurs douces et fruitées, mais avec l'avènement de la maturité sexuelle cette réaction disparaît et un changement spectaculaire se produit en faveur des odeurs fleuries, huileuses et musquées. Ce phénomène est vrai pour les deux sexes, mais le développement de la réaction au musc est plus accentué chez les mâles que chez les femelles. On prétend qu'à l'âge adulte nous pouvons déceler la présence de musc même s'il est dilué dans la proportion d'une part pour huit millions de parts d'air, et il est remarquable que cette substance joue un rôle dominant dans la signalisation par odeur de nombreuses espèces de mammifères, chez lesquelles elle est produite par des glandes sudoripares spécialisées. Bien que nous ne possédions nous-mêmes pas de grosses glandes sécrétant un produit odoriférant, nous avons quand même un certain nombre de petites glandes, les glandes apocrines. Elles sont analogues aux glandes sudoripares ordinaires, mais leurs sécrétions contiennent une plus forte proportion de solide. On les trouve sur un certain nombre de parties du corps, mais elles sont plus massivement concentrées dans la région des aisselles et des organes génitaux. Les touffes de poils qui poussent dans ces régions jouent, à n'en pas douter, un rôle important de pièges à odeurs. On a affirmé que la production d'odeur dans ces zones était accrue lors de l'excitation sexuelle, mais aucune analyse détaillée de ce phénomène n'a encore été pratiquée. Nous savons toutefois qu'il y a 75 % de glandes apocrines de plus chez la femelle de notre espèce que chez le mâle, et il est intéressant de rappeler, à ce propos, que lors des rencontres sexuelles, chez les mammifères inférieurs, le mâle flaire la femelle plus qu'elle ne le hume.

L'emplacement de nos zones spécialisées dans la production d'odeurs semble être encore une nouvelle adaptation à notre façon de procéder par la face antérieure aux contacts sexuels. Il n'y a rien d'extraordinaire en ce qui concerne le centre odoriférant génital : c'est là un trait que nous avons en commun avec bien d'autres mammifères, mais la concentration dans la zone des aisselles est un trait plus inattendu. Il semble en rapport avec la tendance générale de notre espèce à ajouter de nouveaux centres de stimulation sexuelle sur la face antérieure du corps. Dans ce cas, le phénomène aurait pour résultat de maintenir le nez du partenaire à proximité d'une importante zone de production d'odeur durant une bonne partie de l'activité pré-copulatoire et copulatoire.

Nous avons, jusqu'à présent, étudié les moyens par lesquels le processus d'appétit sexuel de notre espèce s'est amélioré et développé si bien que les contacts entre les membres d'un couple sont devenus de plus en plus satisfaisants et que leurs liens se sont trouvés ainsi renforcés et maintenus. Mais l'appétit mène à la consommation et il a fallu là aussi quelques améliorations. Considérons un moment le vieux système des primates. Les mâles adultes sont sexuellement actifs tout le temps, sauf quand ils viennent d'éjaculer. Un orgasme consommatoire leur suffit car le soulagement qu'il apporte à leur tension sexuelle calme leur besoin sexuel assez longtemps pour que leurs réserves de sperme se reconstituent. Les femelles, en revanche, ne sont sexuellement actives que pendant une période limitée, centrée autour de leurs phases d'ovulation. Durant cette période elles sont prêtes à tout moment à recevoir les mâles. Plus elles copulent, plus grande est l'assurance d'une fertilisation réussie. Pour elles, la satiété sexuelle n'existe pas, elles ne connaissent pas d'orgasme qui apaiserait leurs besoins sexuels. Quand elles sont en chaleur, il n'y a pas de temps à perdre, il leur faut à tout prix continuer à opérer. Si elles éprouvaient des orgasmes intenses, elles perdraient alors un temps précieux, au détriment de l'accouplement. A la fin d'une copulation, quand le mâle éjacule et se retire, la femelle du singe ne donne aucun signe d'émotion et s'éloigne en général comme si rien ne s'était passé.

Avec une espèce comme la nôtre, où se forment des couples, la situation est tout à fait différente. Tout d'abord, comme un seul mâle est en jeu, rien n'interdit que la femelle réagisse sexuellement au moment où il est, lui, sexuellement épuisé. Rien ne s'oppose donc à l'existence d'un orgasme chez la femelle. Deux éléments, d'ailleurs, militent fortement en sa faveur. Le premier est l'immense satisfaction, sur le plan du comportement, que l'orgasme apporte à l'acte de coopération sexuelle avec le partenaire choisi. Comme toutes les autres améliorations dans le domaine de la sexualité, celle-ci va servir à renforcer les liens du couple et à maintenir l'unité de la famille. Le deuxième est que l'orgasme accroît considérablement les chances de fertilisation. Cela se passe d'une façon assez particulière, qui s'applique seulement à notre espèce. Là encore, pour le comprendre, il nous faut revenir à nos cousins primates. Quand la femelle du singe a été ensemencée par un mâle, elle peut aller et venir sans craindre de perdre le fluide séminal qui repose maintenant dans la partie la plus profonde de son canal vaginal. Elle marche à quatre pattes. L'angle de son orifice vaginal est encore plus ou moins horizontal. Si une femelle de notre propre espèce était si peu touchée par l'expérience de la copulation qu'elle soit capable elle aussi d'aller vaquer à ses occupations aussitôt après, la situation serait différente, car c'est une bipède et l'angle de son orifice vaginal, durant la locomotion normale, est presque vertical. Sous la simple influence de la pesanteur, le fluide séminal refluerait par le canal vaginal et une grande partie en serait perdue. On notera l'immense intérêt que présente une réaction qui tende à maintenir la femelle à l'horizontale quand le mâle éjacule et que la copulation cesse. La violente réaction de l'orgasme féminin, qui laisse la femelle en état de satiété et d'épuisement sexuel, a précisément cet effet. Il est donc doublement intéressant.

Le fait que l'orgasme femelle dans notre espèce soit unique chez les primates, allié au fait que, physiologiquement, il suit un profil presque identique à celui du mâle, laisse entendre que c'est peut-être, en termes d'évolution, une réaction « pseudo-mâle ». Dans la constitution aussi bien des mâles que des femelles, on trouve des éléments latents appartenant à l'autre sexe. Nous savons, d'après des études comparatives effectuées sur d'autres groupes d'animaux, que l'évolution peut, si nécessaire, réveiller l'une de ces qualités latentes et la faire revenir au premier rang (dans le « mauvais » sexe, si l'on peut dire). Dans ce cas particulier, nous savons que la femelle de notre espèce a acquis une susceptibilité particulière à la stimulation sexuelle du clitoris. Quand on se souvient que cet organe est l'homologue femelle, ou la contrepartie du pénis mâle, cette connaissance semble mener à la conclusion que, à l'origine en tout cas, l'orgasme femelle est un processus « emprunté » au mâle.

Il peut expliquer aussi pourquoi le mâle a le plus gros pénis de tous les primates. Il n'est pas seulement extrêmement long en état de complète érection, mais aussi très épais quand on le compare avec les pénis des autres espèces. (Celui du chimpanzé est, par comparaison, une vulgaire pointe.) Cet élargissement du pénis a pour résultat que les organes génitaux externes de la femelle sont sujets à davantage de tractions et de poussées lorsque le mâle effectue ses mouvements du bassin. A chaque poussée en avant du pénis, la région clitorale est tirée vers le bas puis, à chaque fois qu'il se retire partiellement, elle repart vers le haut. Ajoutez à cela la pression rythmique exercée sur la région clitorale par la région pubienne du mâle copulant en position antérieure, et l'on a un massage répété du clitoris qui — s'il s'agissait d'un mâle — serait pratiquement masturbatoire.

Nous pouvons donc dire, pour nous résumer, que, dans le domaine à la fois de l'appétit et de la consommation, tout ce qui était possible a été fait pour accroître la sexualité du singe nu et pour assurer l'évolution chez un groupe de mammifères d'un processus aussi fondamental que la formation du couple, phénomène pratiquement inconnu dans les autres espèces. Mais les difficultés rencontrées pour introduire cette nouvelle tendance ne sont pas encore surmontées. Si nous examinons notre couple de singes nus, qui continuent avec succès à vivre ensemble, à s'aider mutuellement et à élever les enfants, tout semble bien. Mais les enfants grandissent et bientôt ils auront atteint la puberté... Alors, que se passera-t-il ? Si les vieux schémas des primates sont conservés intacts, le mâle adulte ne tardera pas à chasser les jeunes mâles et à s'accoupler avec les jeunes femelles. Celles-ci deviendront alors partie de l'unité familiale en tant que femelles supplémentaires auprès de leur mère et nous nous retrouverons exactement au point de départ. En outre, si les jeunes mâles sont relégués dans un statut inférieur en marge de la société, comme c'est le cas dans de nombreuses espèces de primates, alors le caractère coopératif de la chasse des mâles en groupe en pâtira.

Il faut donc évidemment apporter ici encore une modification au système de reproduction, un mécanisme d'exogamie. Pour que le système du couple uni subsiste, les filles aussi bien que les garçons devront trouver chacun des partenaires. Ce n'est pas là une exigence extraordinaire pour des espèces où existent des couples et on peut en trouver de nombreux exemples chez les mammifères inférieurs, mais la nature sociale de la plupart des primates rend la chose plus difficile. Dans la plupart des espèces où existent des couples, la famille se sépare et se disperse quand les jeunes grandissent. En raison de son comportement social à caractère coopératif, le singe nu ne peut se permettre cette dispersion. Le problème se pose donc de façon beaucoup plus immédiate, mais il est au fond résolu de la même manière. Comme c'est le cas de tous les animaux qui vivent par couple, les parents ont l'un envers l'autre une attitude possessive. La mère « possède » le père sexuellement et vice versa. Dès que la progéniture commence à produire, à la puberté, des signaux sexuels, les petits deviennent des rivaux sexuels, les fils, rivaux du père, et les filles rivales de la mère. Il y aura donc une tendance à les chasser. La progéniture va commencer aussi à manifester le besoin d'avoir un « territoire » à elle. Cette tendance devait manifestement exister chez les parents pour qu'ils aient commencé par fonder un foyer, et le processus va tout simplement se répéter. La base — foyer familial, dominé et « possédé » par la mère et par le père — n'aura pas les qualités nécessaires aux yeux des jeunes. L'emplacement lui-même, tout autant que les individus qui l'occupent, seront lourdement chargés de signaux, tout à la fois primaires et associatifs. L'adolescent va automatiquement les rejeter et s'en aller établir ailleurs une nouvelle base de reproduction. Ce processus est typique des jeunes carnivores territoriaux, mais non pas des jeunes primates, et c'est encore un changement de comportement fondamental qui va être exigé du singe.

Il est peut-être regrettable que ce phénomène d'exogamie soit si souvent mentionné comme révélateur d'un « tabou d'inceste ». Ce qui implique aussitôt qu'il s'agit d'une restriction relativement récente et culturellement contrôlée, mais, en fait, elle a dû se développer sur le plan biologique à un stade beaucoup plus primitif, sinon le système de reproduction caractéristique de l'espèce n'aurait jamais pu se dégager de ces servitudes de primates.

Une autre caractéristique voisine, et qui semble particulière à notre espèce, c'est la conservation de l'hymen, ou pucelage, chez la femelle. Chez les mammifères inférieurs, il apparaît au stade de l'embryon dans le développement du système uro-génital, mais dans le cadre de la néoténie du singe nu, il est conservé. Sa persistance signifie que la première copulation dans la vie de la femelle va se passer avec quelque difficulté. Alors que l'évolution s'est donné tellement de mal pour la rendre aussi sexuellement sensible que possible il paraît au premier abord étrange qu'elle soit équipée de ce qui pourrait sembler l'équivalent d'un système anti-copulatoire. Mais la situation n'est pas aussi contradictoire qu'il y paraît. En rendant la première tentative de copulation difficile et même pénible, l'hymen assure qu'on ne s'y adonnera pas à la légère. De toute évidence, durant la phase de l'adolescence, il va y avoir une période d'expérimentation sexuelle, où la femelle « jouera le charme » en quête d'un partenaire convenable. Les jeunes mâles n'auront aucune bonne raison de s'arrêter avant la copulation. Si des liens de couple ne se forment pas, ils ne sont nullement engagés et peuvent continuer leurs expériences, jusqu'au moment où ils trouvent une partenaire qui leur sied. Mais si les jeunes femelles allaient aussi loin sans former de couple, elles pourraient fort bien se retrouver enceintes à la veille d'être dans une situation de parent sans partenaire pour les accompagner. En freinant quelque peu cette tendance chez la femelle, l'hymen exige qu'elle éprouve déjà un profond attachement avant de franchir ce pas, un attachement assez fort pour lui faire accepter l'inconfort physique initial.

Il faut ici ajouter un mot sur la question de la monogamie et de la polygamie. Le développement du couple dans l'ensemble de l'espèce favorise naturellement la monogamie, mais ne l'exige pas absolument. Si les violences de la chasse font que les mâles adultes deviennent plus rares que les femelles, une tendance se manifestera, chez certains des mâles survivants, pour former des couples avec plus d'une seule femelle. Conduite qui permettra dès lors d'accroître le taux de reproduction sans que naissent des tensions dangereuses, sans laisser des femelles « en surplus ». Si le processus de formation du couple était devenu exclusif au point d'empêcher ce phénomène, il serait inefficace. Il ne s'agit toutefois pas d'un développement facile, en raison du caractère possessif des femelles intéressées et des risques, entre elles, de graves rivalités sexuelles. La polygamie a également contre elle les pressions économiques fondamentales qu'implique l'entretien d'un groupe familial plus vaste, avec toute sa progéniture. La polygamie peut donc exister dans une faible mesure, mais elle est sévèrement limitée. Il est intéressant de constater que, si elle se maintient encore aujourd'hui dans un certain nombre de cultures mineures, toutes les grandes sociétés (qui composent la vaste majorité de la population mondiale de l'espèce) sont monogames. Même chez celles qui permettent la polygamie, elle n'est généralement pratiquée que par une faible majorité de mâles. Il est curieux de se demander si son absence de presque tous les grands groupes culturels n'a pas été en fait un facteur déterminant dans la réussite qu'ils connaissent aujourd'hui. Nous pouvons en tout cas affirmer pour conclure que, quoi que fassent encore actuellement quelques obscures unités tribales arriérées, la majorité de notre espèce exprime sa tendance à la vie par couple sous sa forme la plus extrême, à savoir l'union monogame à long terme.

Tel est donc le singe nu dans toute sa complexité érotique : une espèce à la sexualité forte, qui vit par couple et avec de nombreuses caractéristiques

qu'on ne retrouve nulle part ailleurs ; un mélange
compliqué de son hérédité de primate avec de profondes modifications de carnivore. A cela il nous
faut ajouter le troisième et dernier ingrédient : la
civilisation moderne. Le cerveau plus vaste qui a
accompagné la transformation du singe arboricole en un chasseur vivant en meute, a commencé
à chercher des améliorations techniques. Les
simples habitats tribaux sont devenus des villages
et des villes. L'âge de la pierre taillée a cédé la
place à l'âge de l'espace. Mais quel effet l'acquisition de tout ce brillant vernis a-t-il eu sur le système sexuel de l'espèce ? Peu d'effet, semble-t-il.
Tout cela a été trop rapide, trop brusque, pour
qu'aucun progrès d'ordre biologique fondamental
puisse se produire. En apparence, il *semble* s'être
produit, c'est vrai, mais c'est surtout une illusion.
Derrière la façade de la vie des cités modernes, il
y a toujours le même vieux singe nu. Seuls les
noms ont changé : au lieu de « chasser », il faut
lire « travailler », au lieu de « terrain de chasse »,
il faut lire « lieu de travail », au lieu d'« antre », il
faut lire « maison », au lieu de « couple », il faut
lire « mariage », au lieu de « compagne », il faut
lire « épouse », et ainsi de suite. Les études faites
aux Etats-Unis sur les habitudes sexuelles contemporaines, et que j'ai citées précédemment, ont
révélé que l'équipement physiologique et anatomique de l'espèce est encore utilisé à plein. La
survivance de vestiges préhistoriques alliés à
des éléments empruntés aux carnivores et aux
autres primates vivants nous a montré comment
le singe nu devait utiliser son équipement sexuel
dans le lointain passé et comment il devait orga-
niser sa vie amoureuse. Les éléments recueillis
aujourd'hui semblent donner à peu près la même
image fondamentale, dès l'instant qu'on a ôté le

sombre vernis imposé par le souci de moraliser. Comme je l'ai dit au début de ce chapitre, c'est la nature biologique de l'animal qui a modelé la structure sociale de la civilisation, plutôt que le contraire.

Pourtant, bien que le système sexuel fondamental ait été conservé sous une forme relativement primitive (on n'a pas assisté à une communalisation du sexe pour correspondre à l'accroissement des communautés), de nombreux contrôles et restrictions d'ordre mineur ont été introduits. C'est devenu nécessaire en raison de la gamme compliquée de signaux sexuels anatomiques et physiologiques et du renforcement des réactions sexuelles qui s'est opéré parmi nous au cours de notre évolution. Ces contrôles étaient conçus pour servir dans une petite unité tribale étroitement unie, et non dans une vaste métropole. Dans la grande ville, nous croisons constamment des centaines d'étrangers stimulants (et stimulables). C'est là un phénomène nouveau et qui nécessite des mesures nouvelles.

A vrai dire, l'apparition de restrictions d'ordre culturel a dû commencer beaucoup plus tôt, avant même que surgissent des étrangers. Même au sein des plus simples unités tribales, il a dû être nécessaire, pour les membres d'un couple, de diminuer, dans une certaine mesure, leur signalisation sexuelle lorsqu'ils se déplaçaient en public. S'il fallait accentuer la sexualité pour maintenir l'union du couple, alors des mesures ont dû être prises pour la calmer quand les membres du couple étaient séparés, afin d'éviter la sur-stimulation de tierces personnes. Dans d'autres espèces vivant par couple mais sous une forme communale, on y parvient essentiellement par des gestes agressifs, mais dans une espèce coopérative comme la nôtre, on a préféré des méthodes moins belliqueuses. C'est là où notre cerveau développé peut venir à la rescousse. La communication par la parole joue manifestement là un rôle vital (« mon mari n'aimerait pas cela »), comme c'est le cas dans de si nombreux aspects des contacts sociaux, mais il faut aussi des mesures plus immédiates.

L'exemple le plus manifeste est la sainte et proverbiale feuille de vigne. En raison de sa position verticale, il est impossible pour un singe nu d'approcher un autre membre de son espèce sans exhiber ses organes génitaux. Les autres primates, qui avancent à quatre pattes, n'ont pas ce problème. S'ils veulent exhiber leurs organes génitaux, il leur faut prendre une posture particulière. Nous, nous avons ce problème à tout instant, quoi que nous fassions. Il s'ensuit que la dissimulation de la région génitale sous un vêtement quelconque a dû être un des premiers développements de notre culture. L'utilisation de vêtements en tant que protection contre le froid a sans nul doute trouvé là son origine à mesure que l'espèce s'étendait vers des climats moins hospitaliers, mais ce stade est probablement survenu beaucoup plus tard.

Avec la diversité des conditions culturelles, le développement des vêtements anti-sexuels a considérablement varié, tantôt s'étendant jusqu'à d'autres signaux sexuels secondaires (dissimulation des seins, lèvres voilées), et tantôt non. Dans certains cas extrêmes, les organes génitaux des femelles sont non seulement dissimulés mais sont également rendus totalement inaccessibles. L'exemple le plus célèbre en est la ceinture de chasteté, qui recouvrait les organes génitaux et l'anus d'une bande métallique perforée aux endroits appropriés pour permettre le passage des excréments. On a vu également pratiquer la couture des organes génitaux chez les jeunes filles avant le mariage ou la fermeture des lèvres par des anneaux ou des pinces métalliques. A une époque plus récente, on a enregistré le cas d'un mâle perçant des trous dans les lèvres de sa compagne puis cadenassant ses organes génitaux après chaque copulation. Des précautions aussi extrêmes que celles-ci sont, bien entendu, très rares, mais la méthode moins radicale qui consiste simplement à dissimuler les organes génitaux derrière un vêtement qui les masque est aujourd'hui presque universellement adoptée.

Un autre développement important c'est qu'on a vu apparaître la notion d'intimité à propos des actes sexuels eux-mêmes. Les organes génitaux étant non seulement devenus des parties secrètes, il fallait également les utiliser en secret. Résultat : l'apparition d'une association marquée entre l'accouplement et le sommeil. Dormir avec quelqu'un est devenu synonyme de s'accoupler avec quelqu'un : ainsi, la grande majorité de l'activité copulatoire, au lieu de s'étaler tout au long de la journée, a fini aujourd'hui par se limiter à un moment particulier : la fin de soirée.

Les contacts de corps à corps, comme on l'a vu, en viennent à jouer un rôle si important dans le comportement sexuel qu'eux aussi doivent être diminués dans la routine de la journée. Il faut, dans nos communautés grouillantes et encombrées, placer un interdit sur le contact physique avec des étrangers. Tout frôlement accidentel du corps d'un étranger est aussitôt suivi d'une excuse, l'intensité de cette excuse étant proportionnelle au degré de sexualité émanant du corps touché. Une vue filmée ou accélérée d'une foule circulant dans une rue ou à l'intérieur d'un grand immeuble révèle clairement l'incroyable complexité de ces constantes manœuvres pour éviter tout contact corporel.

Cette limitation dans les contacts avec des étrangers ne disparaît normalement que dans des conditions d'extrême encombrement ou dans des circonstances spéciales en rapport avec des catégories particulières d'individus (coiffeurs, tailleurs et médecins, par exemple) qui sont dans la société « autorisés à toucher ». Le contact avec des amis intimes et des parents est soumis à moins d'inhibitions. Leur rôle social est déjà clairement établi comme non sexuel et le danger est donc moins grand. Malgré cela, le cérémonial d'accueil est devenu hautement stylisé. La poignée de main est aujourd'hui un processus strictement réglementé. Le baiser de bienvenue a pris sa forme rituelle (attouchement réciproque de bouche à joue) qui le distingue du baiser sexuel de bouche à bouche.

Les attitudes corporelles se sont, à certains égards, désexualisées. La femelle évite à tout prix la position des jambes écartées, qui est une invitation sexuelle. Quand elle est assise, les jambes sont étroitement serrées, ou bien croisées l'une par-dessus l'autre.

Si la bouche est contrainte d'adopter une mimique qui, dans une certaine mesure, rappelle une réaction sexuelle, elle se dissimule souvent alors derrière la main. Certaines sortes de rires et de grimaces sont caractéristiques de la phase de cour, et quand elles se produisent dans un contexte social, on peut fréquemment voir la main se lever aussitôt pour couvrir la région de la bouche.

Les mâles, dans de nombreuses cultures, se débarrassent de certains de leurs caractères secondaires en se rasant la barbe et (ou) les moustaches. Les femelles s'épilent les aisselles. Important piège à odeurs, la toison des aisselles doit être éliminée si les habitudes vestimentaires laissent cette région découverte. Le poil pubien est toujours si soigneusement dissimulé par les vêtements qu'il ne nécessite en général pas ce traitement, mais il est intéressant de noter que cette zone est fréquemment rasée chez les modèles des peintres, dont la nudité est non sexuelle.

On pratique en outre la désodorisation générale du corps. Celui-ci est lavé et baigné fréquemment — bien plus que ne le réclament les simples exigences de l'hygiène. Les odeurs corporelles sont refoulées par la société et les désodorisants chimiques se vendent en énorme quantité.

On maintient la plupart de ces contrôles en recourant à un simple stratagème, devant lequel on reste sans défense : il consiste à dire des phénomènes condamnés qu'ils ne sont « pas bien », que « cela ne se fait pas » ou que « ce n'est pas poli ». Il est très rare qu'on mentionne ou même qu'on envisage le véritable caractère anti-sexuel de ces interdits. Toutefois, des contrôles plus apparents sont imposés également sous la forme de codes moraux artificiels ou de lois sexuelles. Ils varient beaucoup d'une culture à l'autre, mais, dans tous les cas, le principal souci est le même : éviter l'excitation sexuelle d'étrangers et diminuer l'interaction sexuelle hors du cadre du couple. Pour faciliter ce processus, dont même les groupes les plus puritains reconnaissent les difficultés, on emploie diverses techniques sublimatoires. C'est ainsi qu'on encourage parfois chez les collégiens le sport et autres activités physiques, dans le vain espoir qu'ils réduiront les besoins sexuels. Un examen attentif de cette notion et de son application révèle que, dans l'ensemble, c'est un consternant échec. Les athlètes ne sont ni plus ni moins sexuellement actifs que les autres groupes. Ce qu'ils perdent en fatigue, ils le gagnent en condition physique. La seule méthode qui semble donner quelques résultats, c'est le bon vieux système de la punition et de la récompense : punition si l'on s'abandonne au désir sexuel et récompense de la continence. Mais ce système, il va sans dire, provoque le refoulement plutôt que la diminution de l'instinct sexuel.

Bien sûr, nos communautés anormalement agrandies nécessitent des mesures de cet ordre pour empêcher ces contacts multipliés par la vie en société qui conduiraient à des activités sexuelles dangereusement accrues en dehors du cadre du couple. Mais l'évolution du singe nu en un primate à la sexualité développée ne peut s'admettre que jusqu'à un certain point. Sa nature biologique ne cesse de se rebeller. Sitôt qu'on applique des contrôles artificiels, des améliorations sont trouvées pour leur faire échec. Cela aboutit souvent à des situations ridiculement contradictoires.

La femelle couvre ses seins, puis entreprend de redessiner leurs formes avec un soutien-gorge. Cet appareil de signalisation sexuelle peut être rembourré ou gonflable, si bien que, non content de rétablir la forme dissimulée, il la grossit, imitant ainsi le gonflement des seins qui se produit lors de l'excitation sexuelle. Dans certains cas, des femelles aux seins tombants vont même jusqu'à la chirurgie esthétique, se soumettant à des injections sous-cutanées de paraffine pour produire des effets analogues sur une base plus permanente.

Le camouflage sexuel s'est étendu à certaines autres parties du corps : l'on n'a qu'à penser à la braguette et aux épaulettes du mâle, au bustier de la femelle, qui fait ressortir le derrière. Dans certaines cultures d'aujourd'hui, il est possible pour des femelles décharnées d'acheter des capitonnages faisant office de « fesses postiches ». Le port de chaussures à talons hauts, en déformant la position habituelle de marche, accroît le balancement de la région postérieure lors de la locomotion.

Le capitonnage des hanches a aussi été employé par la femelle à diverses époques et, grâce à des ceintures serrées, on peut exagérer les courbes de la hanche et du sein. C'est pour cela qu'on a toujours eu une préférence marquée pour la taille étroite chez les femelles et un corsetage étroit de cette région a été fort largement pratiqué. Cette tendance a atteint son sommet avec les « tailles de guêpe » d'il y a un demi-siècle, époque à laquelle certaines femelles n'hésitaient pas à se faire retirer les côtes inférieures pour augmenter l'effet.

L'usage largement répandu du rouge à lèvres, du maquillage et du parfum pour souligner respectivement les signaux sexuels des lèvres, les signaux de rougissement et les signaux d'odeur corporelle, fournissent des exemples d'autres contradictions. La femelle qui lave avec une telle assiduité sa propre odeur biologique entreprend alors de la remplacer par des parfums « sexy » vendus dans le commerce et qui, en réalité, ne sont rien de plus que des formes diluées des produits des glandes sudoripares provenant d'autres espèces de mammifères qui n'ont aucun rapport avec nous.

En dressant la liste de toutes ces diverses restrictions sexuelles et des contre-attaques artificielles qu'on leur oppose, on ne peut s'empêcher de penser qu'il serait beaucoup plus simple de repartir de zéro. Pourquoi réfrigérer une pièce pour ensuite y allumer un feu ? Comme je l'ai déjà expliqué, la raison de ces restrictions est assez claire : il s'agit d'éviter une stimulation sexuelle intempestive qui risquerait de compromettre l'union du couple. Mais pourquoi pas une totale restriction en public ? Pourquoi ne pas limiter les manifestations sexuelles, aussi bien biologiques qu'artificielles, aux moments d'intimité entre les membres du couple ? Une partie de la réponse à cette question tient à notre très haut niveau de sexualité, qui exige constamment une expression et un débouché. Cette sexualité a été conçue pour maintenir l'union du couple, mais aujourd'hui, dans l'atmosphère stimulante d'une société complexe, elle est constamment déclenchée dans le cadre de situations qui ne sont pas celles du couple. Ce n'est là, toutefois, qu'une partie de la réponse. La sexualité peut servir de moyen de protection, manœuvre bien connue chez d'autres espèces de primates. Si la femelle du singe veut approcher un mâle agressif dans un contexte non sexuel, elle peut lui prodiguer les manifestations sexuelles, non pas parce qu'elle veut s'accoupler, mais parce que, ce faisant, elle éveillera suffisamment chez lui l'instinct sexuel pour supprimer ses sentiments agressifs. De pareils types de comportement sont appelés déplacements de motivation. La femelle utilise la stimulation sexuelle pour déplacer les motivations du mâle et acquérir par-là un avantage non sexuel. Notre propre espèce utilise des procédés analogues. Dans une bonne mesure, la signalisation sexuelle artificielle est employée de cette façon. En se rendant séduisants pour les membres du sexe opposé, les individus peuvent réduire efficacement les sentiments d'hostilité chez d'autres membres du groupe auquel ils appartiennent.

Cette stratégie, bien sûr, présente des dangers

pour une espèce où la vie se déroule sous le signe du couple. La stimulation ne doit pas aller trop loin. En se conformant aux restrictions sexuelles fondamentales que la culture a mises au point, il est possible d'émettre des signaux déclarant clairement : « je ne suis pas disponible pour la copulation » et pourtant, tout en même temps, d'émettre d'autres signaux qui proclament : « je suis néanmoins très sexy ». Ces derniers signaux serviront à réduire l'antagonisme, pendant que les premiers empêcheront les événements d'échapper à tout contrôle. On peut avoir son gâteau et le manger.

Cela devrait fonctionner sans heurts, mais malheureusement d'autres influences jouent. Le mécanisme de formation du couple n'est pas parfait. Il a fallu le greffer sur le vieux système des primates et celui-ci transparaît encore. Si quelque chose tourne mal dans la situation du couple, alors les vieux instincts du primate resurgissent. Si l'on ajoute le fait qu'une autre des grandes étapes de l'évolution du singe nu a été l'extension de la curiosité de l'enfance jusque dans la phase adulte, on voit que la situation risque fort de devenir dangereuse.

Le système a manifestement été conçu pour fonctionner dans une situation où la femelle donne naissance à une nombreuse progéniture et où le mâle s'en est allé chasser avec les autres mâles. Bien que fondamentalement cette situation ait persisté, des changements sont intervenus. Il existe une tendance à limiter, de façon artificielle, le nombre des petits. Cela signifie que la femelle du couple ne sera pas totalement absorbée par ses devoirs de mère et qu'en l'absence de son compagnon, elle sera plus disponible sexuellement. Il existe aussi une tendance chez de nombreuses femelles à se joindre au groupe des chasseurs. La chasse, bien sûr, a aujourd'hui été remplacée par « le travail » et les mâles qui se rendent chaque jour à leur bureau risquent de se trouver dans des groupes hétérosexuels, au lieu des meutes d'antan composées uniquement de mâles. Ce qui signifie que chacun des membres du couple est soumis à rude épreuve. Et trop souvent le couple s'effondre sous cette pression. (Les chiffres américains, on s'en souvient, indiquaient que, à l'âge de quarante ans, 26 % des femelles mariées et 50 % des mâles mariés ont pratiqué la copulation extra-conjugale.) Mais fréquemment le couple original est assez fort pour se garder de ces activités extérieures, ou pour se réaffirmer lorsqu'elles ont cessé. On n'observe de rupture complète et définitive que dans un faible pourcentage de cas.

S'en tenir là serait parfois exagérer la solidité du couple. Il est peut-être capable de survivre dans la plupart des cas à la curiosité sexuelle, mais il n'est pas assez fort pour la supprimer complètement. Bien que la puissante impression sexuelle maintienne le couple uni, elle n'élimine pas totalement leur intérêt pour des activités sexuelles extérieures. Si ces activités sont en conflit trop flagrant avec l'unité du couple, alors il faut leur trouver un substitut moins nocif. La solution a été « le voyeurisme », en employant le terme dans son sens le plus large, et c'est une solution presque universellement adoptée. Dans son sens strict, on entend par « voyeurisme » le fait d'obtenir une excitation sexuelle en regardant d'autres individus s'accoupler, mais on peut logiquement l'élargir jusqu'à lui faire inclure tout intérêt excluant la participation à une activité sexuelle quelconque. Pratiquement, toute la population s'adonne au voyeurisme. Les gens regardent, lisent, écoutent. L'immense masse de matériel fournie par la télévision, la radio, le cinéma, le théâtre et la fiction s'occupe à satisfaire cette exigence. Les illustrés, les journaux et la conversation en général apportent également une importante contribution. C'est devenu une industrie de première grandeur. Et à aucun moment durant ce spectacle l'observateur sexuel ne fait réellement quoi que ce soit. Tout se passe par personne interposée. Si pressante est la demande qu'il nous a fallu inventer une catégorie spéciale d'exécutants — les acteurs et les actrices — qui font semblant pour nous de jouer des séquences sexuelles pour que nous puissions les observer. Ils se courtisent et s'épousent, puis revivent dans de nouveaux rôles, pour se courtiser et s'épouser un autre jour. Grâce à ce procédé, les réserves du voyeur se trouvent prodigieusement accrues.

Si l'on considérait une vaste gamme d'espèces animales, on serait forcé de conclure que cette activité de voyeurs, dans la nôtre, est biologiquement anormale. Mais elle est relativement inoffensive et peut, en fait, aider notre espèce, car elle satisfait dans une certaine mesure les exigences constantes de notre curiosité sexuelle sans entraîner les individus intéressés dans de nouvelles relations à possibilités copulatoires, qui risqueraient de menacer le couple.

La prostitution opère suivant à peu près le même principe. Dans ce cas, bien sûr, il y a participation, mais dans la situation typique, celle-ci se limite impitoyablement à la phase copulatoire. La phase de cour et même les activités pré-copulatoires sont limitées à un strict minimum. Ce sont en effet les stades où la formation du couple commence à se faire et ils sont résolument supprimés. Si un mâle déjà membre d'un couple satisfait son besoin d'innovation sexuelle en s'accouplant avec une prostituée, il risque évidemment de faire du tort au couple, mais moins que s'il se laissait entraîner dans une aventure romanesque, mais non copulatoire.

Une autre forme d'activité sexuelle qui mérite d'être examinée, c'est le développement d'une fixation homosexuelle. La fonction première du comportement sexuel est la reproduction de l'espèce et c'est là une chose que la formation de couples homosexuels est évidemment incapable d'accomplir. Il est important d'introduire ici une subtile distinction. Il n'y a rien de biologiquement insolite dans un acte homosexuel de pseudo-copulation. De nombreuses espèces s'y adonnent dans toutes sortes de circonstances. Mais la formation d'un couple homosexuel est malsaine sur le plan de la reproduction, puisqu'elle ne peut amener la création d'une progéniture et qu'elle gaspille le potentiel reproductif de deux adultes. Pour comprendre comment cela peut se produire, il n'est pas inutile de considérer d'autres espèces.

J'ai déjà expliqué comment une femelle peut utiliser des signaux sexuels pour opérer une re-motivation chez un mâle agressif. En l'excitant sexuellement, elle supprime son antagonisme et évite d'être attaquée. Un mâle en position de subordination peut utiliser un stratagème analogue. De jeunes singes mâles adoptent fréquemment des postures d'invitation sexuelle de femelles et sont alors montés par des mâles dominateurs qui sans cela les auraient attaqués. Des femelles dominatrices peuvent aussi monter des femelles subordonnées de la même façon. Cette utilisation de type de conduite sexuelle dans des situations non sexuelles est devenue un trait commun de la scène sociale des primates et s'est révélée extrêmement précieuse pour contribuer à maintenir l'harmonie et l'organisation du groupe. Comme ces autres espèces de primates ne connaissent pas ce processus d'intense formation des couples, cette situation ne conduit pas aux difficultés que pourrait créer la formation de couples homosexuels à long terme. Elle résout simplement les problèmes immédiats de domination, sans avoir des conséquences sur les relations sexuelles à long terme.

Le comportement homosexuel s'observe aussi dans les situations où l'objet sexuel idéal (un membre du sexe opposé) n'est pas disponible. Cela s'applique à de nombreux groupes d'animaux : un membre du même sexe est utilisé en tant que substitut à l'activité sexuelle. En état d'isolement total, les animaux sont souvent poussés à des mesures plus extrêmes et tentent de s'accoupler avec des objets inanimés ou de se masturber. Ainsi, en captivité, on a vu certains carnivores s'accoupler avec leurs réceptacles à nourriture. Les singes adoptent fréquemment une attitude masturbatoire et on l'a même enregistrée dans le cas de lions. De même, des animaux logés avec une espèce étrangère peuvent tenter de s'accoupler avec eux. Mais ces activités disparaissent de façon caractéristique quand le stimulus biologiquement correct — un membre du sexe opposé — entre en scène.

Des situations analogues se présentent très fréquemment dans notre propre espèce et la réaction est à peu près la même. Soit des mâles ou des femelles qui ne parviennent pas, pour une raison quelconque, à avoir accès auprès de leurs homologues de l'autre sexe : ils trouveront ailleurs des débouchés sexuels. Ils peuvent utiliser d'autres membres de leur sexe, ou bien ils peuvent même utiliser des membres d'autres espèces, ou encore ils peuvent se masturber. Les études détaillées faites par les Américains sur le comportement sexuel ont révélé que, dans cette civilisation, à l'âge de quarante-cinq ans, 13 % des femelles et 37 % des mâles ont eu des contacts homosexuels allant jusqu'à l'orgasme. Des contacts sexuels avec d'autres espèces animales sont beaucoup plus rares (parce que, bien sûr, ils fournissent beaucoup moins les stimuli sexuels appropriés) et on n'en a enregistré que chez 3,6 % des femelles et 8 % des mâles. La masturbation, bien qu'elle n'apporte pas de « stimuli de partenaire », est néanmoins tellement plus facile à pratiquer qu'on la rencontre beaucoup plus fréquemment. On estime qu'à un moment quelconque de leur vie 58 % des femelles et 92 % des mâles se masturbent.

Si toutes ces activités, qui sur le plan de la reproduction représentent un gaspillage, peuvent avoir lieu sans réduire le potentiel de reproduction à long terme des individus intéressés, alors elles sont inoffensives. En fait, elles peuvent se révéler biologiquement avantageuses, car elles aident à prévenir la frustration sexuelle qui, elle, peut mener à la disharmonie sociale sous diverses formes. Mais dès l'instant que ces activités donnent naissance à des fixations sexuelles, elles créent un problème. Dans notre espèce, il existe, comme nous l'avons vu, une forte tendance à « tomber amoureux » — à nouer des liens solides avec l'objet de nos attentions sexuelles. Ce processus d'impressions sexuelles permet l'union à long terme, si essentielle à ce que l'on exige des parents. Cette impression commence à se manifester sitôt que de sérieux contacts sexuels sont effectués et les conséquences en sont évidentes. Les premiers objets vers lesquels nous dirigeons nos attentions sexuelles sont susceptibles de devenir l'Objet. Cette façon dont nous sommes ainsi marqués est un phénomène associatif. Certains stimuli clés, qui sont présents au moment de la récompense sexuelle, deviennent intimement liés à la récompense, et très vite il est impossible au comportement sexuel de se manifester sans la présence de ces stimuli vitaux. Si nous sommes poussés par les pressions sociales à éprouver nos premiers plaisirs sexuels dans un contexte homosexuel ou masturbatoire, alors certains éléments présents dans ces contextes risquent de prendre une signification sexuelle puissante et durable. (Les formes plus insolites de fétichisme ont également cette origine.)

On pourrait s'attendre que ces déviations provoquent beaucoup d'ennuis, mais la plupart du temps deux éléments les écartent. Tout d'abord, nous sommes équipés d'un jeu de réactions instinctives aux signaux sexuels caractéristiques du sexe opposé, si bien que nous ne risquons guère de réagir en ayant envie de faire la cour à un objet chez qui ces signaux sont absents. Ensuite, nos premiers contacts sexuels sont d'un caractère très expérimental. Nous commençons par nous éprendre et nous déprendre très fréquemment et très facilement. On dirait que le processus d'impression totale a un retard sur les autres développements sexuels. Durant cette phase de « recherche », nous sommes en général soumis à un grand nombre d'« empreintes » mineures, chacune d'elles étant corrigée par la suivante jusqu'à ce que nous finissions par en arriver au point où nous sommes prêts à être fortement marqués. En général, lorsque ce moment arrive, nous avons été suffisamment exposés à toutes sortes de stimuli sexuels pour nous être attachés à ceux qui nous conviennent biologiquement et l'accouplement évolue alors suivant un schéma hétérosexuel normal.

Il sera peut-être plus facile de comprendre ce mécanisme si nous le comparons avec la situation qui s'est instaurée dans certaines autres espèces. Par exemple, des oiseaux coloniaux formant des couples émigrent vers les lieux de reproduction où seront établis les nids. Des oiseaux jeunes et qui, jusque-là, ne vivaient pas en couple, volant en adultes pour la première fois, doivent. comme leurs aînés, établir des territoires et former des couples aptes à la reproduction. Ce qu'ils font sans trop de retard peu après leur arrivée. Les jeunes oiseaux sélectionnent leurs partenaires sur la base de leurs signaux sexuels. La façon dont ils réagissent à ces signaux est innée. Ayant commencé de courtiser une partenaire, ils limiteront alors leurs avances sexuelles à ce sujet en particulier. On arrive à ce résultat par un processus d'impressions sexuelles. Sitôt que commence la phase de cour qui prélude à la formation du couple, les indices sexuels instinctifs (que tous les membres de chaque sexe de chaque espèce ont en commun) doivent s'associer avec certains signes d'identification individuelle unique. C'est seulement de cette façon que le processus d'impression peut réduire la réaction sexuelle de chaque oiseau à son partenaire. Tout cela doit se faire vite, car la saison des amours est limitée. Si, au début de cette phase, on retirait de la colonie, à titre expérimental, tous les membres d'un même sexe, un grand nombre de couples homosexuels se formeraient peut-être, les oiseaux s'efforçant désespérément de trouver ce qui se rapproche le plus d'un partenaire acceptable.

Dans notre propre espèce, le processus est beaucoup plus lent. Nous n'avons pas à opérer avant la date limite qui marque la fin d'une brève saison des amours. Cela nous donne le temps de chercher. Même si nous sommes jetés dans un milieu caractérisé, durant de longues périodes de notre adolescence, par la ségrégation sexuelle, cette situation ne nous amène pas de façon automatique et permanente à former des couples homosexuels. Si nous étions comme les oiseaux coloniaux que nous venons d'étudier, alors aucun jeune mâle ne pourrait sortir d'un pensionnat exclusivement masculin (ou de toute autre organisation analogue unisexuelle) avec le moindre espoir de jamais former un couple hétérosexuel. En fait, les dégâts ne sont pas trop graves. L'empreinte dans la plupart des cas n'est qu'à peine esquissée et peut être facilement effacée par des impressions plus fortes, qui viennent ensuite.

Dans une minorité de cas, toutefois, les dommages sont plus permanents. De puissants caractères associatifs se seront trouvés solidement liés à l'expression sexuelle et seront toujours exigés par la suite lors de la formation de couple. L'infériorité des signaux sexuels élémentaires émis par un partenaire du même sexe ne suffira même pas à contrebalancer les impressions positives qui ont marqué le sujet. Il est normal de demander pourquoi une société devrait s'exposer à de tels risques. La réponse, semble-t-il, est que cela tient à la nécessité de prolonger la phase d'éducation aussi longtemps que possible afin de faire face aux exigences technologiques de notre culture, qui sont d'une formidable complexité. Si de jeunes mâles et de jeunes femelles constituaient des unités familiales sitôt que leur équipement biologique le leur permet, une grande partie de la période de formation serait perdue. De fortes pressions s'exercent donc sur eux pour les en empêcher.

Malheureusement, les restrictions culturelles les plus énergiques ne vont pas paralyser le développement du système sexuel et, s'il est empêché de suivre la voie habituelle, il en trouvera une autre.

Il y a encore un autre facteur non moins important susceptible de favoriser les tendances homosexuelles. Si, dans la situation familiale, la progéniture est soumise à la présence d'une mère dominatrice et indûment masculine, ou à celle d'un père efféminé et indûment faible, alors cette situation provoquera une grande confusion. Les traits de comportement seront orientés dans une direction, les traits anatomiques dans l'autre. Si, lorsqu'ils deviennent sexuellement mûrs, les fils recherchent des partenaires ayant les qualités de comportement (plutôt qu'anatomiques) de la mère, ils risquent de porter leur choix sur des mâles plutôt que sur des femelles. Pour les filles, il existe inversement un risque analogue. L'ennui avec les problèmes sexuels de cet ordre, c'est que la longue période durant laquelle l'enfant dépend de ses parents crée un si formidable chevauchement d'une génération à l'autre que ces perturbations se reproduisent constamment. Le père efféminé cité plus haut a sans doute été jadis exposé à des anomalies sexuelles dans les rapports entre ses propres parents, et ainsi de suite. Des problèmes de ce genre se répercutent pour une longue période d'une génération à l'autre avant de disparaître ou avant de devenir si aigus qu'ils se résolvent d'eux-mêmes en empêchant purement et simplement la reproduction.

En tant que zoologue, je ne suis pas en mesure de discuter des « particularités » sexuelles du point de vue habituel du moraliste. Je puis tout au plus me référer à une moralité biologique en termes de réussite et d'échec de copulation. Si certains types de conduite sexuelle gênent le succès de la reproduction, alors on peut sans hésiter les qualifier de biologiquement malsains. Des groupes comme en constituent les moines, les religieuses, les vieilles filles et les célibataires endurcis ainsi que les homosexuels invétérés sont tous, du point de vue de la reproduction, aberrants. La société les a élevés, mais, comme on dit, ils n'ont pas renvoyé l'ascenseur. Il faudrait toutefois se rendre compte aussi qu'un homosexuel actif n'est pas plus aberrant sur le plan de la reproduction qu'un moine. Il faut ajouter aussi qu'aucune pratique sexuelle, si répugnante et obscène qu'elle puisse apparaître aux membres d'une certaine culture, ne peut être critiquée biologiquement parlant dans la mesure où elle n'entrave pas le succès de la reproduction dans son ensemble. Si les raffinements les plus bizarres de l'acte sexuel contribuent à assurer soit que la fécondation aura lieu entre membres d'un couple, soit que les liens du couple en seront renforcés, alors, sur le plan de la reproduction, ils ont rempli leur rôle et sont, biologiquement parlant, tout aussi acceptables que les coutumes sexuelles les plus « convenables » et approuvées. Cela dit, il me faut maintenant souligner une importante exception à la règle. La moralité biologique que je viens d'esquisser cesse de s'appliquer dans des conditions de surpopulation. Quand la surpopulation se produit, il faut prendre le contre-pied des règles. Nous savons, d'après les études faites sur d'autres espèces dans des conditions expérimentales de surpopulation, qu'il arrive un moment où la densité croissante de population atteint un taux si élevé qu'elle anéantit toute la structure sociale. Les animaux contractent des maladies, ils tuent leurs petits, ils se battent avec acharnement et se mutilent. Aucune séquence de comportement ne peut se dérouler normalement. Tout est fragmenté. Pour finir, il y a tant de morts que la densité de population est ramenée à un chiffre plus bas et que les individus peuvent commencer à se reproduire. Si, dans une telle situation on avait pu introduire un mécanisme de contrôle des naissances alors que les premiers signes de surpopulation étaient apparents, on aurait évité le chaos. Dans de telles conditions (grave surpopulation sans aucun signe d'amélioration dans l'avenir immédiat), les schémas sexuels antireproductifs doivent évidemment être considérés sous un jour nouveau.

Or notre propre espèce va justement à grands pas vers une telle situation. Nous en sommes arrivés à un point où nous ne pouvons plus nous permettre la complaisance. La solution est évidente : il faut réduire le taux de natalité sans toucher aux structures sociales existantes ; il faut empêcher une augmentation quantitative sans prévenir une augmentation qualitative. Il est évidemment nécessaire de recourir à des techniques de contraception, mais on ne doit pas laisser celles-ci démanteler l'unité familiale fondamentale. A vrai dire, ce risque devrait être minime. On a exprimé la crainte que l'usage généralisé de contraceptifs perfectionnés n'amène à une promiscuité sexuelle inconsidérée, mais c'est fort improbable : la puissante tendance de notre espèce à former des couples y veillera. Des problèmes peuvent se poser si de nombreux couples utilisent des moyens contraceptifs jusqu'au point de n'avoir pas de progéniture. De tels couples imposeront de rudes exigences aux liens qui les unissent et qui risquent de se rompre sous cette tension. Ces individus constitueront alors une grande menace pour les autres couples qui s'efforcent d'élever une famille. Mais une réduction aussi extrême de la reproduction n'est pas nécessaire. Si chaque famille engendrait deux enfants, les parents se reproduiraient simplement en nombre égal et il n'y aurait pas d'augmentation de la population. Compte tenu des accidents et des décès prématurés, le chiffre moyen pourrait être légèrement plus élevé, sans qu'on aboutisse à un nouvel accroissement de la population se soldant, à la fin, par une catastrophe pour l'espèce.

Le malheur, c'est qu'en tant que phénomène sexuel, la contraception par des moyens mécaniques et chimiques est quelque chose de radicalement nouveau et qu'il faudra quelque temps avant que nous sachions exactement quel genre de répercussions elle va avoir sur la structure sexuelle fondamentale de la société lorsqu'un grand nombre de générations en auront fait l'expérience et que de nouvelles traditions seront peu à peu venues remplacer les anciennes. La contraception peut provoquer des distorsions indirectes et imprévues, voire des ruptures dans notre système socio-sexuel. Seul le temps nous le dira. Mais quoi qu'il arrive, si l'on n'impose pas des limites à la reproduction, l'alternative est bien plus redoutable.

En gardant présent à l'esprit ce problème de la surpopulation, on pourrait avancer que la nécessité de réduire radicalement le taux de reproduction rend aujourd'hui caduques toutes les critiques d'ordre biologique formulées à l'encontre de catégories non reproductives telles que les moines et les religieuses, les vieilles filles et les célibataires, ainsi que les homosexuels invétérés. Sur le plan purement reproductif c'est vrai, mais ce jugement ne tient pas compte des autres problèmes sociaux auxquels, dans certains cas, ils

110

peuvent se trouver confrontés en constituant ainsi des minorités à part. Néanmoins, à condition d'être des membres valables et bien adaptés de la société en dehors des sphères de reproduction, il faut aujourd'hui considérer qu'ils apportent un précieux concours à ceux qui s'efforcent d'empêcher une explosion de population.

Si l'on considère maintenant dans son ensemble toute la scène sexuelle, on peut voir que notre espèce est demeurée bien plus fidèle à ses instincts biologiques fondamentaux qu'on ne pourrait au premier abord l'imaginer. Son système sexuel de primate avec des modifications d'ordre carnivore a remarquablement bien survécu à tous les fantastiques développements technologiques. Si l'on prenait un groupe de vingt familles banlieusardes et qu'on les plaçât dans un milieu primitif subtropical où les mâles devraient aller chasser pour rapporter de la nourriture, la structure sexuelle de cette nouvelle tribu n'exigerait que peu, sinon pas de modifications. En fait, ce qui s'est passé dans toutes les grandes villes ou métropoles, c'est que les individus qu'elles abritent se sont spécialisés dans leurs techniques de chasse (de travail), mais ont conservé, plus ou moins dans sa forme primitive, leurs systèmes sociaux sexuels. Les notions popularisées par la science-fiction : fermes à bébés, activités sexuelles communalisées, stérilisation sélective et division du travail sous contrôle de l'Etat pour les devoirs de la reproduction, ne se sont pas concrétisées. Le singe nu de l'espace emporte encore avec lui dans son portefeuille une photo de sa femelle et de ses petits, tout en fonçant vers la Lune. Ce n'est que dans le domaine de la limitation générale de la natalité que nous nous trouvons en face du premier grand assaut mené contre notre vieux système sexuel par les forces de

111

la civilisation moderne. Grâce à la médecine, à la chirurgie et à l'hygiène, nous sommes parvenus à d'incroyables réussites dans le domaine de l'élevage. Nous avons pratiqué le contrôle des morts et il nous faut maintenant l'équilibrer par le contrôle des naissances. Il semble bien qu'au cours des cent années à venir il nous va falloir changer enfin nos habitudes sexuelles. Mais si nous le faisons, ce ne sera pas parce qu'elles ont échoué, mais parce qu'elles ont trop bien réussi.

CHAPITRE III

ÉDUCATION

Le fardeau que représentent les soins prodigués par les parents est plus lourd pour le singe nu que pour toute autre espèce vivante. Les devoirs des parents sont peut-être aussi ardus ailleurs, mais ils ne sont jamais aussi étendus. Avant d'étudier la signification de cette tendance, il nous faut rassembler quelques faits fondamentaux.

Dès l'instant où la femelle a été fécondée et où l'embryon a commencé à se développer dans son utérus, elle subit un certain nombre de changements. Son flot menstruel et mensuel cesse. Elle éprouve une nausée matinale. Sa tension baisse. Elle peut être atteinte d'anémie légère. A mesure que le temps passe, ses seins gonflent et s'amollissent. Son appétit augmente. En général elle est plus placide.

Après une période de gestation d'environ deux cent soixante-six jours, son utérus commence à être le siège de contractions puissantes et rythmiques. La membrane amniotique entourant le fœtus se déchire et le fluide dans lequel le bébé flottait s'échappe. De nouvelles contractions violentes expulsent l'enfant de la matrice, lui forçant un passage par le canal vaginal jusque dans le monde extérieur. De nouvelles contractions délogent alors et éjectent le placenta. Le cordon reliant le bébé au placenta est à ce moment coupé. Chez les autres primates, cette rupture du cordon est faite par la mère à coups de dents et c'était sans nul doute la méthode employée par nos propres ancêtres, mais aujourd'hui le cordon est soigneusement noué et coupé avec une paire de ciseaux. Le tronçon encore attaché au ventre de l'enfant se dessèche et tombe quelques jours après la naissance.

C'est aujourd'hui une pratique universelle : la femelle est assistée par d'autres adultes, qui l'aident, lorsqu'elle met au monde un enfant. C'est probablement là une méthode très ancienne. Les exigences de la locomotion verticale ont été dures pour la femelle de notre espèce : elle paie ce progrès de quelques heures pénibles. Il est probable que la coopération d'autres individus était nécessaire dès l'époque où le singe chasseur succédait à ses ancêtres arboricoles. Heureusement, le caractère coopératif de l'espèce se développait en même temps que ses instincts de chasseur, si bien que la cause des difficultés pouvait également être source de leurs remèdes. Normalement, la mère chimpanzé ne se contente pas de couper le cordon à coups de dents, elle dévore en totalité ou en partie le placenta, lèche les eaux, lave soigneusement le petit qu'elle vient de mettre au monde et le serre contre son corps. Dans notre espèce, la mère épuisée compte sur ses compagnes pour accomplir tous ces gestes (ou leurs équivalents modernes).

La naissance terminée, il faut parfois deux ou trois jours pour que jaillisse le lait maternel, mais dès l'instant où ce phénomène a commencé, la mère nourrit alors régulièrement le bébé, pendant une période qui peut se prolonger jusqu'à deux ans. La durée moyenne d'allaitement est toutefois plus courte et les usages modernes tendent à la réduire à six ou neuf mois. Durant cette période, le cycle menstruel de la femelle est arrêté et ne reprend généralement que lorsqu'elle cesse de donner le sein et qu'elle sèvre le bébé. Si les enfants sont sevrés anormalement tôt ou s'ils sont nourris au biberon, ce retard n'a pas lieu, bien entendu, et la femelle peut reprendre plus rapidement ses activités reproductrices. Si, en revanche, elle adopte le système plus primitif et si elle nourrit son bébé pendant deux ans pleins, elle risque alors de n'avoir de progéniture qu'environ une fois tous les trois ans. (L'allaitement est parfois délibérément prolongé ainsi, en guise de contraceptif.) Sa période totale de reproduction s'étendant sur environ trente ans de sa vie, la femelle a donc la possibilité d'avoir dix petits. En utilisant le biberon ou en cessant rapidement l'allaitement maternel, ce chiffre pourrait, en théorie, s'élever jusqu'à trente.

L'acte de donner le sein est plus un problème pour les femelles de notre espèce que pour les autres primates. Le bébé est si peu armé que la mère doit jouer un rôle beaucoup plus actif dans ce processus, en maintenant l'enfant contre le sein et en guidant ses gestes. Certaines mères ont même du mal à persuader leur progéniture de téter efficacement. La cause habituelle : le mamelon ne fait pas suffisamment saillie dans la bouche du bébé. Il ne suffit pas que les lèvres du bébé se referment sur le bouton, celui-ci doit être introduit plus profondément dans la bouche, de façon que la partie antérieure du mamelon soit en contact avec le palais et la face supérieure de la langue. Seul ce stimulus déclenchera les réactions de la mâchoire, de la lèvre et de la joue, indispensables à la tétée. Pour qu'on obtienne cette juxtaposition, la région du sein située immédiatement derrière le mamelon doit être souple et flexible. Le point critique, c'est la longueur de la « prise » que le bébé parvient à assurer sur ce tissu souple. Il est indispensable que la tétée se passe dans de bonnes conditions durant les quatre ou cinq jours qui suivent la naissance, si l'on veut que l'allaitement se développe. Si des échecs répétés se produisent au cours de la première semaine, l'enfant n'aura jamais la réaction complète. Il se fixera sur l'autre solution plus facile qu'on lui propose : le biberon. Ce qui prouve bien que le sein de la femelle est avant tout un appareil de signalisation sexuelle plutôt qu'une machine à fournir le lait, car c'est sa forme ronde et pleine qui est à l'origine du problème que nous venons d'évoquer. Il suffit d'examiner la forme des tétines de biberons pour voir celle qui donne les meilleurs résultats : c'est la tétine plus longue, qui ne s'épanouit pas en un grand hémisphère arrondi. Elle se rapproche beaucoup plus du système mammaire de la femelle du chimpanzé. Celle-ci a les seins légèrement gonflés mais, en pleine lactation, sa poitrine est plate quand on la compare à celle de la femelle moyenne de notre propre espèce. Ses mamelles, d'autre part, sont beaucoup plus allongées et protubérantes et l'enfant n'a que peu de difficultés à téter — et même pas de difficultés du tout.

Sans plus s'attarder sur le problème de l'allaitement, il convient d'examiner un ou deux aspects de la façon dont une mère se comporte, dans d'autres circonstances, envers son bébé. L'habitude qu'elle a de caresser, de dorloter et de nettoyer l'enfant ne mérite guère de commentaires, mais la position dans laquelle elle tient le bébé contre son corps, quand il est au repos, est passablement révélatrice. Des travaux effectués par des chercheurs américains ont montré que 80 % des mères tiennent leurs bébés par le bras gauche, en les serrant contre le côté gauche de leur corps. Si l'on demande d'expliquer la signification de cette préférence, la plupart des gens répondent que c'est évidemment parce que les droitiers prédominent dans la population. En tenant le bébé sur le bras gauche, la mère garde son bras droit, le bras dominant, libre pour toute autre manipulation. Mais une analyse détaillée montre qu'il n'en est rien. Certes, il y a une légère différence entre femelles droitières et gauchères, mais pas suffisante pour fournir une explication appropriée. Il apparaît que 83 % des mères droitières tiennent le bébé sur le côté gauche, mais qu'il en va de même de 78 % des mères gauchères. Autrement dit, 22 % des mères gauchères seulement ont leur maîtresse main libre. Il doit certainement y avoir quelque autre explication moins évidente.

Le seul autre indice : le cœur est sur le côté gauche du corps de la mère. Se pourrait-il que le bruit des battements constitue le facteur déterminant ? Et de quelle façon ? En poursuivant dans cette direction, on a avancé que peut-être, durant son existence prénatale, l'embryon en voie de développement se fixe sur le bruit des battements cardiaques, qu'il acquiert à cet égard l'équivalent d'un véritable « circuit imprimé ». S'il en est ainsi, la redécouverte de ce son familier, après la naissance, pourrait avoir sur le bébé un effet calmant, surtout s'il vient d'être projeté dans ce monde extérieur étrange et redoutablement nouveau.

Cette explication peut paraître tirée par les cheveux, mais on a aujourd'hui procédé à des expériences qui en prouvent le sérieux. Dans la maternité d'un hôpital, on a exposé des groupes de *nouveau-nés* au son enregistré d'un cœur battant au rythme normal de soixante-douze pulsations par minute. Il y avait neuf bébés dans chaque groupe et l'on a constaté qu'au moins un ou parfois plusieurs d'entre eux pleuraient pendant 60 % du temps lorsque l'appareil était arrêté et que ce chiffre tombait à 38 % quand on diffusait l'enregistrement des battements cardiaques. Les groupes à qui l'on faisait entendre cet enregistrement présentaient également une plus grande augmentation de poids que les autres, bien que dans les deux cas la quantité de nourriture absorbée fût la même. De toute évidence, les groupes à qui l'on ne diffusait pas cet enregistrement dépensaient beaucoup plus d'énergie à pleurer avec force.

On procéda à une autre expérience, à l'heure du coucher, avec des bébés légèrement plus âgés. Dans certains groupes, la sieste était silencieuse, dans d'autres on jouait des enregistrements de berceuses. Dans d'autres, un métronome fonctionnait au rythme cardiaque de soixante-douze battements à la minute. Enfin, dans d'autres groupes encore, c'était l'enregistrement de battements cardiaques que l'on jouait. On mesura alors quels groupes s'endormaient le plus vite. Le groupe où l'on diffusait l'enregistrement des battements cardiaques mit deux fois moins de temps à s'endormir que les autres groupes. Ce qui confirme non seulement l'idée que le bruit d'un cœur qui bat est un élément calmant, mais montre aussi que la réaction est hautement spécifique. L'imitation au moyen du métronome demeure sans effet : du moins chez les jeunes enfants.

Il semble donc certain que c'est là l'explication de l'habitude qu'a la mère de tenir le bébé à gauche. Il est intéressant de noter que, sur 466 tableaux représentant la Madone et l'Enfant (et couvrant une période de plusieurs siècles), 373 d'entre eux représentent le bébé appuyé contre le sein gauche de sa mère. Là encore on atteint donc le chiffre de 80 %. Ce pourcentage contraste avec les observations faites sur des femelles portant des paquets, au cours desquelles on a découvert que 50 % les portaient à gauche et 50 % à droite.

Quels autres résultats possibles pourrait provoquer cette « réaction » imprimée aux battements du cœur ? Elle peut, par exemple, expliquer pourquoi nous insistons pour localiser les sentiments d'amour dans le cœur plutôt que dans la tête. Elle explique peut-être aussi pourquoi les mères bercent leurs bébés pour les endormir. Le mouvement de bercement s'effectue à peu près au même rythme que les battements cardiaques et là encore ce mouvement rappelle aux jeunes enfants les sensations rythmiques qui leur étaient devenues familières dans la vie intra-utérine, lorsque le grand cœur de la mère pompait et battait au-dessus d'eux.

Les choses, d'ailleurs, ne s'arrêtent pas là. Jusque dans la vie adulte il semble que nous soyons sensibles à ce phénomène. Nous nous balançons quand nous sommes anxieux. Nous nous balançons d'un pied sur l'autre quand nous sommes en proie à un conflit intérieur. La prochaine fois que vous verrez un conférencier ou un de ces orateurs de banquet osciller d'un côté à l'autre, comparez le rythme de son balancement avec celui des pulsations cardiaques. L'inconfort qu'il éprouve à affronter un public l'amène à exécuter les mouvements les plus rassurants que son corps peut lui prodiguer compte tenu des circonstances ; et il s'efforce de retrouver le rythme qui lui était familier dans l'utérus.

Partout où l'on rencontre l'insécurité, on trouvera sans doute le rythme réconfortant des pulsations cardiaques, sous un déguisement ou sous un autre. Ce n'est pas par hasard que presque tous les airs folkloriques et les airs de danse ont un rythme syncopé. Là encore, les bruits et les mouvements ramènent les exécutants à la sécurité du monde intra-utérin. Ce n'est pas une coïncidence si la musique des adolescents s'appelle le rock, et si *rock*, en anglais, veut dire « balancer », « bercer ». Elle a même pris, récemment, un nom plus révélateur encore, puisqu'on l'appelle musique « *beal* », du mot même qui désigne en anglais les battements du cœur. Et de quoi parlent ces chansons : « Mon cœur est brisé », « Tu as donné ton cœur à un autre » ou bien « Mon cœur t'appartient »...

Le poids moyen d'un bébé à la naissance est de six à sept livres, ce qui représente un peu plus du vingtième du poids moyen des parents. La croissance est très rapide durant les deux premières années de la vie et se poursuit à un rythme assez accéléré au cours des quatre années suivantes. Mais, à l'âge de six ans, elle se ralentit considérablement. Cette phase de croissance progressive continue jusqu'à onze ans chez les garçons et dix ans chez les filles. Puis, à la puberté, on assiste à un nouveau démarrage. On observe de nouveau une croissance rapide de onze à dix-sept ans chez les garçons et de dix à quinze ans chez les filles. En raison de leur puberté légèrement plus précoce, les filles ont tendance à dépasser les garçons entre la onzième et la quatorzième année, mais, ensuite, les garçons reprennent l'avantage et le conservent. Le développement du corps tend à se terminer chez les filles aux environs de dix-neuf ans et chez les garçons beaucoup plus tard, vers vingt-cinq ans. Les premières dents apparaissent en général vers le sixième ou le septième mois et les dents de lait sont d'ordinaire en place à la fin de la seconde ou au milieu de la troisième année. La dentition définitive perce au cours de la sixième année, mais les dernières molaires — les dents de sagesse — n'apparaissent en général que vers la dix-neuvième année.

Les nouveau-nés passent beaucoup de temps à dormir. On affirme communément qu'ils ne restent éveillés qu'environ deux heures par jour lors des premières semaines, mais ce n'est pas le cas. Ils sont somnolents, mais pas assoupis. Des études attentives ont révélé que le temps moyen dévolu au sommeil durant les trois premiers jours de la vie est de seize heures trente-six minutes sur vingt-quatre. On a observé toutefois des variations considérables d'un sujet à l'autre, les plus somnolents atteignant un total de vingt-trois heures et, pour les plus éveillés, seulement dix heures et demie sur vingt-quatre.

Durant l'enfance, la proportion des heures de sommeil par rapport aux heures de veille diminue peu à peu jusqu'au moment où, la phase adulte atteinte, la moyenne de seize heures se réduit à la moitié. Certains adultes toutefois présentent des variations considérables par rapport à cette moyenne de huit heures. Deux individus sur cent n'ont besoin que de cinq heures de sommeil et deux autres (pour cent) en exigent dix. Les adultes femelles, soit dit en passant, ont une période de sommeil moyenne légèrement supérieure à celle des adultes mâles.

Les seize heures de sommeil quotidien à la naissance ne sont pas concentrées en une seule longue session nocturne mais réparties en un certain nombre de courtes périodes s'étageant sur vingt-quatre heures. Mais, même à la naissance, on observe une légère tendance à dormir plus la nuit que dans la journée. Peu à peu, à mesure que les semaines passent, une des périodes de sommeil nocturne s'allonge jusqu'au moment où elle domine l'ensemble. Le bébé fait un certain nombre de brèves « siestes » durant la journée et dort d'un long sommeil pendant la nuit. Ce changement réduit, vers l'âge de six mois, la moyenne quotidienne de sommeil à environ quatorze heures. Dans les mois qui suivent, les brèves siestes se réduisent à deux, une le matin et une l'après-midi. Durant la seconde année, la sieste matinale disparaît en général, la durée moyenne du sommeil se trouvant ainsi réduite à treize heures par jour. Dans la cinquième année, la sieste de l'après-midi disparaît également, et le nombre des heures de sommeil se réduit à environ douze par jour. Dès lors et jusqu'à la puberté, on observe une diminution de trois heures dans la quantité de sommeil dont l'enfant a besoin chaque jour, si bien que, à l'âge de treize ans, il ne dort que neuf heures par nuit. Dès lors, les adolescents adoptent un schéma de sommeil qui ne diffère en rien de celui de l'adulte et ne dorment en moyenne pas plus de huit heures par jour. Le taux définitif de sommeil correspond donc à la maturité sexuelle plutôt qu'à la maturité physique.

Il est intéressant de noter que, chez les enfants d'âge pré-scolaire, les plus intelligents tendent à dormir moins que les autres. Passé l'âge de sept ans, c'est le contraire qui se produit, les élèves les plus intelligents dormant plus que les moins bons. Chez les adultes, au contraire, il ne semble y avoir aucun rapport entre le degré d'intelligence et la quantité moyenne de sommeil ordinaire.

Il faut en moyenne une vingtaine de minutes

chez les mâles et les femelles en bonne santé pour s'endormir. L'éveil doit être spontané. La nécessité d'utiliser un mécanisme artificiel pour se réveiller indique que le sujet manque de sommeil et il sera donc moins alerte durant la période de veille qui suit.

Durant ces périodes de veille, le nouveau-né se déplace relativement peu. Au contraire des autres espèces de primates, il a une musculature peu développée. Un jeune singe peut se cramponner énergiquement à sa mère dès l'instant de sa venue au monde. Il peut même se cramponner des mains à sa fourrure, alors même qu'il est en train de naître. Dans notre espèce, au contraire, le nouveau-né est désemparé et ne peut effectuer que des mouvements insignifiants des bras et des jambes. Ce n'est qu'à l'âge d'un mois qu'il peut sans assistance soulever le menton, quand il est allongé à plat ventre. A deux mois, il parvient à soulever le torse. A trois mois, il peut essayer d'attraper des objets suspendus. A quatre mois, il peut s'asseoir avec l'aide de sa mère. A cinq mois, il peut s'asseoir sur les genoux de sa mère et prendre des objets dans sa main. A six mois, il peut s'asseoir sur une chaise et parvenir à attraper des objets qui se balancent. A sept mois, il peut s'asseoir tout seul. A huit mois, il peut se tenir debout soutenu par sa mère. A neuf mois, il peut rester debout en se tenant aux meubles. A dix mois, il peut ramper à quatre pattes. A onze mois, il peut marcher si l'un de ses parents le tient par la main. A douze mois, il peut se mettre debout en prenant appui sur des objets solides. A treize mois, il peut grimper des escaliers. A quatorze mois, il peut se mettre debout tout seul et sans prendre appui nulle part. A quinze mois, vient le grand moment où enfin il peut marcher tout seul et sans aide. (Il

123

s'agit là bien sûr de chiffres moyens, mais qui donnent une bonne estimation du taux de développement postural et locomoteur de notre espèce.)

A peu près au moment où l'enfant a commencé à marcher sans aide, il se met également à prononcer ses premières paroles : tout d'abord quelques mots simples, mais bientôt son vocabulaire s'épanouit à un rythme extraordinaire. A deux ans l'enfant moyen connaît environ trois cents mots. A trois ans, il a triplé ce chiffre. A quatre ans, il en utilise près de seize cents, et à cinq ans il a dépassé le chiffre de deux mille cent. Ce rythme stupéfiant de progression dans le domaine de l'imitation vocale est propre à notre espèce et doit être considéré comme un de nos plus grands exploits. Comme on l'a vu au chapitre premier, ce phénomène est lié au besoin pressant de communication plus précise, besoin qui est en rapport avec les activités de chasse coopérative. Il n'y a rien de pareil, ni même qui s'en approche vaguement, chez les autres primates vivants qui nous sont le plus apparentés. Les chimpanzés sont, comme nous, de brillants imitateurs sur le plan de la manipulation, mais ils ne parviennent pas à réussir des imitations vocales. On a fait de sérieux et pénibles efforts pour dresser un jeune chimpanzé à parler mais avec un succès remarquablement limité. L'animal était élevé dans une maison et dans des conditions identiques à celles d'un bébé de notre espèce. En combinant les récompenses alimentaires avec les mouvements de ses lèvres, on a fait de longs efforts pour le persuader de prononcer des mots simples. A l'âge de deux ans et demi, l'animal pouvait dire « maman », « papa » et « tasse ». Il a fini par réussir à les dire dans un contexte correct, en murmurant le mot

« tasse » quand il voulait boire de l'eau. Le dressage assidu s'est poursuivi, mais vers six ans (quand notre espèce a largement dépassé le chiffre de deux mille mots), son vocabulaire ne dépassait pas plus de sept mots au total.

La différence tient à une question de cerveau et non de voix. Le chimpanzé a un appareil vocal qui, par sa conformation, est parfaitement capable d'émettre une grande variété de sons. Il n'y a aucune faiblesse sur ce plan qui puisse expliquer ces lacunes. La faiblesse a son origine à l'intérieur de la boîte crânienne.

Contrairement au chimpanzé, certains oiseaux ont de surprenantes facultés d'imitation vocale. Les perroquets, les perruches, les ménates, les corbeaux et diverses autres espèces peuvent débiter des phrases entières mais, par malheur, leur cervelle d'oiseau ne leur permet pas de faire bon usage de ce talent. Ils copient les séquences complexes de sons qu'on leur enseigne et les répètent automatiquement suivant un ordre déterminé et sans aucun rapport avec les événements extérieurs. Il est quand même surprenant que les chimpanzés et les singes ne puissent obtenir de meilleurs résultats dans ce domaine. Même quelques mots simples et situés dans un contexte naturel précis leur seraient si utiles dans leur habitat naturel qu'on a du mal à comprendre qu'ils n'y soient pas parvenus.

Pour en revenir à notre espèce, les grognements, gémissements et cris fondamentaux et instinctifs que nous partageons avec les autres primates, ne sont pas éliminés par notre brio verbal nouvellement acquis. Nos signaux sonores innés demeurent et ils conservent un rôle important. Non seulement ils fournissent la fondation sur laquelle nous pouvons édifier notre gratte-ciel verbal, mais ils ont également une existence propre, en tant que moyen de communication caractéristique de l'espèce. Contrairement aux signaux verbaux, ils apparaissent sans qu'on les enseigne et ils ont la même signification dans toutes les cultures. Le cri, le geignement, le rire, le rugissement, le gémissement et les sanglots transmettent partout à tout le monde les mêmes messages. Comme les sons émis par d'autres animaux, ils sont liés aux états émotionnels fondamentaux et nous donnent une impression immédiate de l'attitude affective de celui qui les émet. De même, nous avons conservé nos expressions instinctives, le sourire, la grimace, le froncement de sourcils, le regard fixe, l'expression de peur et de colère. Elles aussi sont communes à toutes les sociétés et subsistent malgré l'acquisition de nombreuses attitudes culturelles.

Il est amusant de voir comment ces sons et ces expressions caractéristiques d'une espèce apparaissent au début de notre développement. La réaction du cri rythmé est (nous ne le savons que trop bien) présente dès la naissance. Le sourire apparaît plus tard, vers l'âge de cinq semaines. Le rire et les crises de colère n'apparaissent que vers le troisième ou le quatrième mois. Il faut examiner de plus près ces phénomènes.

Le cri n'est pas seulement le premier signal d'humeur que nous émettons, c'est aussi le plus fondamental. Le sourire et le rire sont des signaux uniques et assez spécialisés, mais nous partageons le cri avec des milliers d'autres espèces. Pratiquement tous les mammifères (sans parler des oiseaux) émettent des cris aigus, des piaillements, des hurlements ou des cris perçants quand ils ont peur, quand ils ont mal. Chez les mammifères supérieurs, où les expressions faciales ont évolué pour devenir des mécanismes de signalisation visuelle, ces messages d'alarme s'accompagnent d'expressions de peur caractéristiques. Qu'elles proviennent d'un jeune animal ou d'un adulte, ces réactions indiquent que quelque chose va vraiment mal. Le jeune alerte ses parents, l'adulte alerte les autres membres du groupe auquel il appartient.

Quand nous sommes de tout petits enfants, beaucoup de choses nous font crier. Nous crions si nous avons mal, si nous avons faim, si on nous laisse seuls, si nous nous trouvons en présence d'un stimulus qui ne nous est pas familier, si nous perdons soudain notre soutien physique ou si nous sommes empêchés d'atteindre un but auquel nous tenons. Tout cela se ramène à deux facteurs fondamentaux : la douleur physique et l'insécurité. Dans l'un comme dans l'autre cas, une fois le signal émis, il produit (ou devrait produire) des réactions de protection chez les parents. Si l'enfant est séparé de ses parents au moment où le signal est émis, cette situation a aussitôt pour effet de réduire la distance entre eux jusqu'au moment où l'enfant est pris dans les bras, bercé et cajolé. Si l'enfant est déjà en contact avec l'un de ses parents, ou si les cris persistent une fois le contact établi, alors on inspecte son corps pour chercher d'éventuelles sources de souffrance. La réaction des parents se poursuit jusqu'au moment où l'on arrête ce signal (et à cet égard, il diffère radicalement des schémas de sourire et de rire).

L'acte de pleurer implique une tension musculaire accompagnée d'un rougissement de la tête, de larmoiement des yeux, d'ouverture de la bouche, de retroussis des lèvres, d'exagération des mouvements respiratoires avec des expirations intenses et, bien sûr, l'émission de sons à la fois

rauques et aigus. Les enfants plus âgés se préci-
pitent en outre vers le père ou la mère et se cramponnent à lui.

Bien qu'il nous soit familier, je décris ce processus avec quelque détail, car c'est à partir de là que
nos signaux spécialisés de rire et de sourire ont
évolué. Quand quelqu'un dit « ils riaient aux
larmes », il fait un commentaire sur le rapport qui
existe entre ces deux manifestations, mais en
terme d'évolution, c'est le contraire : nous avons
pleuré jusqu'au rire. Comment cela s'est-il passé ?
Tout d'abord, il est important de comprendre à
quel point pleurer et rire se ressemblent en tant
que phénomènes de réaction. Ils se produisent
dans des contextes si différents que nous avons
tendance à ne pas nous en apercevoir. Comme les
pleurs, le rire s'accompagne de tension musculaire, d'ouverture de la bouche, de retroussis des
lèvres et d'exagération du rythme respiratoire avec
l'accent mis sur l'expiration. Dans les cas de rires
intenses, on observe aussi un rougissement de la
face et un larmoiement des yeux. Mais les signaux
vocaux sont moins rauques et n'atteignent pas des
niveaux aigus. Surtout, ils sont plus brefs et se
succèdent plus rapidement. C'est comme si la
longue plainte de l'enfant qui sanglote était seg-
mentée, coupée en petits morceaux, tout en étant
moins violente et en baissant de ton.

Il semble que la réaction de rire a évolué à partir de la réaction de pleurs en tant que signal
secondaire, suivant le processus que voici : j'ai dit
plus haut que l'enfant pleure dès sa naissance
mais que le rire n'apparaît pas avant le troisième
ou le quatrième mois. Son apparition coïncide
avec la reconnaissance des parents par l'enfant.
C'est peut-être un enfant sagace qui connaît son
père, mais c'est un enfant rieur qui connaît sa

mère. Avant d'apprendre à identifier le visage de sa mère et à la distinguer des autres adultes, un bébé peut émettre des gargouillements ou des sons confus, mais il ne rit pas. Ce qui se passe quand il se met à distinguer sa propre mère des autres, c'est qu'il commence aussi à avoir peur précisément des autres adultes qu'il ne connaît pas. A deux mois, n'importe quel visage de grande personne fait l'affaire, tous les adultes sont les bienvenus. Mais bientôt les craintes que lui inspire le monde extérieur commencent à se préciser et tous les gens qu'il ne connaît pas risquent de l'inquiéter et de le faire éclater en sanglots. (Il apprendra par la suite que certains autres adultes peuvent être également bienveillants et il n'aura plus peur, mais ce processus s'opère de façon sélective à partir d'une reconnaissance individuelle.) En raison de ce phénomène de fixation sur la mère, le jeune enfant peut se trouver en proie à un étrange conflit. Si la mère fait quelque chose qui le surprend, elle émet deux jeux de signaux contradictoires. L'un dit : « Je suis ta mère — je te protège ; tu n'as rien à craindre », et l'autre dit : « Attention, il y a là quelque chose qui fait peur. » Ce conflit ne saurait se produire avant que la mère soit connue en tant qu'individu, car si elle avait, alors, fait quelque chose de surprenant, elle serait simplement, sur le moment, à l'origine d'un stimulus de frayeur et rien de plus. Mais même maintenant elle peut donner le double signal : « Il y a danger mais il n'y a pas danger. » Ou, plus précisément : « Il peut sembler y avoir danger, mais parce que cela vient de moi, tu n'as pas besoin de le prendre au sérieux. » Le résultat, c'est que l'enfant a une réaction qui est un gloussement parce qu'il a reconnu un de ses parents. Cette combinaison magique produit un rire. (Ou, plutôt, le produisait, à un stade très lointain de notre évolution. Le mécanisme depuis lors s'est fixé et pleinement développé comme réaction parfaitement distincte.)

Ainsi donc, le rire dit : « Je reconnais qu'un danger n'est pas réel », et c'est ce message qu'il transmet à la mère. La mère peut dès lors jouer avec le bébé sans le faire pleurer. Ce qui cause les premiers rires de l'enfant ce sont les jeux inventés par les parents : « guili-guili », applaudissements, flexions rythmées des genoux et élévation de l'enfant en l'air. Plus tard, le chatouillement joue un rôle important, mais pas avant le sixième mois. Il s'agit toujours là de stimuli de choc, mais ils sont l'œuvre du protecteur dont on ne risque rien. Les enfants apprennent bientôt à les provoquer, en jouant par exemple à se cacher, pour éprouver le « choc » de la découverte, ou jouer à s'enfuir pour être pris.

D'autres animaux ont également des signaux de jeu spéciaux, mais, comparés aux nôtres, ils sont négligeables. Le chimpanzé, par exemple, a une expression et un léger grognement ludiques très caractéristiques, ce dernier étant l'équivalent de notre rire. A l'origine, ces signaux ont la même ambivalence. Lors de l'accueil, un jeune chimpanzé fait saillir ses lèvres loin en avant, les tendant jusqu'à l'extrême limite. Quand il a peur, il les rétracte, ouvrant la bouche et découvrant les dents. L'expression ludique, qui a pour mobile tout à la fois des sentiments de bienvenue et de peur, est un mélange des deux. Les mâchoires sont grandes ouvertes, comme dans la peur, mais les lèvres sont tirées en avant et recouvrent les dents. Le léger grognement est à mi-chemin entre le « ou-ou-ou » de bienvenue et le cri de terreur. Si le jeu devient trop brutal, les lèvres se retroussent et le grognement se change en un cri bref et aigu. Si le jeu au contraire se calme par trop, les mâchoires se referment et les lèvres sont tirées en avant pour esquisser la moue amicale du chimpanzé. Fondamentalement, la situation est dès lors la même, mais le léger grognement ludique est un signal à peine perceptible quand on le compare à notre rire vigoureux et tonitruant. A mesure que les chimpanzés grandissent, la signification du signal ludique diminue encore davantage, alors que chez nous elle se développe et prend une importance encore plus grande dans la vie quotidienne. Le singe nu, même quand il est adulte, est un singe qui aime jouer. Cela fait partie du côté explorateur de son caractère. Il pousse constamment les choses à leurs limites, en essayant de se surprendre, de se secouer sans se faire mal, puis de signaler son soulagement par de grands éclats de rire contagieux.

Rire *de* quelqu'un peut aussi, bien sûr, devenir une puissante arme sociale parmi les enfants plus âgés et les adultes. Ce rire est doublement insultant car il indique que la personne moquée est tout à la fois horriblement bizarre et en même temps ne mérite pas d'être prise au sérieux. Le comédien professionnel adopte délibérément ce rôle dans la société et il est bien payé par des spectateurs qui savourent le réconfort de vérifier le caractère normal de leur groupe en face du caractère anormal qu'il assume.

La réaction des jeunes devant leurs idoles se rattache au même phénomène. En tant que public, ils s'amusent, non pas en hurlant de rire, mais en hurlant tout simplement. Non seulement ils crient, mais aussi ils se cramponnent les uns aux autres, ils se tortillent, ils gémissent, ils se couvrent le visage et se tirent les cheveux. Ce sont là tous les signaux classiques de douleur intense ou de peur, mais on les a délibérément stylisés. Leur seuil a été artificiellement abaissé. Ce ne sont plus des appels à l'aide, mais des signaux que s'adressent entre eux les membres du public pour montrer qu'ils sont capables, en face des idoles sexuelles, d'avoir une réaction affective si forte que, comme tous les stimuli d'une intensité intolérable, elle passe dans le domaine de la douleur pure. Si une fille de seize ans se trouvait tout à coup seule en présence d'une de ces idoles, l'idée ne lui viendrait jamais de crier. Les cris n'étaient pas destinés à l'idole, mais aux autres filles du public. De cette façon les jeunes spectatrices peuvent se rassurer les unes les autres du bon fonctionnement de leurs réactions affectives.

Avant d'en finir avec le sujet des larmes et du rire, il y a encore un mystère à éclaircir. Certaines mères souffrent le martyre à cause de bébés qui ne cessent de crier durant les trois premiers mois de leur vie. Rien de ce que font les parents ne semble endiguer ce flot. Elles en concluent d'ordinaire qu'il y a quelque chose qui ne va pas, physiquement, chez le jeune enfant et on essaie de le traiter en conséquence. On a raison, bien sûr, il y a quelque chose qui ne va pas dans le domaine physique ; mais c'est probablement l'effet plutôt que la cause. L'élément clé pour trouver la solution de ce problème, c'est sans doute le fait que ces cris provoqués par une prétendue « colique » cessent, comme par magie, vers le troisième ou quatrième mois de la vie. Ils disparaissent au moment précis où le bébé commence à être capable d'identifier sa mère. Une comparaison entre le comportement, en tant que parents, de mères ayant des bébés qui pleurent et de mères qui ont des enfants plus calmes, fournit aussitôt la réponse. Les premières sont hésitantes, nerveuses et anxieuses dans leurs rapports avec leur progéniture. Les autres sont tranquilles, calmes et sereines. En fait, même à cet âge tendre, le bébé a nettement conscience des différences de « sécurité » tactile d'un côté et d'« insécurité » tactile de l'autre. Une mère agitée ne peut éviter de signaler son agitation au nouveau-né. Celui-ci répond à son signal de la façon qui convient, en réclamant qu'on le protège de la cause de cette agitation. Cela ne sert qu'à accroître le désarroi de la mère, ce qui fait pleurer le bébé de plus belle. Le problème se règle de lui-même, vers le troisième ou quatrième mois de la vie, car à ce stade l'image de la mère s'imprime chez le bébé et il commence à réagir instinctivement devant elle en la considérant comme la « protectrice ». Elle n'est plus une série désincarnée de stimuli d'agitation, mais un visage familier. Si elle continue à émettre des stimuli d'agitation, ils ne sont plus si alarmants parce qu'ils proviennent d'une source connue, à l'identité amicale. Le lien de plus en plus étroit qui lie le bébé à son parent calme alors la mère et réduit automatiquement son anxiété. La « colique » disparaît.

J'ai omis, jusque-là, de traiter la question du sourire car il s'agit d'une réaction encore plus spécialisée que le rire. Tout comme le rire est une forme secondaire des pleurs, de même le sourire est une forme secondaire du rire. Au premier abord, il peut même sembler n'être pas plus qu'une version à faible intensité du rire, mais les choses ne sont pas aussi simples. Il est vrai que, sous sa forme la plus atténuée, un rire est impossible à distinguer d'un sourire, et c'est sans doute de cette façon que le sourire est né. Mais il est bien évident que, durant le cours de l'évolution, le sourire s'est émancipé et qu'on doit maintenant le considérer comme une entité séparée. Le sourire à haute intensité — le sourire radieux, qui fait s'épanouir le visage — est radicalement différent, dans sa fonction, du rire à haute intensité. Il est devenu spécialisé en tant que signal d'accueil de l'espèce. Si nous saluons quelqu'un en lui souriant, cette personne sait que nous sommes amis, mais si nous l'accueillons en riant, il peut avoir des raisons d'en douter.

Tout contact social est, dans le meilleur des cas, légèrement inquiétant. Le comportement de l'autre individu lors de la rencontre est un élément inconnu. Le sourire, comme le rire, indique l'existence de cette crainte et sa combinaison avec des sentiments d'attirance et d'acceptation. Mais quand le rire atteint une haute intensité, il signale qu'on est prêt à de nouveaux « étonnements », à une exploitation plus poussée de la situation du danger-dans-la-sécurité. Si, au contraire, l'expression souriante du rire à faible intensité se développe pour donner autre chose, un large sourire, par exemple, le sourire signale que la situation ne se développera pas dans ce sens. Le sourire indique simplement que les dispositions initiales sont une fin en soi, sans prolongement poussé. Un sourire mutuel rassure les deux protagonistes en leur confirmant qu'ils sont tous deux dans un état d'esprit teinté d'une certaine appréhension mais où se manifeste quand même une attirance réciproque. Etre légèrement craintif signifie qu'on est non agressif et être non agressif signifie qu'on est amical, et à cet égard, le sourire devient une façon de signaler une attirance amicale.

Pourquoi, si nous avons eu besoin de ce signal, les autres primates s'en sont-ils passés ? Ils ont bien, il est vrai, des gestes amicaux de diverses sortes, mais le sourire pour nous en est un de plus et d'une importance capitale dans notre vie quotidienne, aussi bien pour les jeunes enfants que nous fûmes que pour les adultes que nous sommes. Qu'est-ce qui, dans notre mode d'existence, lui a donné une position si privilégiée ? La réponse, semble-t-il, tient à notre fameuse peau nue. Quand un jeune singe naît, il se cramponne solidement à la fourrure de sa mère. Il reste là, heure après heure, jour après jour. Pendant des semaines, voire des mois, il ne quitte jamais la douillette protection du corps de sa mère. Plus tard, quand il s'aventure loin d'elle pour la première fois, il peut, d'un instant à l'autre, courir se réfugier près d'elle et se cramponner à son pelage. C'est pour lui une façon positive d'assurer un étroit contact physique. Même si la mère n'est pas ravie de ce contact (à mesure que l'enfant devient plus âgé et plus lourd), elle aura du mal à le repousser. Quiconque a jamais eu l'occasion de jouer les mères adoptives pour un jeune chimpanzé peut en témoigner.

Quand *nous* naissons, nous sommes dans une situation beaucoup plus hasardeuse. Non seulement nous sommes trop faibles pour nous cramponner, mais nous n'avons rien à quoi nous cramponner. Privés de tout moyen mécanique de nous assurer l'étroite proximité de nos mères, nous devons nous reposer entièrement sur des signaux maternellement stimulants. Nous pouvons nous égosiller pour attirer l'attention des parents, mais dès l'instant où elle nous est acquise il nous faut faire quelque chose de plus pour la conserver. Un jeune chimpanzé réclame à grands cris l'attention, tout comme nous. La mère se précipite et l'empoigne. Le bébé aussitôt se cramponne de nouveau à elle. Mais nous ? Nous avons besoin de quelque chose qui remplace le fait de nous cramponner, une sorte de signal qui fera plaisir à la mère et qui lui donnera envie de rester avec nous. Le signal que nous utilisons, c'est le sourire.

Le sourire commence dès les premières semaines de la vie, mais au début il n'a aucune direction particulière. Aux environs de la cinquième semaine, il représente une réaction précise à certains stimuli. Les yeux du bébé peuvent maintenant fixer des objets. Tout d'abord le bébé réagit surtout à une paire d'yeux qui le dévisagent. Même deux points noirs sur un morceau de carton font l'affaire. A mesure que les semaines passent, une bouche devient également nécessaire. Deux points noirs et la ligne d'une bouche en dessous suffisent maintenant à provoquer la réaction. Bientôt un élargissement de la bouche devient essentiel, puis les yeux commencent à perdre leur signification en tant que stimuli clés. A ce stade, à trois ou quatre mois, la réaction est plus spécifique. Elle ne se produit plus devant n'importe quel visage, mais devant le visage particulier de la mère. Le « circuit imprimé » des parents se met en place.

Vers l'âge de sept mois, le jeune enfant est complètement marqué par sa mère. Quoi qu'elle fasse maintenant, elle conservera jusqu'à la fin de ses jours son image de mère pour sa progéniture. Les jeunes canetons y parviennent en suivant la mère, les jeunes singes en se cramponnant à elle. Pour nous, nous acquérons ce lien vital grâce à la réaction du sourire. En tant que stimulus visuel, le sourire est parvenu à sa configuration bien particulière, principalement par le simple fait de retrousser les commissures des lèvres. La bouche est ouverte dans une certaine mesure et les lèvres retroussées, comme dans l'expression de peur, mais en ajoutant le retroussis des coins de la bouche, le caractère de cette expression se trouve radicalement changé. Ce développement à son tour a créé la possibilité d'une autre attitude faciale opposée : la bouche tirée vers le bas. En adoptant une position de la bouche qui soit opposée à la forme du sourire, on peut signaler un anti-sourire. Tout comme le rire a évolué à partir des pleurs et le sourire à partir du rire, de même l'expression inamicale a évolué à partir de l'expression amicale, comme par un mouvement tout naturel de balancier.

Mais il y a plus dans le sourire qu'un simple dessin de la bouche. En tant qu'adultes, nous sommes peut-être capables de traduire notre humeur par un simple mouvement des lèvres, mais le jeune enfant lance beaucoup plus dans la bataille. Quand il sourit à pleine intensité, il donne en même temps des coups de pied, il agite les bras, il tend les mains vers le stimulus, émet des sons balbutiants, renverse la tête en arrière en pointant son menton, penche le torse en avant ou bien sur le côté et exagère son rythme respiratoire. Ses yeux deviennent plus brillants et peuvent se fermer légèrement, des rides apparaissent sous les yeux ou au bord des yeux et parfois aussi sous l'arête du nez ; le pli de peau entre les ailes du nez et les côtés de la bouche se fait plus accentué et la langue peut légèrement dépasser. A partir de ces divers éléments, les mouvements du corps semblent indiquer un effort de la part de l'enfant pour établir le contact avec la mère. Avec les moyens physiques rudimentaires dont il dispose, le bébé nous montre sans doute tout ce qui reste de la réaction ancestrale du primate qui se cramponne à sa mère.

Je me suis attardé sur le sourire du bébé, mais

le sourire est, bien sûr, un signal à deux sens. Quand l'enfant sourit à sa mère, celle-ci répond par un signal similaire. Chacun fait plaisir à l'autre et le lien entre eux se resserre dans les deux sens. On estimera peut-être qu'il s'agit là d'une lapalissade, mais il peut y avoir un hic. Certaines mères, lorsqu'elles se sentent agitées, anxieuses ou irritées contre l'enfant, s'efforcent de dissimuler leur humeur en arborant un sourire forcé. Elles espèrent que cette expression contrefaite évitera de bouleverser l'enfant, mais en réalité ce subterfuge fait plus de mal que de bien. Il est à peu près impossible de duper un bébé quand il s'agit de l'humeur de sa mère. Dans les premières années de la vie, il semble que nous soyons extrêmement sensibles aux signes les plus subtils d'agitation ou de calme chez les parents. Dans les périodes préverbales, avant que l'énorme machine des communications symboliques et culturelles nous ait accablés de sa masse, nous comptons beaucoup plus sur les mouvements infimes, les changements de posture et sur le ton de voix que nous ne le faisons plus tard dans la vie. D'autres espèces excellent également dans ce domaine. Le stupéfiant talent de « Hans le Malin », le célèbre cheval calculateur, était en fait fondé sur la façon remarquable dont il réagissait à d'imperceptibles changements d'attitude de son dresseur. Lorsqu'on lui demandait de faire une addition, Hans tapait du sabot le nombre de fois qu'il fallait puis s'arrêtait. Même si le dresseur quittait la pièce et que quelqu'un d'autre le remplaçait, cela marchait encore, car lorsqu'on atteignait le bon nombre de coups de sabot, l'étranger ne pouvait empêcher son corps de se crisper légèrement. Nous possédons tous ce don, même en tant qu'adulte (les diseuses de bonne aventure en usent beaucoup pour juger quand elles sont sur la bonne voie), mais chez les enfants pré-verbaux il semble particulièrement développé. Si la mère effectue des mouvements tendus et agités, malgré tous ses efforts pour les dissimuler, elle les communiquera à son enfant. Si en même temps elle le gratifie d'un grand sourire, le sourire ne trompe pas l'enfant, il ne fait que le déconcerter. Deux messages contradictoires se trouvent transmis. Si la situation se produit souvent, elle peut causer des dommages durables et créer à l'enfant de sérieuses difficultés lorsqu'il aura, plus tard dans la vie, à nouer des contacts sociaux et à s'adapter.

A mesure que les mois passent, un nouveau schème du comportement du jeune enfant apparaît : l'agressivité entre en scène. Des crises de colère et des hurlements de fureur commencent à se différencier de la première réaction de cris non spécifiés. Le bébé signale son agressivité par une forme de cris plus heurtée, plus irrégulière, et par de violents mouvements des bras et des jambes. Il s'attaque aux petits objets, secoue les grands, crache et essaie de mordre, de griffer ou de frapper tout ce qui est à sa portée. Tout d'abord ces activités sont assez désordonnées et manquent de coordination. Les cris indiquent que la peur est toujours présente. L'agressivité ne s'est pas encore épanouie jusqu'à atteindre le point de la pure attaque : cela viendra beaucoup plus tard, lorsque l'enfant sera sûr de lui et pleinement conscient de ses possibilités physiques. Quand cette tendance se développe, elle aussi a ses signaux faciaux particuliers : le regard dur et les lèvres serrées. Les lèvres sont crispées en une ligne dure, avec les coins de la bouche tendus en avant plutôt que tirés en arrière. Les yeux regardent fixement l'adversaire et les sourcils sont froncés. Les poings sont crispés. L'enfant a commencé à s'affirmer.

On a découvert que cette agressivité peut être accrue en augmentant la densité d'un groupe d'enfants. Dans des conditions d'encombrement, les inter-actions sociales amicales entre membres d'un groupe se trouvent réduites, et les schèmes destructeurs et agressifs marquent une élévation notable de fréquence et d'intensité. C'est là un phénomène significatif si l'on se souvient que, chez les autres animaux, le combat ne sert pas seulement à régler des querelles de souveraineté, mais aussi à augmenter l'espacement des membres d'une espèce. Nous y reviendrons au chapitre cinq.

Outre protéger, nourrir, nettoyer la progéniture et jouer avec elle, les devoirs des parents comprennent aussi le processus extrêmement important du dressage. Comme dans les autres espèces, on procède par un système de punitions et récompenses qui modifient peu à peu le petit et ajustent, par tâtonnements, son apprentissage. En outre, la progéniture apprendra rapidement par imitation : processus relativement peu développé chez la plupart des autres mammifères, mais remarquablement poussé et raffiné chez nous. C'est ainsi qu'une grande partie de ce que les autres animaux doivent laborieusement apprendre tout seuls, nous l'acquérons vite en suivant l'exemple de nos parents. Le singe nu est un singe enseignant. (Nous sommes si sensibilisés à cette méthode d'apprentissage que nous avons tendance à croire que les autres espèces en bénéficient également, si bien que nous avons, de grossière façon, surestimé le rôle que l'enseignement joue dans leur existence.)

Une grande part de ce que nous faisons en tant qu'adultes a pour base cette absorption par imitation durant nos années d'enfance. Nous nous imaginons fréquemment que nous nous conduisons d'une façon particulière parce que ce comportement est en accord avec un code abstrait et inflexible de principes moraux, alors qu'en réalité tout ce que nous faisons, c'est obéir à un ensemble profondément enraciné et depuis longtemps « oublié » d'impressions purement imitatives. D'où la résistance des coutumes et des « croyances » ; la communauté continue à se cramponner à ses vieilles habitudes et à ses anciens préjugés. C'est la croix qu'il nous faut porter si nous voulons franchir rapidement notre phase juvénile capitale du « papier buvard », durant laquelle nous absorbons rapidement les expériences accumulées des générations précédentes. Nous sommes contraints d'accepter les opinions fondées sur les préjugés en même temps que les faits valables.

Nous avons heureusement élaboré un puissant antidote contre cette faiblesse inhérente au processus d'apprentissage par imitation. Nous possédons une curiosité aiguisée, un besoin intense d'explorer qui va à l'encontre de l'autre tendance et crée un équilibre qui a tout le potentiel d'une réussite fantastique. Une culture s'effondrera seulement si elle devient trop rigide, par suite de son asservissement à la répétition imitative, ou trop audacieuse et téméraire dans ses explorations... Celles qui maintiennent un bon équilibre entre ces deux tendances prospèrent. On peut voir, dans le monde d'aujourd'hui, de nombreux exemples de cultures trop rigides et trop téméraires. Les petites sociétés arriérées, complètement dominées par leurs lourds fardeaux de tabous et d'anciennes coutumes, sont des exemples de sociétés trop rigides. Les mêmes sociétés lorsqu'elles sont converties et « aidées » par des cultures avancées, deviennent rapidement des exemples de cultures trop téméraires. Une dose excessive d'innovation sociale et de passion de l'exploration, brutalement injectée, vient balayer les forces stabilisatrices de l'imitation ancestrale et fait pencher trop fort la balance de l'autre côté. Cela provoque un tourbillon culturel qui mène à la désintégration. Heureuse la société qui acquiert peu à peu un parfait équilibre entre l'imitation et la curiosité, entre la copie servile et sans pensée et l'expérimentation rationnelle et génératrice de progrès...

CHAPITRE IV

EXPLORATION

Tous les mammifères ont un puissant instinct exploratoire, mais chez certains il est plus développé que chez les autres. Cela dépend essentiellement du degré de spécialisation qu'ils ont atteint au cours de leur évolution. S'ils ont consacré tous leurs efforts à perfectionner un aspect particulièrement utile à leur survie, ils n'ont pas à se préoccuper tellement de toutes les complexités du monde qui les entoure. Dès l'instant que le fourmilier a ses fourmis et l'ours koala ses feuilles de gommier, ils sont parfaitement satisfaits et leur vie est sans problème. En revanche, les non-spécialistes — les aventuriers du monde animal — ne peuvent jamais se permettre un instant de détente.

Ils ne savent jamais d'où viendra leur prochain repas et ils doivent connaître tous les trucs, essayer toutes les possibilités et être aux aguets de la moindre chance. Il leur faut explorer et explorer sans cesse. Ils doivent chercher, vérifier. Ils doivent avoir un niveau de curiosité constamment élevé.

Ce n'est pas simplement une question d'alimentation : l'autodéfense implique les mêmes exigences. Les porcs-épics, les hérissons et les putois peuvent renifler et piétiner aussi bruyamment qu'il leur plaît, sans se soucier de leurs ennemis, mais le mammifère non armé doit être toujours sur le qui-vive. Il doit connaître les signaux de danger et les routes d'évasion. Pour survivre, il lui faut connaître son territoire dans les moindres détails.

Si l'on considère les choses ainsi, il pourrait sembler assez sot de ne pas se spécialiser. Pourquoi faut-il qu'il y ait des mammifères aventuriers ? Parce que le mode de vie du spécialiste n'est pas sans inconvénients. Tout va très bien dès l'instant que le mécanisme particulier de survie fonctionne, mais si l'environnement subit une transformation importante, le spécialiste se trouve dans une situation critique. S'il s'est donné assez de mal pour éclipser ses rivaux, l'animal aura été contraint de procéder à des changements importants de sa structure génétique et il ne sera pas en mesure de renverser la vapeur assez rapidement en cas de nécessité. Si les forêts de gommiers se trouvaient balayées, le koala périrait. Si un tueur à la mâchoire de fer acquérait la capacité de broyer les épines du porc-épic, celui-ci deviendrait une proie facile. Pour l'opportuniste, la vie est peut-être toujours difficile ; mais il peut au moins s'adapter rapidement à tout changement rapide de l'environnement. Privez une mangouste de rats et de souris et elle mangera des œufs et des escargots. Privez un singe de fruits et de noix et il adoptera un régime à base de tubercules et de jeunes pousses.

De tous les non-spécialistes, les singes sont peut-être ceux qui ont le plus de ressources. En tant que groupe, ils sont spécialisés dans la non-spécialisation. Et parmi les singes, le singe nu est le plus grand astucieux de tous. Ce n'est qu'un nouvel aspect de son évolution néoténique. Tous les jeunes singes sont fouineurs, mais l'intensité de leur curiosité a tendance à diminuer lorsqu'ils deviennent adultes. Chez nous, la curiosité infantile se trouve renforcée et prolongée jusque dans nos années de maturité. Nous ne cessons jamais de chercher. Nous n'estimons jamais en savoir assez. Toute question à laquelle nous répondons amène une autre question. C'est devenu chez notre espèce le « truc » qui facilite le plus la survie.

Cette tendance à être attiré par la nouveauté a reçu le nom de *néophilie* (amour du nouveau). Tout ce qui n'est pas familier risque d'être dangereux. Il faut l'aborder avec prudence. Peut-être même devrait-on l'éviter ? Mais si on l'évite, alors comment saurons-nous jamais de quoi il s'agit ? L'instinct néophilique doit nous pousser sans cesse et maintenir notre intérêt jusqu'au moment où l'inconnu est devenu le connu, jusqu'à ce que la familiarité ait enregistré le mépris et que, ce faisant, nous ayons acquis une précieuse expérience pour l'emmagasiner et y faire appel quand le besoin s'en fait sentir plus tard. L'enfant fait cela tout le temps. Si fort même est son instinct que les parents doivent y mettre un frein. Mais bien que les parents puissent réussir à guider sa curiosité, ils ne peuvent jamais la supprimer tout à fait. A mesure que les enfants grandissent, leurs tendances exploratoires atteignent parfois des proportions alarmantes et l'on entend des adultes parler d'« un groupe de jeunes se comportant comme des bêtes sauvages ». Mais en fait c'est l'inverse qui est vrai. Si les adultes prenaient la peine d'étudier la façon dont se conduisent vraiment les bêtes sauvages, ils constateraient que ce sont eux qui leur ressemblent. Ce sont eux qui essaient de limiter l'exploration et qui se laissent gagner par le confort du conservatisme sub-humain. Heureusement pour l'espèce, il y a toujours assez d'adultes qui conservent leur esprit inventif et leurs curiosités juvéniles et qui permettent aux populations de progresser et de s'étendre.

Quand on regarde les jeunes chimpanzés jouer, on est aussitôt frappé par la similitude entre leur comportement et celui de nos propres enfants. Les uns et les autres sont fascinés par de nouveaux « jouets ». Ils s'en emparent avidement, les soulèvent, les laissent tomber, les tordent, les frappent et les mettent en pièces. Les uns comme les autres inventent des jeux simples. L'intensité de leur intérêt est aussi forte que chez nous et, durant les premières années de la vie, les chimpanzés se débrouillent tout aussi bien, mieux, d'ailleurs, car leur système musculaire se développe plus vite. Mais à un certain stade ils commencent à perdre du terrain. Leur cerveau n'est pas assez complexe pour bâtir sur ce bon début. Leur faculté de concentration est faible et ne se développe pas en même temps que leur corps. Et surtout, il leur manque la faculté de communiquer en détail avec leurs parents à propos des techniques d'invention qu'ils sont en train de découvrir.

La meilleure façon de rendre claire cette différence est de prendre un exemple précis : par exemple, le dessin ou exploration graphique. En tant que schème de comportement, il a été d'une importance capitale pour notre espèce pendant des millénaires, et nous avons les vestiges préhistoriques d'Altamira et de Lascaux pour le prouver.

Pour peu qu'on leur donne l'occasion et les matériaux nécessaires, les jeunes chimpanzés sont aussi excités que nous à l'idée d'explorer les possibilités visuelles que représente le fait de tracer des marques sur une feuille de papier vierge.

Quand il est pour la première fois confronté à un crayon et un papier, le jeune enfant ne se trouve pas dans une situation très prometteuse. Le mieux qu'il puisse faire, c'est de taper le crayon sur la surface blanche. Ce qui l'amène à une agréable surprise. Le tapotement fait plus qu'un simple bruit, il produit en même temps un impact visuel. Quelque chose sort du bout du crayon et laisse une marque sur le papier. Un trait est tracé.

Il est fascinant d'observer ce premier moment de découverte graphique chez un chimpanzé ou chez un enfant. Il contemple la ligne, intrigué par la prime visuelle inattendue que son action a provoquée. Après avoir considéré le résultat un moment, il renouvelle l'expérience. Et voilà que cela marche la seconde fois, et encore et encore. La feuille est bientôt couverte de griffonnages. A mesure que le temps passe, les séances de dessin deviennent plus vigoureuses. Les traits isolés et hésitants, tracés sur le papier l'un après l'autre, cèdent la place à des gribouillages multiples. S'il y a le choix, on préfère les crayons de couleur, les craies et les tubes de peinture aux crayons noirs parce qu'ils ont un impact plus marqué encore, parce qu'ils produisent un effet visuel encore plus considérable en sillonnant la feuille de papier.

La première manifestation d'intérêt pour cette activité se manifeste vers l'âge d'un an et demi, tant chez les chimpanzés que chez les enfants. Mais ce n'est qu'après le second anniversaire que le griffonnage multiple, hardi et plein de confiance, se développe vraiment. A l'âge de trois ans, l'enfant moyen entre dans une nouvelle phase graphique : il commence à simplifier ses griffonnages confus. Du chaos excitant, il commence à distiller les formes fondamentales, il fait des expériences avec des croix, puis avec des cercles, des carrés et des triangles. Des lignes sinueuses sont tracées tout autour de la page jusqu'à ce qu'elles viennent se rejoindre, enfermant un espace. Une ligne devient un cadre.

Au cours des mois qui suivent, ces formes simples sont combinées l'une avec l'autre pour créer de simples motifs abstraits. Un cercle est coupé par une croix, on joint les coins d'un carré par des diagonales. C'est le stade essentiel qui précède les toutes premières représentations illustrées. Chez l'enfant, ce grand pas en avant survient dans la seconde moitié de la troisième année ou au début de la quatrième. Chez le chimpanzé, jamais. Le jeune chimpanzé parvient à tracer des dessins en éventail, des croix et des cercles, il arrive même à dessiner un « cercle marqué », mais il ne peut pas aller plus loin. Cela est d'autant plus agaçant que le motif du cercle marqué est le précurseur immédiat des premières représentations dessinées produites par l'enfant. Ce qui se passe, c'est que quelques traits ou points sont placés à l'intérieur du tracé du cercle puis, comme par magie, voilà qu'un visage regarde l'enfant peindre. Il y a un éclair soudain de reconnaissance. La phase d'expérimentation abstraite, d'invention de motifs, est terminée. Un nouveau but maintenant doit être atteint : la représentation perfectionnée. On dessine de nouveaux visages, plus fidèles, avec les yeux et la bouche aux bons endroits. On ajoute des détails : cheveux, oreilles, nez, bras et jambes. D'autres images naissent : fleurs, maisons, animaux, bateaux, voitures. Ce sont des hauteurs que le jeune chimpanzé, semble-t-il, ne peut jamais atteindre. Une fois le sommet atteint — le cercle tracé et son intérieur marqué de quelques traits et points — l'animal continue à se développer, mais pas ses dessins. Peut-être un jour découvrira-t-on un chimpanzé de génie, mais cela semble peu probable.

Pour l'enfant, la phase représentative de l'exploration graphique s'étend maintenant devant lui, mais bien que ce soit pour lui la principale zone de découvertes, les anciennes influences de motifs abstraits continuent à se faire sentir, surtout entre cinq et huit ans. Au cours de cette période, l'enfant produit des tableaux particulièrement séduisants car ils ont pour base les solides fondements de la phase des formes abstraites. Les images représentatives sont encore à un stade très simple de différenciation et elles se combinent de façon séduisante avec les arrangements de motifs abstraits bien tracés.

Le processus par lequel le cercle marqué de points devient un portrait précis est passablement curieux. La découverte qu'il représente un visage ne conduit pas à un succès immédiat dans la représentation. Cela devient le but dominant, mais il faut du temps (plus de dix ans en fait). Tout d'abord, il faut simplifier un peu les traits fondamentaux : des cercles pour les yeux, un trait horizontal net pour la bouche, deux points ou un cercle central pour le nez. Les cheveux doivent former une frange autour du cercle extérieur. Il peut y avoir alors un temps d'arrêt. Le visage, après tout, est la partie la plus vitale et la plus frappante de la mère, du moins en termes visuels. Au bout d'un moment, toutefois, de nouveaux progrès sont effectués. Par le simple procédé consistant à faire certains cheveux plus longs que les autres, il est possible d'amener ce visage-silhouette à avoir des bras et des jambes. Ceux-ci, à leur tour, peuvent avoir des mains et des pieds. A ce stade, la figure fondamentale est toujours fondée sur le cercle pré-représentatif. C'est un vieil ami et il s'attarde. Etant devenu un visage, il est ensuite devenu un visage et un corps tout à la fois. L'enfant à ce stade ne semble pas se soucier que les bras de son dessin sortent des côtés de ce qui semble être la tête. Mais le cercle ne peut durer indéfiniment. Comme une cellule, il faut qu'il se divise et bourgeonne en une seconde cellule. Ou alors, les deux lignes de la jambe doivent se rejoindre quelque part, mais plus haut que les pieds. C'est de l'une de ces deux façons que peut naître le dessin d'un corps. Quelle que soit la méthode, les bras restent plantés là, à jaillir du côté de la tête. Et ils y restent un bon moment avant d'être ramenés à une position plus normale : une protubérance sur la partie supérieure du corps.

Chez le jeune chimpanzé et chez le petit enfant, les premiers dessins et peintures n'ont rien à voir avec l'acte de communiquer. C'est un acte de découverte, d'invention, on essaie les possibilités de variations graphiques. C'est de la « peinture-action », et non pas de la « peinture-signal ». Elle ne demande aucune récompense : elle apporte sa récompense en soi, c'est le jeu pour le jeu. Toutefois, comme tant d'aspects des jeux de l'enfance, elle ne tarde pas à se fondre dans d'autres activités d'adultes. La communication sociale s'en empare et le caractère d'invention originale est perdu, la pure excitation de tracer un trait disparaît. C'est seulement dans les griffonnages sur les nappes de restaurant ou les coins de buvard que la plupart des adultes laissent cette tendance réapparaître. (Cela ne veut pas dire qu'ils ont perdu tout esprit d'invention, mais simplement que le domaine de l'invention s'est déplacé vers des sphères plus complexes, plus techniques.)

Heureusement pour l'art exploratoire de la peinture et du dessin, on a mis au point, aujourd'hui, des méthodes beaucoup plus efficaces pour reproduire les images du monde extérieur. La photographie et ses prolongements ont démodé la peinture d'« information » représentative. Cela a brisé les lourdes chaînes de responsabilité qui ont si longtemps accablé l'art adulte. La peinture peut désormais recommencer à explorer cette fois, sous une forme adulte. Et c'est bien, il est à peine besoin de le préciser, ce qu'elle fait aujourd'hui.

Cet exemple précis de comportement exploratoire révèle très clairement les différences qui existent entre nous et notre plus proche parent vivant, le chimpanzé. On pourrait faire d'autres comparaisons dans d'autres domaines. Une ou deux d'entre elles méritent d'être brièvement citées. Dans les deux espèces, on peut observer une exploration du monde du son. L'invention vocale, on l'a déjà vu, est, pour on ne sait quelle raison, pratiquement absente chez le chimpanzé mais les sonorités de percussion jouent un rôle important dans leur vie. Les jeunes chimpanzés ne cessent d'étudier les possibilités sonores qu'ils peuvent obtenir en frappant un objet, en tapant du pied et en battant des mains. Devenus adultes, ils développent cette tendance en longues séances de tambourinage collectif. Un animal après l'autre frappe du pied, pousse des hurlements et arrache la végétation tout en tapant sur des souches et des troncs creux. Ces manifestations communautaires peuvent durer une demi-heure ou plus. On ne connaît pas leur fonction exacte, mais elles ont pour effet d'exciter mutuellement les membres d'un groupe. Dans notre espèce, le tambourinage constitue également la forme la plus répandue d'expression musicale. Elle débute de bonne heure, comme chez le chimpanzé, quand les enfants commencent à essayer à peu près de la même façon la valeur de percussion des objets qui les entourent. Mais alors que les chimpanzés adultes ne vont jamais au-delà d'un simple roulement rythmique, nous raffinons jusqu'à des rythmes complexes avec différentes gammes de vibrations et des variations d'intensité. Nous pouvons y ajouter des bruits, en soufflant dans des cavités creuses et en grattant ou en pinçant des objets de métal. Les cris et les hurlements du chimpanzé deviennent chez nous des chants pleins d'invention. L'apparition de numéros musicaux compliqués semble, dans les groupes sociaux plus simples, avoir joué à peu près le même rôle que les séances de hurlements et de tambourinements des chimpanzés, c'est-à-dire une excitation collective. Contrairement au dessin, ce n'était pas un schème d'activité réquisitionné ensuite pour la transmission d'informations détaillées sur une grande échelle. Les émissions de message par tambourinements dans certaines cultures étaient une exception à cette règle, mais dans l'ensemble la musique s'est développée comme un agent communautaire créateur d'ambiance et synchronisateur. Son contenu inventif et exploratoire est toutefois devenu de plus en plus fort et, libéré de toute exigence « représentative », c'est aujourd'hui un des grands domaines de l'expérimentation esthétique abstraite. (En raison de son premier rôle d'information, la peinture vient seulement de la rattraper.)

La danse a suivi à peu près le même cours que la musique et le chant. Les chimpanzés introduisent dans leurs tambourinements rituels de nombreux mouvements de balancements et de sauts, qui accompagnent également les numéros musicaux créateurs d'atmosphère dans notre propre espèce. A partir de là, comme la musique, ils se sont raffinés et étendus en numéros esthétiquement complexes.

Le développement de la gymnastique est étroitement lié à la danse. On observe de fréquents mouvements physiques rythmés dans le jeu tout à la fois des jeunes chimpanzés et des jeunes enfants. Ces mouvements deviennent rapidement stylisés, mais ils conservent de fortes possibilités de variations à l'intérieur des schèmes structurés dans lesquels ils s'inscrivent. Pourtant, les jeux physiques des chimpanzés ne se développent pas pour atteindre à la maturité, ils disparaissent peu à peu. Nous, en revanche, nous explorons à fond leurs possibilités et nous les perfectionnons dans notre vie adulte, pour qu'ils prennent de nombreuses formes complexes d'exercices et de sport. Là encore, ces activités jouent un rôle important en tant que mécanisme de synchronisation communautaire, mais elles servent essentiellement à maintenir et à étendre nos capacités d'exploration.

L'écriture, prolongement stylisé du dessin, et la communication vocale par le verbe se sont évidemment développées pour devenir nos principaux moyens de transmettre et d'enregistrer les renseignements, mais on les a également utilisées comme véhicules d'exploration esthétique. Le savant raffinement qui, de nos grognements et de nos cris ancestraux, a abouti à un langage symbolique complexe nous a permis de « jouer » avec des pensées dans notre tête et de manipuler nos séquences verbales (à l'origine, d'ordre purement informatif) — verbe et fins nouvelles en tant que jouet d'expérimentation esthétique.

Ainsi dans tous ces domaines — peinture, sculpture, dessin, musique, chant, danse, gymnastique, jeux, sport, écriture et rhétorique — nous pouvons poursuivre tout notre saoul, tout au long de notre vie, des formes complexes et spécialisées d'exploration et d'expérimentation. Grâce à un long entraînement, aussi bien comme exécutants que comme observateurs, nous pouvons sensibiliser notre réaction aux immenses facultés exploratoires que ces activités ont à nous offrir. Si nous en écartons l'aspect secondaire (le fait de gagner de l'argent, d'acquérir un statut, etc.), alors elles apparaissent toutes, sur le plan biologique, soit comme le prolongement dans la vie adulte de schèmes ludiques infantiles, soit comme la superposition de « règles de jeu » à nos systèmes adultes de communication-information.

Ces règles peuvent être énoncées comme suit : 1° Tu exploreras l'inconnu jusqu'à ce qu'il soit devenu familier ; 2° Tu imposeras au familier une répétition rythmique ; 3° Tu trouveras pour cette répétition autant de variations que possible ; 4° Tu choisiras les plus satisfaisantes de ces variations et tu les développeras aux dépens des autres ; 5° Tu combineras et tu recombineras ces variations entre elles ; et 6° Tu feras tout cela pour le plaisir, comme une fin en soi.

Ces principes s'appliquent d'un bout à l'autre de l'évolution, que l'on considère un jeune enfant qui joue dans le sable ou un compositeur qui travaille à une symphonie.

La dernière règle est particulièrement importante. Le comportement exploratoire joue également un rôle dans les schèmes fondamentaux qui assurent la survie, comme l'alimentation, le combat, l'accouplement, etc. Mais là, elle est limitée aux premières phases de mise en appétit des séquences d'activité et donc adaptée à leurs exigences particulières. Pour de nombreuses espèces animales, cela ne va pas plus loin. Il n'y a pas d'exploration pour le plaisir de l'exploration. Mais, chez les mammifères supérieurs et au plus haut point chez nous, c'est devenu une tendance distincte, séparée. Elle a pour fonction de nous fournir une connaissance subtile et complexe du monde qui nous entoure, et autant que possible, de nos capacités par rapport à lui.

Il est intéressant de noter que, à mesure que le temps a passé et que les développements techniques sont devenus de plus en plus inter-indépendants, le pur instinct exploratoire a envahi à son tour le domaine scientifique. La recherche scientifique — le nom même de « re-cherche » révèle le jeu (et je dis bien jeu) — fonctionne à peu près sur les mêmes principes ludiques mentionnés plus haut.

Avant d'abandonner ce sujet, considérons un dernier aspect particulier du comportement exploratoire, qu'on ne saurait passer sous silence. Il concerne une phase critique du jeu social durant la période infantile. Quand il est très jeune, le jeu social de l'enfant est essentiellement dirigé vers les parents, mais à mesure que l'enfant grandit, l'intérêt se détourne d'eux vers d'autres enfants du même âge. L'enfant devient membre d'un « groupe de jeu » juvénile. C'est là une phase critique de son développement. En tant que mouvement exploratoire, cela a des effets incalculables sur la vie de l'individu. Bien sûr, toutes les formes d'exploration, à cet âge tendre, ont des conséquences à longs termes — l'enfant qui ne réussit pas à explorer la musique ou la peinture trouvera, adulte, ces sujets difficiles — mais les contacts ludiques de personne à personne sont encore plus importants que le reste. Un adulte qui vient à la musique, par exemple, pour la première fois, sans avoir derrière lui un acquis de ce qu'il a pu explorer dans ce domaine quand il était enfant, pourra trouver la tâche difficile, mais pas impossible. En revanche, un enfant qu'on aura impitoyablement coupé de tout contact social en tant que membre d'un groupe de jeu, se trouvera toujours gravement handicapé dans son comportement social d'adulte. Des expériences pratiquées sur des singes ont révélé que non seulement l'isolement dans la petite enfance produit un adulte en retrait par rapport à la société, mais qu'il donne aussi un individu antisexuel et antifamilial. Les singes élevés à l'écart des autres jeunes n'ont pas réussi à participer aux activités des groupes de jeu quand, plus tard, devenus de jeunes singes, ils se sont trouvés en contact avec elles. Les isolés avaient beau être physiquement sains et s'être bien développés dans leur solitude, ils étaient absolument incapables de se mêler à la bousculade générale. Au lieu de cela, ils restaient accroupis et immobiles, dans leur coin de la salle de jeu, les bras généralement serrés autour du corps, ou bien se couvraient les yeux. A l'âge adulte, là encore, ils étaient physiquement des échantillons sains, mais ils ne manifestaient aucun intérêt pour les activités sexuelles. Si on les obligeait à s'accoupler, les femelles isolées avaient des petits dans des conditions normales, mais elles commençaient alors à les traiter comme d'énormes parasites rampant sur leur corps. Elles les attaquaient, les chassaient, semblaient en ignorer l'existence ou les tuaient.

Dans notre propre espèce, les enfants sur-protégés souffriront toujours dans les contacts sociaux à l'âge adulte. C'est particulièrement important dans le cas des enfants uniques, à qui l'absence de frères ou de sœurs impose dès l'abord un grave handicap. S'ils ne connaissent pas les effets bienfaisants, dans le domaine de l'adaptation sociale, des bousculades qui sont de mise dans les groupes ludiques de jeunes, ils risquent de rester timides et réservés jusqu'à la fin de leurs jours, de trouver difficile sinon impossible de former un couple et, s'ils parviennent à devenir père ou mère, ils seront de mauvais parents.

Il ressort clairement de tout cela que le processus d'éducation comprend deux phases distinctes : une première phase, où le sujet se tourne vers l'intérieur, et une seconde, où il se tourne vers l'extérieur. Toutes deux sont d'une importance capitale et on peut en apprendre beaucoup à leur sujet en examinant le comportement du singe. Durant la première phase, le jeune singe est aimé, récompensé et protégé par la mère. Il en vient à comprendre ce que signifie la sécurité. Dans la phase suivante, on encourage à être plus extraverti, à participer aux contacts sociaux avec d'autres jeunes. La mère devient moins aimante et limite ses gestes protecteurs au moment de graves paniques ou d'alarmes, lorsque des dangers extérieurs menacent la colonie. Elle peut désormais bel et bien punir son rejeton s'il persiste à se cramponner à son pelage en l'absence de tout danger réel. Il en vient alors à comprendre et à accepter son indépendance croissante.

La situation devrait être fondamentalement la même en ce qui concerne la progéniture de notre propre espèce. Si, lors de l'une ou l'autre de ces phases fondamentales, les parents commettent des erreurs, l'enfant aura de sérieuses difficultés plus tard dans la vie. Si la première phase de sécurité lui a manqué, mais s'il a connu une activité suffisante durant la phase d'indépendance, il n'aura pas trop de mal à prendre de nouveaux contacts sociaux, mais il sera incapable de les maintenir ni de leur donner aucune solidité réelle. S'il a connu une grande sécurité dans la première phase, mais s'il a été sur-protégé par la suite, il éprouvera les plus grandes difficultés à établir de nouveaux contacts lorsqu'il sera devenu adulte et il aura tendance à se cramponner désespérément à ceux qu'il connaissait déjà.

Dans les cas les plus extrêmes de retrait social, on observe un comportement anti-exploratoire sous sa forme la plus aiguë et la plus caractéristique. Les individus extrêmement renfermés peuvent n'avoir aucune activité sociale, mais ils sont loin de n'avoir aucune activité physique. Ils sont obsédés par des stéréotypes répétitifs. Pendant des heures ils oscillent ou se balancent, hochent ou secouent la tête, tournent sur eux-mêmes ou sautillent, serrent ou desserrent les bras. Ils peuvent aussi sucer leur pouce ou d'autres parties de leur corps, se gratter ou se pincer, arborer des expressions faciales étranges et qu'ils répètent à l'infini, frapper ou faire rouler, suivant un mouvement rythmé, de petits objets. Nous avons tous à l'occasion ce genre de « tics », mais pour eux cela devient une forme importante et durable d'expression physique. Ce qui se passe, c'est qu'ils trouvent l'environnement si menaçant, les contacts sociaux si redoutables qu'ils cherchent à se réconforter et à se rassurer en « superfamiliarisant » leur comportement. La répétition rythmée d'un acte le rend de plus en plus familier et « sûr ». Au lieu de s'adonner à toute une gamme d'activités hétérogènes, l'individu replié sur lui-même se cantonne aux quelques activités qu'il connaît le mieux. Pour lui le vieux dicton « Qui ne risque rien n'a rien » est devenu « Qui ne risque rien ne perd rien ».

J'ai déjà parlé des qualités régressives du rythme

des pulsations cardiaques et de leur caractère réconfortant et cette observation s'applique également ici. Il semble qu'un grand nombre de ces gestes de refuge s'effectuent à peu près à la vitesse des pulsations cardiaques ; même quand ce n'est pas le cas, ces gestes jouent aussi un rôle « réconfortant » grâce à la « super-familiarité » obtenue par la répétition constante. On a noté que les individus socialement retardés renforcent leurs stéréotypes quand on les met dans une pièce qu'ils ne connaissent pas. Voilà qui concorde parfaitement avec l'explication que nous venons de voir. La nouveauté accrue de l'environnement avive les craintes néophobiques et on a fait appel de façon plus pressante, pour les repousser, aux mécanismes réconfortants.

Plus un stéréotype est répété, plus il devient comme une pulsation cardiaque maternelle artificiellement produite. Son côté « amical » ne cesse d'augmenter jusqu'à ce qu'il devienne pratiquement irréversible. Même si on peut supprimer l'extrême néophobie qui en est la cause (ce qui n'est pas facile), le stéréotype peut continuer à se répéter.

Comme je l'ai dit, les individus bien adaptés dans le domaine social présentent de temps en temps ces « tics ». On les observe en général dans des situations de tension et, là aussi, ils jouent le rôle de réconfortant. Nous connaissons tous ces syndromes. L'homme d'affaires attendant un appel téléphonique important tapote ou tambourine sur son bureau, la femme dans la salle d'attente du médecin serre et desserre les doigts sur son sac à main ; l'enfant embarrassé se balance de gauche à droite et de droite à gauche ; le futur père marche de long en large ; l'étudiant pendant l'examen suce son crayon ; l'officier inquiet lisse sa moustache. Utilisés avec modération, ces petits mécanismes anti-exploratoires sont précieux. Ils nous aident à tolérer la dose excessive de nouveauté que l'on prévoit. Toutefois, si l'on en abuse, il y a toujours le risque qu'ils deviennent irréversibles et obsessifs et qu'ils persistent même quand ils ne sont pas nécessaires.

Les stéréotypes se manifestent également dans les situations d'ennui extrême. On les observe avec netteté chez les animaux des zoos tout aussi bien que dans notre propre espèce. Ils atteignent parfois des proportions affolantes. Que se produit-il ici ? Les animaux captifs établiraient bien des contacts sociaux, mais ils sont dans l'impossibilité physique de le faire. La situation est, pour l'essentiel, la même que dans les cas de refus par rapport à la société. L'environnement restreint de la cage du zoo empêche tout contact social et leur impose une situation de retraite. Les barreaux de la cage sont l'équivalent physique des barrières psychologiques qui se dressent devant l'individu qui vit à l'écart de la société. Ils constituent un puissant mécanisme anti-exploratoire et, sans rien à explorer, l'animal du zoo commence à s'exprimer de la seule façon possible, en développant des stéréotypes rythmés. Nous connaissons tous l'inlassable piétinement de l'animal en cage, mais ce n'est que l'un des nombreux schèmes étranges de comportement qui se manifestent. On peut observer, par exemple, une masturbation stylisée, qui n'implique parfois pas de manipulation du pénis. L'animal (généralement un singe) se contente d'exécuter les mouvements d'avant en arrière du bras et de la main propres à la masturbation, mais sans réellement toucher le pénis. Certaines guenons se sucent constamment les mamelons. De jeunes animaux sucent leurs pattes. Des chimpanzés enfoncent parfois des brins de paille dans leurs oreilles qui jusqu'alors étaient saines. Des éléphants hochent la tête pendant des heures. Certaines bêtes ne cessent de se mordre ou de s'arracher les poils. On peut observer des cas graves d'auto-mutilation. Certaines de ces réactions ont lieu dans des situations de tension, mais nombre d'entre elles sont simplement des réactions à l'ennui. Quand il n'y a pas de variations dans l'environnement, la tendance exploratoire stagne.

En se contentant de regarder un animal isolé exécuter un de ces stéréotypes, il est impossible de savoir avec certitude l'origine de ce comportement. L'ennui, la tension ? Si c'est la tension, celle-ci peut être le résultat de la situation immédiate de l'environnement, ou un phénomène à long terme, ayant son origine dans une enfance anormale. Par exemple, si l'on place dans la cage un objet étranger, si les stéréotypes disparaissent et que l'exploration commence, alors ils sont évidemment provoqués par l'ennui. Si toutefois les stéréotypes ne font que s'accroître, c'est qu'ils étaient provoqués par la tension. S'ils persistent après l'introduction dans la cage d'autres membres de la même espèce, ce qui crée un milieu social normal, alors l'individu qui se cramponne à ses stéréotypes a certainement vécu son enfance dans des conditions d'isolement anormales.

On peut observer, dans notre propre espèce, toutes ces particularités des pensionnaires de zoo (peut-être parce que nous avons conçu nos jardins zoologiques tellement à l'image de nos villes). Ce devrait être une leçon pour nous, nous rappelant combien il est important de parvenir à un bon équilibre entre nos tendances néophobes et néophiles. Faute de cela, nous ne pouvons pas fonctionner dans des conditions normales. Notre système nerveux fera de son mieux, mais les résultats seront toujours un travesti de nos véritables possibilités de comportement.

CHAPITRE V

COMBAT

Si nous voulons comprendre la nature de nos tendances agressives, il nous faut les voir sur l'arrière-fond de nos origines animales. En tant qu'espèce, nous attachons aujourd'hui une telle importance à la violence massive et à la destruction massive que nous risquons de perdre notre objectivité en traitant ce sujet. Il est vrai que les intellectuels qui ont la tête la plus froide deviennent fréquemment d'une agressivité violente lorsqu'ils discutent l'urgent besoin de réprimer l'agression. Ce n'est pas surprenant. Nous sommes, c'est le moins qu'on puisse dire, dans un terrible pétrin et il est fort probable que d'ici à la fin du siècle nous nous serons exterminés nous-mêmes. En tant qu'espèce, nous aurons eu une fin de parcours assez passionnante ; ce sera notre seule consolation. Avant d'examiner les étranges perfectionnements auxquels nous sommes parvenus dans l'attaque et dans la défense, il nous faut considérer auparavant la violence fondamentale qu'on trouve tout naturellement dans le monde des animaux, qui ne possèdent ni lance, ni fusil, ni bombe.

Les animaux se battent entre eux pour une de ces deux excellentes raisons : soit pour établir leur domination dans une hiérarchie sociale, soit pour assurer leurs droits territoriaux sur une certaine zone. Certaines espèces sont purement hiérarchiques, sans territoire fixe. D'autres sont purement territoriales, sans problème de hiérarchie. Certaines encore ont des hiérarchies sur leur territoire et doivent donc lutter contre deux formes d'agressivité. C'est à ce dernier groupe que nous appartenons : en tant que primates, nous subissions déjà le système hiérarchique. C'est la base même de la vie des primates. Le groupe est sans cesse en mouvement, s'arrêtant rarement quelque part assez longtemps pour avoir un territoire fixe. Des conflits parfois peuvent éclater au sein du groupe, mais il s'agit là de phénomènes faiblement organisés, spasmodiques et d'une importance relativement minime dans la vie du singe moyen. En revanche, le « pech-order » (ainsi appelé parce qu'on en a pour la première fois parlé à propos des poulets) a une signification capitale dans sa vie quotidienne. Chez la plupart des singes et des gorilles, il existe une hiérarchie sociale rigoureuse, avec un mâle dominant qui commande le groupe, et d'autres qui viennent après lui suivant divers degrés de subordination. Lorsqu'il se fait trop vieux ou trop faible pour conserver sa domination, le chef est renversé par un mâle plus jeune, plus robuste, qui revêt dès lors le manteau du commandement. (Dans certains cas, il faut prendre l'expression presque au sens littéral, car il en pousse un à l'usurpateur sous la forme d'une cape de longs poils.) Comme les troupes vivent en communauté, son rôle de tyran du groupe est de tous les instants. Ce qui ne l'empêche pas d'être toujours le singe le plus luisant, le plus soigné, et le plus actif, sexuellement, de toute la communauté.

Toutes les espèces de primates ne sont pas aussi dictatoriales dans leur organisation sociale. Il y a presque toujours un tyran, mais il est parfois débonnaire et assez tolérant, comme c'est le cas du puissant gorille. Il partage les femelles entre les mâles moins robustes, il est généreux lors des repas et n'affirme son autorité que s'il se présente quelque chose qui ne saurait être partagé ou que des révoltes, des désordres ou des querelles divisent les membres plus faibles du groupe.

De toute évidence, ce système fondamental dut changer lorsque le singe nu est devenu un chasseur coopératif, avec une base fixe. Tout comme leur comportement sexuel, le système caractéristique des primates a dû se modifier pour s'adapter à leur nouveau rôle de carnivore. Le groupe a dû devenir territorial. Il lui a fallu défendre les parages de sa base. En raison du caractère coopératif de la chasse, il fallait faire tout cela à l'échelle du groupe plutôt qu'à l'échelle individuelle. Au sein du groupe, le système de hiérarchie tyrannique de la colonie classique de primates a dû subir des modifications considérables pour que fût assurée la coopération des membres les plus faibles quand le groupe organisait une expédition de chasse. Mais il n'a pu être totalement aboli. Il devait exister un semblant de hiérarchie, avec des membres plus forts et un chef à la tête du groupe, si l'on voulait voir prendre des décisions fermes, même si ce chef était obligé de considérer les sentiments de ses inférieurs plus que n'avait à le faire son homologue velu et arboricole.

Outre la défense en groupe du territoire et l'organisation hiérarchisée, la dépendance prolongée des jeunes, nous contraignant à adopter des unités familiales fondées sur le couple, imposait encore une autre forme d'autoritarisme. Chaque mâle, en tant que chef d'une famille, avait à défendre sa propre base individuelle à l'intérieur de la base occupée par l'ensemble de la colonie. Il existe donc pour nous trois formes fondamentales d'agressivité au lieu d'une ou deux à l'ordinaire. Et, comme nous sommes payés pour le savoir, elles existent encore très fortement aujourd'hui, malgré la complexité de notre société.

Quand l'agressivité d'un mammifère se trouve éveillée, un certain nombre de modifications physiologiques fondamentales s'opèrent à l'intérieur de son corps. Toute la machine doit s'apprêter à l'action, par l'intermédiaire du système nerveux autonome. Ce système comprend deux sous-systèmes opposés et qui se contrebalancent : le sympathique et le para-sympathique. Le premier est celui qui a pour tâche de préparer le corps à l'activité violente. Le second s'occupe de conserver et de restaurer les réserves du corps. Le premier dit : « Tu es paré pour l'action, vas-y » ; le second dit : « Va doucement, détends-toi, et ménage tes forces. » Dans les circonstances normales, le corps écoute ces deux voix et maintient entre elles un heureux équilibre, mais quand un violent sentiment d'agressivité est éveillé, le corps n'écoute plus que le système sympathique. Quand celui-ci est mis en branle, l'adrénaline se déverse dans le sang et tout le système circulatoire en est profondément affecté. Le cœur bat plus vite et le sang est transféré de la peau et des viscères vers les muscles et le cerveau. Il y a augmentation de la pression sanguine. Le rythme de production des globules rouges s'accélère. On observe également une réduction du temps de coagulation du sang. En outre, il y a interruption des processus de digestion et d'emmagasinement des aliments. La salivation est réduite. Les mouvements de l'estomac, la sécrétion des sucs gastriques et les mouvements péristaltiques des intestins sont tous arrêtés. En outre, le rectum et la vessie ne se vident pas aussi facilement que dans des conditions normales. Les stocks d'hydrates de carbone sont libérés par le foie et le sang se trouve envahi par le sucre. Il y a une augmentation considérable de l'activité respiratoire. Le souffle devient plus rapide et plus profond. Les mécanismes thermorégulateurs sont activés. Les poils se hérissent et il y a sudation abondante.

Tous ces changements aident à préparer l'animal à la bataille. Comme par magie, la fatigue est instantanément bannie et d'énormes quantités d'énergie se trouvent disponibles pour le combat que l'on prévoit afin d'assurer la survie. Le sang est pompé vigoureusement vers les endroits où il est le plus nécessaire : vers le cerveau, pour une réflexion rapide, et vers les muscles pour une action violente. L'élévation du taux de sucre dans le sang augmente l'efficacité musculaire. L'accélération du processus de coagulation signifie que si le sang coule à la suite d'une blessure, un caillot se formera plus rapidement pour éviter une perte de sang trop considérable. La production accélérée de globules rouges de la rate en même temps que l'accélération du rythme de la circulation sanguine aident le système respiratoire à augmenter l'absorption d'oxygène et à évacuer l'acide carbonique. La pleine érection des poils expose la peau à l'air et contribue à rafraîchir le corps, tout comme le ruissellement de sueur des glandes sudoripares. Les risques de surchauffe provenant d'une activité excessive se trouvent donc réduits.

Tous les mécanismes vitaux ainsi activés, l'animal est prêt à se lancer à l'attaque, mais il y a un hic. Le combat sans merci peut mener à une victoire précieuse, aussi bien qu'à la défaite plus ou moins totale. L'ennemi provoque invariablement la peur en même temps que l'agressivité. L'agressivité pousse l'animal en avant, la peur le retient. Un conflit intérieur intense éclate. En général, l'animal excité à combattre ne se lance pas du premier coup dans une attaque à fond. Il commence par menacer d'attaquer. Le conflit intérieur dont il est la proie le tient en suspens ; tout son organisme est tendu pour la bataille, mais pas encore prêt à la commencer. Si, dans cet état, il offre à son adversaire un spectacle suffisamment intimidant et si ce dernier bat en retraite, alors, bien sûr, cette solution est préférable. La victoire peut être remportée sans effusion de sang. L'espèce parvient à régler ses querelles sans que ses membres en souffrent indûment et c'est évidemment pour elle une opération bénéficiaire.

Dans toutes les formes supérieures de vie animale, on observe une tendance marquée dans cette direction : la direction du combat stylisé. La menace et la contre-menace ont fréquemment remplacé le combat véritable. Certes, la lutte sanglante a encore lieu de temps en temps, mais seulement en dernier ressort, quand les signaux et les contre-signaux agressifs n'ont pas réussi à régler le différend. La force des signaux extérieurs traduisant les changements physiologiques que j'ai décrits indique à l'ennemi jusqu'à quel degré de violence l'animal agressif est parvenu.

Cela fonctionne parfaitement bien sur le plan du comportement, mais sur le plan physiologique, la chose ne va pas sans créer des problèmes. Le mécanisme du corps a été préparé à fournir une grande dépense d'énergie. Mais les efforts prévus ne se concrétisent pas. Comment le système nerveux autonome se tire-t-il de cette situation ? Il a rassemblé toutes ses troupes en premières lignes, prêtes à l'action, mais leur seule présence a permis de gagner la guerre. Que se passe-t-il alors ?

Si le combat physique suivait naturellement l'activation massive du système nerveux sympathique, tous les préparatifs effectués à l'intérieur du corps seraient utilisés à plein. L'énergie serait brûlée et le système para-sympathique finirait par se réaffirmer et par rétablir peu à peu un état de calme physiologique. Mais, dans cet état de tension où il y a conflit entre l'agressivité et la peur, tout est suspendu. Le résultat, c'est que le système para-sympathique riposte avec violence et que le balancier du système nerveux autonome oscille frénétiquement. En même temps qu'alternent les moments tendus de menace et de contre-menace, on perçoit des poussées d'activité para-sympathique entremêlées de manifestations du sympathique. A la sécheresse de la bouche peut succéder une salivation excessive. La crispation des intestins peut se relâcher et une brusque défécation se produire. L'urine, retenue si fortement dans la vessie, peut être brusquement libérée. Le sang peut revenir massivement dans la région de la peau, une rougeur intense succédant soudain à une extrême pâleur. La respiration profonde et rapide peut s'interrompre de façon spectaculaire, provoquant des halètements et des soupirs. Ce sont autant d'efforts désespérés de la part du système para-sympathique pour contrer l'apparente extravagance du sympathique. Dans des circonstances normales, il serait hors de question de voir des réactions intenses dans un sens se produire en même temps que des réactions intenses dans l'autre, mais les conditions maximales de menace agressive « dépassent » tout momentanément. (Cela explique pourquoi, dans les cas extrêmes de choc, on peut observer une réaction d'évanouissement. Dans ces cas-là, le sang que l'on a précipitamment pompé vers le cerveau s'en retire avec une telle violence qu'il provoque une brusque perte de conscience.)

En ce qui concerne le système des signaux de menace, cette turbulence physiologique est une véritable bénédiction. Elle fournit une source encore plus riche de signaux. Dans le cours de l'évolution, ces signaux d'humeur ont été perfectionnés et élaborés de bien des façons différentes. La défécation et les jets d'urine sont devenus, pour bien des espèces de mammifères, des procédés fréquemment utilisés pour marquer de leur odeur leur territoire. L'exemple le plus communément observé : la façon dont les chiens domestiques lèvent la patte sur les réverbères de leur territoire et la façon dont cette activité se trouve accrue lors de rencontres menaçantes entre chiens rivaux. (Les rues de nos villes sont extrêmement stimulantes pour cette activité car elles comprennent des territoires qui se chevauchent et qui sont revendiqués par tant de rivaux différents que chaque chien est obligé de sur-marquer de son odeur ces zones.) Certaines espèces ont mis au point des techniques défécatoires perfectionnées : c'est ainsi que l'hippopotame a acquis une queue spécialement aplatie qu'il agite rapidement d'avant en arrière lors de la défécation. Le crottin tombe en éventail, ce qui a pour effet de l'éparpiller sur une vaste surface. De nombreuses espèces ont en outre des glandes anales spéciales qui ajoutent aux excréments une forte odeur personnelle.

Les perturbations circulatoires produisant une

extrême pâleur ou une intense rougeur se sont perfectionnées en tant que signaux grâce au développement de taches de peau nue sur le visage de nombreuses espèces et sur la croupe de certaines autres. Le halètement et le sifflement dus aux perturbations d'ordre respiratoire sont devenus des grognements et des rugissements et bien d'autres manifestations vocales de l'agressivité. On a même dit que cela expliquait l'origine de tout le système de communication par signaux vocaux. Un autre aspect fondamental de désordre respiratoire, c'est l'apparition de phénomènes de gonflement. De nombreuses espèces se gonflent quand elles menacent et peuvent dilater des poches d'air spéciales. (C'est particulièrement courant chez les oiseaux, qui possèdent déjà un certain nombre de poches à air qui font partie de leur système respiratoire.)

L'érection de poils en tant que signal d'agressivité a conduit au développement de régions spécialisées telles que crête, cape, crinière ou frange. Ces plaques de poils sont devenues extrêmement visibles. Les poils se sont allongés ou durcis. Leur pigmentation a souvent été radicalement modifiée pour produire des zones contrastant violemment avec le pelage avoisinant. Lorsque son agressivité est excitée, les poils dressés, l'animal parait soudain plus grand et plus redoutable, et les taches de parade deviennent plus larges et plus vives.

La sudation agressive est devenue une autre source de signaux odorants. Dans bien des cas on a observé là encore des tendances évolutionnaires spécialisées pour exploiter ce phénomène. Certaines glandes sudoripares ont énormément grossi pour devenir des glandes à sécrétion odorante complexes. On peut en trouver sur le visage, les pieds, la queue et diverses parties du corps de nombreuses espèces.

Tous ces perfectionnements ont enrichi les systèmes de communication des animaux et ont rendu leur langage d'humeur plus subtil et plus riche d'information. Ils font le comportement menaçant de l'animal excité plus « lisible », et en termes fort précis.

Mais ce n'est là que la moitié de l'histoire. Nous n'avons considéré que les signaux autonomes. A cela vient s'ajouter toute une autre gamme de signaux dus aux mouvements de tension musculaire et aux postures de l'animal qui menace. Le système autonome s'est contenté de préparer l'organisme à l'action musculaire. Mais qu'ont fait les muscles ? Ils étaient tendus pour la bataille, mais la bataille n'est pas venue. Le résultat de cette situation, c'est une série de mouvements d'intention agressive, d'actions ambivalentes et de postures de conflit. L'envie d'attaquer et l'envie de fuir tiraillent le corps dans un sens et dans l'autre. L'animal bondit en avant, recule, fait un saut de côté, s'accroupit, se penche, vacille. Dès que le désir d'attaquer prend le dessus, l'envie de fuir vient aussitôt donner le contrordre. Chaque mouvement de recul est contrebalancé par un mouvement offensif. Durant le cours de l'évolution, cette agitation générale s'est modifiée en postures spécialisées de menace et d'intimidation. Les mouvements d'intention se sont stylisés, les sautillements ambivalents se sont codifiés en tremblements et en secousses rythmés. Tout un nouveau répertoire de signaux agressifs s'est ainsi développé et perfectionné.

C'est pourquoi l'on peut observer, dans bien des espèces animales, des rituels de menaces et des « danses » de combat très compliqués. Les antagonistes tournent l'un autour de l'autre d'une façon extrêmement guindée, le corps raide et crispé. Parfois ils s'inclinent, hochent la tête, tremblent, frissonnent, se balancent d'un côté à l'autre ou exécutent de petits pas rapides et stylisés. Ils piétinent le sol, voûtent le dos ou baissent la tête. Tous ces mouvements d'intention jouent le rôle de signaux de communication vitaux et se combinent de façon fort efficace avec les signaux automatiques pour fournir une image précise de l'intensité du sentiment agressif éveillé ainsi qu'une indication exacte du dosage entre le désir d'attaquer et le désir de fuir.

Mais il y a plus encore. Il existe une autre source importante de signaux spéciaux, relevant d'une catégorie de comportement qu'on a appelée « activité de diversion ». Un des effets secondaires d'un intense conflit intérieur, c'est qu'un animal affecte parfois des schèmes de comportements étranges et qui semblent incompréhensibles. On dirait que l'animal, tendu, incapable d'accomplir l'une ou l'autre des choses qu'il a désespérément envie de faire, trouve un débouché pour son énergie accumulée dans une autre activité absolument sans rapport. Son envie de fuir bloque son envie d'attaquer et vice versa, alors il exprime ses sentiments d'une autre façon. On voit parfois des rivaux qui se menacent exécuter tout d'un coup les gestes de se nourrir, des gestes étrangement pétrifiés et incomplets, puis revenir aussitôt à leurs attitudes de menace. Ou bien ils se mettent à se gratter ou à se nettoyer, entremêlant ces gestes des manœuvres caractéristiques de menace. Certaines espèces accomplissent les gestes de construction du nid, ramassant les matériaux qui se trouvent sur place et les accumulant sur des nids imaginaires. D'autres s'adonnent au « sommeil instantané », baissant pour un instant la tête dans une position d'assoupissement, de bâillement ou d'étirement.

Toutes ces activités, signaux autonomes, mouvements d'intention, postures ambivalentes et déplacements d'activité, se ritualisent et finissent par fournir aux animaux un répertoire très complet de signaux de menace. Dans la plupart des rencontres, ils suffiront à régler la querelle sans que les adversaires en viennent aux coups. Mais si le système échoue, comme c'est souvent le cas, par exemple, quand il y a extrême encombrement, alors c'est la vraie bataille et les signaux cèdent la place aux mécanismes brutaux de l'attaque réelle. On utilise alors les dents pour mordre, écharper et lacérer, la tête et les cornes pour donner des coups de boutoir et pour transpercer, le corps pour pousser et bousculer, les pattes pour griffer, ruer et donner des coups de pied, les mains pour empoigner, serrer, et parfois la queue pour donner des coups de fouet. Même ainsi, il est extrêmement rare de voir un adversaire tuer l'autre. Les espèces qui ont mis au point des techniques spéciales de meurtre pour se débarrasser de leur proie les emploient rarement quand elles luttent avec leurs congénères. Dès que l'ennemi a été suffisamment maté, il cesse de constituer une menace et on ne s'intéresse plus à lui. Il est inutile de gaspiller sur lui de nouvelles réserves d'énergie et on le laisse s'esquiver sans lui causer d'autres dommages.

Avant d'examiner toutes ces activités belligérantes par rapport à notre propre espèce, il reste un aspect de l'agressivité animale qu'il faut considérer. Il s'agit du comportement du perdant. Quand sa position est devenue intenable, la solution évidente pour lui est de se retirer le plus vite possible. Mais ce n'est pas toujours facile. Sa retraite peut être matériellement gênée ou bien, s'il appartient à un groupe social étroitement uni, il peut être obligé de rester à portée du vainqueur. Dans chacun de ces deux cas, il doit d'une façon ou d'une autre signaler à l'animal plus fort que lui qu'il ne constitue plus une menace et qu'il n'a pas l'intention de continuer le combat. S'il le poursuit jusqu'au moment où il est grièvement blessé ou complètement épuisé, cela deviendra assez évident et l'animal dominateur s'éloignera et le laissera tranquille. Mais s'il peut signaler qu'il accepte la défaite, il pourra éviter une punition plus sévère. Il y parvient en accomplissant un certain nombre de manifestations caractéristiques de soumission. Elles ont pour effet d'apaiser l'attaquant et de réduire rapidement son agressivité.

Les vaincus opèrent de diverses façons. En général, ils cessent les signaux qui ont excité l'agressivité, ou passent à d'autres signaux, résolument non agressifs. La première méthode sert simplement à calmer l'animal dominateur, la seconde contribue à le faire changer d'humeur. La forme la plus rudimentaire de soumission est la totale inactivité. Comme l'agressivité implique des mouvements violents, une pause statique signale automatiquement la non-agressivité. Cela se combine fréquemment avec une position accroupie, tête basse. Dans l'agression, le corps est étendu au maximum de sa taille : la position accroupie marque donc une tendance inverse et joue ainsi un rôle apaisant. Le fait de tourner le dos à l'attaquant aide aussi, car c'est le contraire de la posture d'attaque frontale. On utilise également d'autres schèmes, qui sont le contraire de la menace. Si une espèce particulière menace en baissant la tête, alors le fait de lever la tête devient un geste d'apaisement précieux. Si un attaquant a le poil qui se hérisse, l'inverse servira de schème de soumission. Dans certains cas, relativement rares, un perdant admettra la défaite en exposant à l'attaquant une zone vulnérable de son corps. Un chimpanzé, par exemple, tendra la main dans un geste de soumission, la rendant ainsi extrêmement vulnérable aux morsures. Comme un chimpanzé agressif ne ferait jamais une chose pareille, ce geste implorant sert à apaiser le sujet dominateur.

La seconde catégorie de signaux d'apaisement fonctionne en tant que mécanismes de re-motivation. L'animal soumis émet des signaux qui provoquent une réaction non agressive et, à mesure que cette réaction se précise chez l'attaquant, son désir de se battre se trouve ainsi réprimé et maté. Cela peut se passer de trois façons. Un facteur de re-motivation particulièrement répandu consiste à adopter des postures juvéniles utilisées pour mendier la nourriture. L'individu plus faible s'accroupit et mendie auprès de l'animal dominateur dans la posture infantile caractéristique de l'espèce : il s'agit là d'un procédé plus particulièrement pratiqué par les femelles lorsqu'elles sont attaquées par des mâles. Il est souvent si efficace que le mâle réagit en régurgitant un peu de nourriture à l'intention de la femelle, qui parachève alors le rituel de la nourriture mendiée en l'avalant. Se trouvant alors dans des dispositions résolument paternelles et protectrices, le mâle perd son agressivité et le couple se calme. Une autre activité de re-motivation, c'est l'adoption par l'animal plus faible d'une posture sexuelle de femelle. Indépendamment de son sexe ou de son état sexuel, il peut prendre brusquement la posture de la femelle, croupe tendue. Lorsqu'il prend cette attitude envers l'agresseur, il stimule chez celui-ci une réaction sexuelle qui vient calmer l'humeur agressive. Dans ce genre de situation, un mâle ou une femelle de caractère dominateur monte et fait semblant de s'accoupler soit avec un mâle soit avec une femelle soumis. Une troisième forme de re-motivation consiste à éveiller l'envie d'épouiller ou d'être épouillé. Dans le monde animal, on pratique beaucoup le toilettage collectif réciproque et il est fortement associé avec les moments les plus calmes, les plus paisibles de la vie communautaire. L'animal plus faible peut soit inviter le vainqueur à la toilette, soit émettre des signaux demandant la permission de procéder lui-même au toilettage. Les singes utilisent beaucoup ce procédé et ils l'accompagnent d'une expression faciale particulière, qui consiste à faire claquer rapidement les lèvres, version modifiée, ritualisée d'un des aspects de la cérémonie normale d'épouillage. Quand un singe fait la toilette d'un autre, il ne cesse de porter à sa bouche des fragments de peau et autres détritus, tout en claquant des lèvres. En exagérant et en accélérant ce claquement des lèvres, il signale qu'il est prêt à accomplir ce devoir et il réussit fréquemment ainsi à supprimer l'agressivité de l'attaquant, à le persuader de se détendre et de se laisser épouiller. Au bout d'un moment, l'individu dominateur est tellement bercé par cette mimique que le plus faible peut s'éloigner, indemne.

Tels sont donc les cérémonies et les procédés par lesquels les animaux accommodent leurs manifestations d'agressivité. Quand on parle de « combats à mort », on fait allusion, à l'origine, aux activités brutales des carnivores tuant leurs proies. Mais on commet l'erreur de l'appliquer de façon générale à tous les combats entre animaux. Rien ne saurait être plus loin de la vérité. Si une espèce entend survivre, elle ne peut pas se permettre de laisser massacrer les siens. Il a fallu inhiber et contrôler l'agressivité au sein de l'espèce, et plus les armes utilisées pour tuer la proie sont puissantes et redoutables dans une espèce particulière, plus fortes doivent être les inhibitions empêchant de les utiliser pour régler des querelles avec des rivaux. C'est la « loi de la jungle » quand il s'agit de désaccords territoriaux et hiérarchiques. Les espèces qui ont négligé d'obéir à cette loi sont depuis longtemps éteintes.

L'éveil de l'agressivité produit chez nous les mêmes bouleversements physiologiques, les mêmes tensions musculaires que chez les animaux en général. Comme les autres espèces, nous présentons également toute une gamme d'activités de diversion. Dans certains cas nous ne sommes pas aussi bien équipés que d'autres espèces pour faire de ces réactions fondamentales des signaux puissants. Par exemple, nous ne pouvons pas intimider nos adversaires en hérissant les poils de notre corps. Nous le faisons encore dans des moments de grands chocs (« j'avais les cheveux dressés sur la tête »), mais en tant que signal ce phénomène n'est guère utilisé. A d'autres égards, nous pouvons faire beaucoup mieux. Notre nudité même, qui nous empêche de nous hérisser de façon efficace, nous donne la possibilité d'émettre de puissants signaux de rougeur et de pâleur. Nous pouvons devenir « blanc de rage », « rouge de colère », ou bien « pâle de peur ». C'est la couleur blanche qu'il faut surveiller ici : elle est synonyme d'activité. Si elle se trouve combinée avec d'autres actions qui sont signes d'attaque, alors c'est un signal de danger vital. Si elle se trouve combinée avec d'autres actions qui signalent la peur, alors c'est un signal de panique.

Elle a pour cause, on s'en souvient, l'activation du système nerveux sympathique, le système « action », et il ne faut pas la traiter à la légère. La rougeur, en revanche, est moins inquiétante. Elle a pour cause les tentatives frénétiques du système parasympathique pour contrebalancer l'action du sympathique, et elle indique que le système « action » commence déjà à être sapé. L'adversaire furieux, au visage rouge, qui vous fait face est infiniment moins susceptible d'attaquer que l'individu pâle, aux lèvres crispées. Le visage rouge est en proie à un conflit tel qu'il a déjà ravalé et inhibé sa colère, alors que le visage blême est encore prêt pour l'action. Certes, il ne s'agit pas de plaisanter ni avec l'un ni avec l'autre, à moins qu'on ne l'apaise aussitôt.

De même, une respiration rapide et profonde est un signal de danger ; encore a-t-elle beaucoup perdu de son caractère menaçant quand elle se scinde en grognements et en reniflements. C'est le même rapport qui existe entre la bouche sèche de l'attaque imminente et la salivation abondante de l'assaut plus profondément inhibé. Les jets d'urine, la défécation et l'évanouissement apparaissent en général un peu plus tard, dans le sillage de la profonde onde de choc qui accompagne les moments de violente tension.

Quand le désir d'attaquer et celui de s'échapper sont tous deux fortement activés, et simultanément, nous présentons un certain nombre de mouvements d'intention caractéristiques et de postures ambivalentes. La plus commune de ces manifestations : brandir un poing crispé, geste qui s'est ritualisé de deux façons différentes. On accomplit ce geste à une certaine distance de l'adversaire, là où le poing est trop loin pour pouvoir assener un coup. Ainsi, sa fonction n'est plus mécanique : il est plutôt devenu un signal visuel. (Avec le bras fléchi et sur le côté, c'est le geste de défi symbolique des régimes communistes.) Il est devenu encore plus ritualisé par l'adjonction de mouvements de l'avant-bras d'avant en arrière. Le geste de secouer le poing de cette façon est là encore visuel plutôt que mécanique dans sa signification. Nous décochons des « coups » répétés de façon rythmique avec le poing, mais toujours à prudente distance.

Pendant que nous faisons cela, le corps tout entier peut exécuter de petits mouvements d'intention d'approche, gestes qui prennent soigneusement garde de ne pas aller trop loin. On peut taper du pied violemment et bruyamment et frapper du poing sur tout objet qui nous tombe sous la main. Ce dernier geste est un exemple, un phénomène qu'on observe fréquemment chez d'autres animaux, et qu'on appelle activité de re-direction. L'objet (l'adversaire) qui stimule l'attaque étant trop redoutable pour qu'on l'attaque directement, les mouvements d'agression sont « re-dirigés » vers un autre objet, moins intimidant, tel qu'un passant innocent (nous avons tous connu cette mésaventure) ou même un objet inanimé. Si c'est cette seconde solution qui prévaut, l'objet peut fort bien être rageusement pulvérisé ou détruit. Lorsqu'une épouse fracasse un vase par terre, c'est évidemment en fait la tête de son mari qui gît là, brisée en morceaux. Il est intéressant de noter que les chimpanzés et les gorilles exécutent fréquemment leur propre version de cette manifestation, lorsqu'ils arrachent, cassent et brandissent des branches et des rameaux. Là encore, le geste a un impact visuel puissant.

Un accompagnement spécialisé et important de toutes ces manifestations agressives, c'est la production d'expressions faciales menaçantes. En même temps que nos signaux vocaux verbalisés, ce sont elles qui nous permettent de communiquer le plus précisément notre humeur agressive. Si l'expression souriante, comme on l'a vu dans un chapitre précédent, est unique à notre espèce, nos expressions agressives, si nuancées qu'elles puissent être, sont à peu près les mêmes que celles de tous les autres primates supérieurs. (Nous pouvons reconnaître au premier regard un singe furieux ou un singe apeuré, mais il nous reste encore à apprendre quelle est l'expression du singe amical.) Les règles sont très simples : plus le désir d'attaquer l'emporte sur le désir de fuir, plus le visage se tend en avant. Quand c'est l'inverse qui se produit et que la peur prend le dessus, alors tous les traits du visage sont tirés en arrière. Dans le visage de l'attaquant, les sourcils sont crispés en avant par un froncement, le front est lisse, les coins de la bouche sont tirés vers l'avant et les lèvres dessinent une ligne serrée. A mesure que la peur prend le dessus, une expression de menace apeurée apparaît. Les sourcils s'élèvent, le front se plisse, les coins de la bouche sont tirés en arrière et les lèvres s'écartent, découvrant les dents. Cette expression accompagne souvent d'autres gestes qui semblent très agressifs et des manifestations comme le plissement du front et l'exposition des dents sont considérées parfois comme des signaux « d'attaque ». Mais ce sont en fait des signaux de peur, le visage annonçant aussitôt que la peur est très présente, malgré la persistance de gestes intimidateurs exécutés par le reste du corps. C'est encore, bien sûr, une expression menaçante et qui ne saurait être traitée de haut. Si la peur était tout entière exprimée, le sujet ne tirerait pas les traits de son visage et l'adversaire battrait en retraite.

Nous partageons avec les singes tous ces jeux d'expression — il conviendra de s'en souvenir si jamais l'on se trouve en face d'un grand babouin furieux —, mais nous avons inventé d'autres expressions qui nous sont propres : par exemple, tirer la langue ou gonfler les joues, faire des pieds de nez, ou d'horribles grimaces, ce qui augmente considérablement notre répertoire de menaces. La plupart des cultures ont également ajouté une grande variété de gestes de menace et d'insulte qui font appel au reste du corps. Des mouvements d'intention agressive (« bondir de colère ») se sont raffinés pour devenir des danses guerrières violentes et hautement stylisées. Leur fonction en l'occurrence est d'exciter la communauté dans son ensemble et de synchroniser des sentiments violemment agressifs plutôt que de constituer une manifestation visuelle directe à l'intention de l'ennemi.

Comme, avec le développement d'armes artificielles redoutables, nous sommes devenus une espèce potentiellement fort dangereuse, il n'est pas surprenant de découvrir que nous disposons d'une gamme extraordinairement étendue de signaux d'apaisement. Nous partageons avec les autres primates la réaction fondamentale de soumission qui consiste à s'accroupir et à pousser des cris. Nous avons en outre formalisé toutes sortes de manifestations de subordination. De s'accroupir on est passé à ramper et à se prosterner. On en trouve des variantes moins intenses sous la forme de l'agenouillement, de l'inclination de tête et de la révérence. Le signal clé ici, c'est l'abaissement du corps devant l'individu dominateur. Quand nous menaçons, nous nous déployons de toute notre hauteur, en faisant paraître notre corps aussi grand et aussi fort que possible. Le comportement soumis doit donc être à l'opposé et ramener le corps à des proportions aussi réduites que possible. Au lieu de faire cela n'importe comment, nous avons stylisé ces attitudes dans un certain nombre de formes caractéristiques, dont chacune a sa signification particulière. Dans ce contexte, le geste de saluer est intéressant car il montre jusqu'où la formalisation du geste original peut entraîner nos signaux culturels. Au premier abord, un salut militaire a l'air d'un mouvement agressif. Il ressemble au signal qui consiste à lever le bras pour frapper. La différence capitale, c'est que la main n'est pas crispée et qu'elle est tendue vers le képi ou le béret. C'est évidemment une modification stylisée du geste d'ôter son chapeau, qui lui-même faisait à l'origine partie du processus de diminuer la taille du corps.

Le raffinement du mouvement d'inclination de la tête à partir de la posture rudimentaire d'accroupissement du primate est également intéressant. L'aspect clé ici, c'est le fait de baisser les yeux. Un regard direct est caractéristique de l'agressivité la plus marquée. Cela fait partie des expressions faciales les plus féroces et accompagne tous les gestes les plus belliqueux. (C'est pourquoi le jeu des enfants qui consiste à se faire baisser les yeux les uns aux autres est si difficile à pratiquer et pourquoi l'on condamne si vigoureusement le simple regard curieux d'un jeune enfant en lui disant : « C'est grossier de regarder comme ça ».) Peu importe que la coutume ait réduit fortement l'inclination, elle comprend toujours l'élément d'abaissement du visage. Les membres mâles d'une cour royale, par exemple, qui, au prix de répétitions constantes, ont modifié leurs réactions d'inclination, continuent à baisser le visage, mais au lieu de se plier à partir de la taille ils s'inclinent non sans raideur à partir du cou, ne baissant que la région de la tête.

Dans des circonstances moins cérémonieuses, on donne la réaction d'anti-regard en se contentant de détourner la tête et les yeux. Seul un individu vraiment agressif peut vous regarder dans les yeux pendant un certain temps. Lors des conversations ordinaires face à face, nous prenons soin de détourner les yeux de nos compagnons quand nous parlons, puis nous nous tournons de nouveau vers eux à la fin de chaque phrase ou « paragraphe », pour contrôler leurs réactions. Un conférencier professionnel met un certain temps à s'habituer à regarder en face son public, au lieu de diriger son regard par-dessus leurs têtes, sur son pupitre ou au fond de la salle. Bien qu'il soit dans une position aussi dominatrice, ils sont si nombreux à tous le dévisager (bien en sûreté dans leur fauteuil) qu'ils lui inspirent une crainte fondamentale et au début impossible à contrôler. Ce n'est qu'après beaucoup de pratique qu'il peut surmonter cette appréhension. Le simple fait, synonyme d'agressivité, d'être dévisagé par un grand nombre de gens est également la cause du trac de l'acteur avant qu'il fasse son entrée en scène. Il a des soucis d'ordre intellectuel sur la qualité de sa performance et sur l'accueil qu'elle va recevoir, mais le regard synonyme de menace du public est pour lui un risque supplémentaire et plus fondamental. (C'est là encore un cas où le regard curieux est confondu au niveau de l'inconscient avec le regard menaçant.) Le port de lunettes simples et de lunettes de soleil donne au visage une apparence plus agressive car il grossit artificiellement et accidentellement la dimension du regard. Si quelqu'un portant des lunettes nous regarde, nous avons l'impression d'un super-regard. Les individus aux manières douces ont tendance à choisir des verres sans monture ou à monture mince (sans se rendre compte sans doute des raisons qui les poussent à le faire) car cela leur permet de mieux voir en exagérant au minimum l'intensité de leur regard. Ils évitent ainsi d'éveiller une contre-agressivité.

Une forme plus poussée d'anti-regard consiste à se couvrir les yeux avec les mains ou à s'enfouir le visage dans le creux du coude. Le simple geste de fermer les yeux supprime également le regard, et on peut s'étonner de voir certains individus fermer fréquemment et instinctivement les yeux un instant lorsqu'ils font face et qu'ils parlent à des étrangers. On dirait que leurs réactions normales de cillement se sont prolongées en des périodes étendues de dissimulation des yeux. La réaction disparaît quand ils conversent avec des amis intimes dans des circonstances où ils se sentent à l'aise. Il n'est pas toujours facile de savoir s'ils s'efforcent de supprimer la présence « menaçante » de l'étranger ou s'ils tentent de réduire l'intensité de leur propre regard.

En raison de leurs puissants effets d'intimidation, de nombreuses espèces ont acquis des taches en forme d'yeux pour faire office de mécanisme d'autodéfense. De nombreux papillons ont sur les ailes des motifs en forme d'yeux très saisissants. Ils restent dissimulés jusqu'au moment où les papillons sont attaqués. Les ailes alors se déploient et font jaillir devant l'ennemi ces taches en forme d'yeux. On a prouvé expérimentalement que cela exerce une influence non négligeable sur le tueur éventuel, qui souvent s'enfuit et laisse les insectes indemnes. De nombreux poissons, certaines espèces d'oiseaux et même des mammifères ont adopté cette technique. Dans notre propre espèce, des produits commerciaux ont parfois utilisé le même procédé (peut-être délibérément, peut-être sans le savoir). Les dessinateurs d'automobiles utilisent les phares de cette façon et ajoutent fréquemment à l'impression générale d'agressivité en donnant à l'avant du capot la forme de sourcils froncés. Ils ajoutent en outre des « dents découvertes » sous la forme d'une calandre entre les « taches d'yeux ». Comme les routes sont de plus en plus encombrées et que la conduite devient une activité sans cesse plus belliqueuse, les visages menaçants des voitures se sont progressivement raffinés, prêtant à ceux qui les pilotent une image de plus en plus agressive. Sur une plus petite échelle, on a donné à certains produits des noms de marque qui évoquent un visage menaçant, comme OXO, OMO, OZO et OVO. Heureusement pour les fabricants, ces noms ne repoussent pas les clients : au contraire, ils attirent leurs regards et, les ayant attirés, ils se révèlent n'être rien de plus que d'inoffensives boîtes de carton. Mais l'impact a déjà fait son effet : l'attention a été attirée sur ce produit-là plutôt que sur ses rivaux.

J'ai précisé plus haut que les chimpanzés apaisent l'individu dominateur en tendant vers lui une main molle. Nous partageons ce geste avec eux, sous la forme de la posture caractéristique de supplication ou d'imploration. Nous l'avons également adopté en tant que geste d'accueil communément utilisé : c'est la poignée de main. Les gestes amicaux sont souvent issus de gestes de soumission. Nous avons déjà vu comment cela s'était produit avec la réaction de sourire et de rire (toutes deux, d'ailleurs, apparaissent encore dans les situations apaisantes sous formes de sourires timides et de rires nerveux.) L'échange de poignée de main se présente comme une cérémonie mutuelle entre individus de rang plus ou moins égal, mais elle prend la forme d'une inclination pour baiser la main tendue lorsqu'il y a une inégalité flagrante entre les deux personnages. (Avec l'« égalité » croissante entre les sexes et les diverses classes, ce dernier raffinement se fait plus rare, mais il persiste dans certaines sphères où l'on respecte sévèrement le cérémonial hiérarchique, comme c'est le cas de l'Eglise en particulier.) On peut aussi mentionner ici quelques mécanismes de re-motivation simples, ne serait-ce que parce qu'ils présentent une intéressante ressemblance avec des comportements similaires chez d'autres espèces. On se rappelle que les animaux ont recours à des schèmes juvéniles ou sexuels ou bien à des semblants de toilettage pour éveiller des sentiments non agressifs chez leurs adversaires. Dans notre propre espèce, le comportement juvénile de la part d'adultes soumis est particulièrement courant durant la période de cour. Les membres du couple adoptent souvent le « langage bébé » non pas parce qu'ils vont se trouver bientôt parents eux-mêmes, mais parce que cela éveille chez le partenaire des sentiments tendres et protecteurs, maternels ou paternels, et que cela réprime par là même des sentiments plus agressifs (ou, en l'occurrence, plus redoutables). Il est amusant, quand on pense au développement de ce schème sous forme de becquée chez les oiseaux, de remarquer l'extraordinaire accroissement d'alimentation mutuelle qu'on observe dans notre espèce lors de la période de cour. A aucune autre période de notre existence, nous ne consacrons autant d'efforts à nous tendre mutuellement de bons morceaux dans la bouche ou à nous offrir des boîtes de chocolats.

En ce qui concerne la re-motivation dans une direction sexuelle, cela se produit chaque fois qu'un être soumis (mâle ou femelle) adopte une attitude de « féminité » vis-à-vis d'un individu dominateur (mâle ou femelle) dans un contexte agressif plutôt que véritablement sexuel. C'est là une méthode très répandue, mais le cas précis de la posture sexuelle propre à la femelle : la présentation de la croupe en tant que geste d'apaisement, a pratiquement disparu, en même temps que cette posture elle-même n'existe plus sous sa forme originale. Ce schème se limite maintenant à une forme de punition des collégiens, le battement rythmé du fouet ou de la canne remplaçant les poussées en avant du bassin du mâle dominant. Sans doute les maîtres d'école ne conserveraient-ils pas cette pratique s'ils se rendaient compte qu'ils accomplissent là, avec leurs élèves, une forme de copulation rituelle propre aux anciens primates. Ils pourraient tout aussi bien infliger un châtiment douloureux à leurs victimes sans les forcer à adopter la posture soumise de la femelle penchée. (Il est significatif que les collégiennes sont rarement battues de cette façon : les origines sexuelles de ce geste deviendraient alors trop évidentes.) Un savant non dépourvu d'imagination a avancé que la raison pour laquelle on oblige parfois les collégiens à abaisser leurs pantalons pour ce genre de punition n'est pas d'augmenter la douleur, mais de permettre au mâle dominateur d'observer le rougissement des fesses à mesure qu'il inflige le châtiment ; cela rappelle naturellement le rougissement de la croupe des primates femelles en période d'excitation sexuelle. Vrai ou non, une chose est certaine : en tant que mécanisme d'apaisement par re-motivation, c'est un échec consternant. Plus l'infortuné collégien stimule de façon crypto-sexuelle le mâle dominateur, plus il risque de voir le rituel se prolonger et, comme les poussées en avant rythmées du bassin se sont transformées symboliquement en coups rythmés de canne, la victime se retrouve à son point de départ. Elle a réussi à dévier sur le plan sexuel une attaque directe, mais elle s'est alors trouvée dupée par la conversion symbolique de ce schème sexuel en un autre schème d'agressivité.

Le troisième procédé de re-motivation, celui du toilettage, joue un rôle mineur mais utile dans notre espèce. Nous avons fréquemment recours à des mouvements de caresses et de tapotements pour calmer un individu agité, et un grand nombre des membres dominants de la société passent de longues heures à se faire soigner et pomponner par des subordonnés. Mais nous reviendrons là-dessus dans un autre chapitre.

Les activités de diversion jouent également un rôle dans nos manifestations d'agressivité, car elles apparaissent dans presque toutes les situations de stress ou de tension. Nous différons toutefois des autres animaux, en ce que nous ne nous limitons pas à des diversions caractéristiques de l'espèce. Nous utilisons pratiquement tous les gestes les plus ordinaires, qui sont autant d'exutoires aux sentiments qui bouillonnent en nous. Quand nous sommes la proie d'un conflit qui nous agite, nous pouvons changer la disposition de bibelots, allumer une cigarette, nettoyer nos lunettes, jeter un coup d'œil à notre montre, nous verser un verre ou grignoter quelque chose. Toutes ces actions peuvent être accomplies pour des raisons normales, mais dans leur rôle de diversion elles n'ont plus ces raisons. Les bibelots que nous changeons de place n'avaient pas besoin de l'être. Ils n'étaient pas placés n'importe comment et peuvent fort bien se trouver plus en désordre après notre intervention. Dans un mouvement de tension, nous allumons une cigarette alors que nous venons nerveusement d'en éteindre une qui n'était même pas terminée. D'ailleurs, le rythme auquel nous fumons durant les périodes de tension n'a aucun rapport avec les exigences physiologiques de notre système intoxiqué par la nicotine. Les lunettes si soigneusement polies sont déjà propres. La montre que nous remontons si vigoureusement n'en a pas besoin et quand nous y jetons un coup d'œil, notre regard n'enregistre même pas l'heure qu'elle marque. Quand nous buvons une gorgée d'un breuvage de diversion, ce n'est pas parce que nous avons soif. Quand nous grignotons des aliments de diversion ce n'est pas parce que nous avons faim. Tous ces gestes nous les accomplissons non pas pour la récompense normale qu'ils apportent, mais simplement pour faire quelque chose dans un effort pour dissiper la tension. On les observe de façon particulièrement fréquente lors des premiers stades de rencontres sociales, lorsque les sentiments de peur et d'agressivité dissimulés affleurent à la surface. A un dîner ou lors de n'importe quelle réunion mondaine, sitôt terminées les cérémonies d'apaisement mutuel que représente l'échange de poignées de main et de sourires, on offre immédiatement des cigarettes de diversion, des boissons de diversion et des aliments de diversion. Même lors de manifestations au théâtre ou au cinéma, le flot des événements est délibérément rompu par de brefs intervalles durant lesquels le public peut s'adonner à ses activités de diversion favorites, en achetant des esquimaux et des bonbons acidulés.

Dans des moments de tension agressive plus marqués, nous avons tendance à revenir à des activités de diversion plus primitives. Dans ce genre de situation, on peut voir un chimpanzé exécuter des mouvements répétés et agités de grattage, qui sont un genre assez particulier et différent de la réaction normale à une démangeaison. Ils se limitent essentiellement à la région de la tête, ou parfois des bras. Les mouvements eux-mêmes sont assez stylisés. Nous nous comportons à peu près de la même façon, en exécutant des gestes de toilette stylisés correspondant à une activité de diversion. Nous nous grattons la tête, nous nous mordons les ongles, nous nous « lavons » le visage avec nos mains, nous tirons sur notre barbe ou notre moustache si nous en avons, nous ajustons notre coiffure, nous frottons ou nous curons notre nez, nous reniflons, nous caressons les lobes de nos oreilles, nous nous nettoyons le conduit auditif, nous nous frottons le menton, nous nous léchons les lèvres ou nous nous frottons les mains comme pour les rincer. Si l'on étudie attentivement les moments de grand conflit, on peut observer que ces activités sont toutes exécutées d'une façon rituelle. Il ne s'agit pas d'un véritable nettoyage, et peu importe la région du corps qui en est l'objet. Dans toute interaction sociale d'un petit groupe d'individus, on peut facilement identifier les membres subordonnés par la fréquence de leurs activités de diversion, symbolisées par cette pseudo-toilette. L'individu véritablement dominateur se reconnaît à l'absence à peu près totale de pareils gestes. Si celui qui domine manifestement le groupe exécute tout de même un certain nombre de petites activités de diversion, cela signifie alors que sa domination est plus ou moins menacée par les autres individus présents.

En évoquant ces comportements agressifs ou soumis, on a supposé que les individus intéressés

« disaient la vérité ». On peut fort bien mentir. Les menteurs les plus brillants sont ceux qui, au lieu de s'attacher constamment à modifier des signaux spécifiques, se plongent par la pensée dans l'humeur qu'ils entendent exprimer puis laissent les petits détails s'arranger d'eux-mêmes. Cette méthode est fréquemment utilisée avec succès par les menteurs professionnels, les acteurs, par exemple. Leur métier consiste à représenter des comportements mensongers, ce qui peut être parfois extrêmement nocif pour leur vie privée. Les politiciens et les diplomates doivent également assumer plus que d'autres des comportements mensongers, mais contrairement aux acteurs, ils ne sont pas socialement « autorisés à mentir » et les sentiments de culpabilité que cela provoque chez eux tendent à nuire à la qualité de leurs performances. Et puis, contrairement aux acteurs, ils ne suivent pas des cours de formation prolongée.

Même sans formation professionnelle, il est possible, avec un peu d'effort et un examen attentif des faits présentés dans ce livre, d'obtenir l'effet désiré. J'en ai fait délibérément l'expérience à une ou deux reprises, et non sans un certain succès, dans mes rapports avec la police. J'ai estimé que, s'il existe une forte tendance biologique à être apaisé par des gestes de soumission, alors cette prédisposition devrait ouvrir la voie à un progrès dans l'utilisation des signaux appropriés. La plupart des conducteurs, lorsqu'ils sont arrêtés par la police pour quelque menue faute de conduite, réagissent aussitôt en protestant de leur innocence ou en présentant telle ou telle excuse pour justifier leur comportement. En agissant ainsi, ils défendent leur territoire (mobile) et s'installent dans le rôle de rivaux territoriaux. C'est la pire attitude possible. Elle oblige la police à contre-attaquer. Si, au contraire, on adopte une attitude d'abjecte soumission, l'officier de police aura de plus en plus de mal à ne pas s'apaiser. Un total aveu de culpabilité fondé sur la pure stupidité et sur l'infériorité place le policier dans une position d'immédiate domination à partir de laquelle il lui est difficile d'attaquer. Il convient d'exprimer la gratitude et l'admiration que vous ressentez pour l'efficacité de son action. Mais les mots ne suffisent pas. Il faut y ajouter les postures et les gestes appropriés. La peur et la soumission, aussi bien dans les attitudes corporelles que dans les expressions faciales, doivent apparaître clairement. Par-dessus tout, il est essentiel de descendre aussitôt de voiture et de s'en éloigner pour se rapprocher du policier. Il ne faut pas le laisser s'approcher de vous, car alors, vous l'avez contraint à se détourner de son chemin et par là même vous l'avez menacé. En outre, en restant dans la voiture, vous demeurez dans votre propre territoire. En vous en éloignant, vous affaiblissez automatiquement votre statut territorial. Outre tout cela, la position assise à l'intérieur de la voiture est par définition une position de domination. La notion de pouvoir qu'implique la position assise est un élément fortement ancré dans notre comportement. Personne ne peut rester assis si le « roi » est debout. Quand le « roi » se lève, tout le monde se lève. C'est là une exception notable à la règle générale sur le caractère agressif de la verticalité, qui affirme que l'accroissement de la soumission va de pair avec la décroissance de la hauteur. En quittant la voiture vous abandonnez donc tout à la fois vos droits territoriaux et votre position assise dominante et vous vous placez dans une situation de faiblesse qui convient aux actions de soumission qui vont suivre. Toutefois, après vous être levé, il importe de ne pas vous tenir trop droit, mais de vous voûter, de baisser légèrement la tête, de courber les épaules. Le ton de la voix est aussi important que les mots utilisés. Des expressions faciales anxieuses et un regard fuyant sont également précieux et l'on peut y ajouter, pour faire bonne mesure, une petite toilette de diversion.

Malheureusement, le conducteur est dans une humeur fondamentalement agressive de défense territoriale, et il est difficile de mentir à ce propos. Cela exige soit une pratique considérable, soit une solide connaissance des signaux de comportement non verbaux. Si vous ne savez pas vous dominer dans la vie courante, l'expérience, même quand elle est conçue à dessein et délibérément, peut être par trop déplaisante ; il sera préférable de payer l'amende.

Bien que ce chapitre concerne le comportement de combat, nous n'avons jusqu'à maintenant traité que des méthodes permettant d'éviter le combat réel. Lorsque la situation finit par se détériorer jusqu'au contact physique, le singe nu — désarmé — se comporte d'une façon qui marque un contraste intéressant avec les autres primates. Pour eux, les dents sont les armes les plus importantes, mais pour nous ce sont les mains. Là où ils empoignent et mordent, nous empoignons et nous serrons, ou bien nous frappons avec nos poings crispés. C'est seulement chez les bébés ou chez les très jeunes enfants que la morsure joue un rôle important dans le combat sans armes, car ils ne sont pas encore parvenus à développer suffisamment les muscles de leurs bras et de leurs mains pour s'en servir à des fins agressives.

Nous pouvons assister à des combats sans armes dans diverses versions hautement stylisées, comme la lutte, le judo et la boxe, mais dans sa forme originale et non modifiée, il est assez rare. Dès l'instant où un combat sérieux commence, des armes artificielles d'une sorte ou d'une autre entrent en jeu. Sous leur forme la plus rudimentaire, elles sont lancées ou utilisées comme extension du poing, pour assener des coups plus rudes. Dans certaines circonstances, les chimpanzés sont parvenus à développer jusque-là leurs attaques. Dans des conditions de semi-captivité, on les a vus ramasser une branche et en frapper avec violence le corps d'un léopard empaillé, ou bien arracher des mottes de terre et les lancer, à travers un fossé plein d'eau, sur des passants. Mais on n'a guère de preuve qu'ils utilisent ces méthodes à l'état sauvage et on n'a jamais pu établir qu'ils les utilisent entre eux lors de disputes entre rivaux. Néanmoins, ils nous donnent un aperçu de la façon dont nous avons sans doute commencé, des armes artificielles étant tout d'abord mises au point comme moyen de défense contre d'autres espèces et pour tuer les proies. Leur usage dans les combats entre individus de même espèce fut presque sûrement une tendance secondaire.

Les armes artificielles les plus simples sont des objets naturels en bois ou en pierre, durs, solides, mais dont on n'a pas modifié la forme. Ensuite, on a amélioré la forme de ces armes, et les moyens de les projeter.

La grande tendance suivante, sur le plan du comportement dans les méthodes d'attaque, fut l'extension de la distance entre l'attaquant et son ennemi et c'est ce dernier pas qui est sur le point de causer notre perte. Les javelots peuvent opérer à distance, mais leur portée est trop limitée. Les flèches sont préférables, mais elles manquent de précision. Les canons comblent cette lacune de façon spectaculaire, mais les bombes lâchées du ciel peuvent être transportées de plus loin encore et les fusées sol-sol peuvent porter les coups de l'attaquant à une distance plus grande encore. Le résultat de tout cela, c'est que les rivaux, au lieu d'être vaincus, sont détruits sans discrimination. Comme je l'ai expliqué plus tôt, ce qui importe au niveau biologique, dans les manifestations d'agressivité au sein d'une espèce, c'est la soumission et non la mort de l'ennemi. On évite les derniers stades de la destruction de la vie car l'ennemi s'enfuit ou se soumet. Dans les deux cas, la querelle est réglée. Mais dès l'instant où l'attaque a lieu de si loin que les signaux d'apaisement des perdants ne peuvent être perçus par les vainqueurs, l'agression violente continue de se déchaîner. Elle ne peut s'achever que par une abjecte soumission ou par la fuite précipitée de l'ennemi. Les conditions de l'agression moderne à distance ne permettant ni l'une ni l'autre, on en arrive à des massacres inconnus des autres espèces.

Notre esprit coopératif, qui a subi une évolution si particulière, n'a fait qu'aider et renforcer ce désir. Quand nous avons perfectionné cette technique dans le cadre de la chasse, ce progrès nous a bien servis, mais voici maintenant que nous en payons les frais. L'instinct d'assistance mutuelle est puissamment excité dans des contextes agressifs, au sein même de l'espèce. La loyauté à la chasse est devenue la loyauté au combat ; d'où la guerre. Par ironie du sort, c'est l'évolution d'un profond besoin d'entraide qui est la principale cause des horreurs de la guerre. C'est à lui que nous devons les gangs, les bandes, les hordes, les armées. Sans lui tous ces groupements manqueraient de cohésion et l'agressivité une fois de plus redeviendrait « personnalisée ».

Comme il fallait s'y attendre, ce regrettable

développement, susceptible de provoquer l'extinction de notre espèce, a provoqué bien des grattages de crâne « de diversion ». Une solution générale préconisée, c'est le désarmement collectif ; mais pour qu'il soit efficace, il faudrait le pousser jusqu'à l'extrême pour que tous les combats désormais se fassent de près, c'est-à-dire dans des conditions où les signaux automatiques d'apaisement direct pourraient de nouveau fonctionner. C'est manifestement impossible. Une autre solution consiste à « dépatriotiser » les membres des différents groupes sociaux ; mais ce serait aller à l'encontre d'un caractère biologique fondamental de notre espèce et risquer de provoquer la désintégration de notre structure sociale.

Une troisième solution serait de fournir des substituts symboliques inoffensifs de la guerre ; mais s'ils sont réellement inoffensifs, ils ne peuvent guère contribuer à résoudre les vrais problèmes, et il ne faut pas trop compter sur le football international pour les régler.

Une quatrième solution propose d'améliorer le contrôle de l'intelligence sur l'agressivité. On affirme que, puisque c'est notre intelligence qui nous a mis dans ce pétrin, c'est à l'intelligence de nous en sortir. Malheureusement, quand il s'agit d'une question aussi fondamentale que la défense du territoire, nos centres supérieurs sont trop sensibles aux encouragements des centres inférieurs. Le contrôle intellectuel ne peut nous aider que dans une certaine mesure. En dernier ressort, il ne faut pas compter sur lui, et il suffit d'un seul acte irraisonné pour anéantir tous ses bienfaits.

La seule solution biologiquement saine est une dépopulation massive, ou bien un rapide essaimage de l'espèce vers d'autres planètes, combiné si possible avec les quatre méthodes précédemment citées. On sait déjà que si la population continue à se développer à son rythme actuel, terrifiant, une agressivité incontrôlable va augmenter.dans des proportions spectaculaires. Des expériences de laboratoire l'ont prouvé de façon concluante. La surpopulation produira sur le plan social des stress et des tensions qui briseront nos organisations communautaires bien avant de nous réduire à la famine. Elle ira à l'encontre des améliorations sur le plan du contrôle intellectuel et accentuera durement les risques d'explosion affectifs. On ne peut empêcher une pareille évolution que par une diminution marquée du taux de natalité. En ce domaine on se heurte malheureusement à de graves obstacles. Comme nous l'avons montré, l'unité familiale — qui reste toujours l'unité de base de toutes nos sociétés — est un mécanisme d'élevage. Elle a évolué jusqu'à sa forme actuelle, complexe et perfectionnée en tant que système conçu pour produire, protéger et faire mûrir la progéniture. Si cette fonction se trouve sérieusement restreinte ou momentanément supprimée, le schème du couple va en souffrir et cela ne manquera pas de provoquer une certaine forme de chaos social. Si, par contre, on fait une tentative sélective pour arrêter le flot de la reproduction, certains couples étant autorisés à se reproduire librement et d'autres en étant empêchés, alors ces mesures iront à l'encontre de l'esprit fondamentalement coopératif de la société.

En termes numériques, cela revient simplement à ceci : si tous les membres adultes de la population forment des couples et se reproduisent, ils ne peuvent se permettre de produire que deux rejetons par couple si l'on entend maintenir la communauté à un niveau constant. Chaque individu alors se remplacera. Compte tenu du fait qu'un faible pourcentage de la population ne forme pas de couple et ne se reproduit pas, et qu'il y aura toujours un certain nombre de décès prématurés dus à des blessures accidentelles ou à d'autres causes, la taille de la famille moyenne peut en fait être légèrement supérieure. Même ainsi, cela fera peser un plus lourd fardeau sur le mécanisme du couple. Les charges imposées par la progéniture se trouvant diminuées, cela signifiera qu'il faudra déployer de plus grands efforts dans d'autres directions pour maintenir étroitement serrés les liens du couple. Mais c'est en fin de compte un risque bien plus infime que n'en présente l'éventualité d'une surpopulation étouffante.

Pour nous résumer, la meilleure façon d'assurer la paix du monde, c'est la promotion de la contraception ou de l'avortement. L'avortement est une mesure radicale et qui peut entraîner de graves perturbations affectives. En outre, dès l'instant qu'un zygote a été formé par la fécondation, il constitue un nouveau membre de la société et sa destruction est, en réalité, un acte d'agression, alors que c'est le schème de comportement précisément que nous tentons de contrôler. La contraception est évidemment préférable, et toutes les factions religieuses ou plus ou moins « moralistes » qui s'y opposent devraient se rendre compte qu'elles se livrent en fait à une dangereuse propagande belliciste.

Puisque nous abordons le problème de la religion, peut-etre convient-il d'examiner de plus près cet étrange schème du comportement animal, avant de continuer l'étude des autres aspects de l'activité agressive de notre espèce. Ce n'est pas un sujet facile à traiter, mais en tant que zoologiste, nous devons faire de notre mieux pour observer ce qui se passe en réalité plutôt que d'écouter ce qui est censé se passer. Si nous procédons ainsi, nous sommes forcés de conclure que, sur le plan du comportement, les activités religieuses se ramènent au rassemblement d'importants groupes d'individus qui exécutent des manifestations répétées et prolongées de soumission, destinées à apaiser un individu dominateur. L'individu dominateur en question prend de nombreuses formes, suivant les différentes cultures, mais avec toujours le facteur commun d'un immense pouvoir. Parfois il prend la forme d'un animal d'une autre espèce, ou d'une version idéalisée. Parfois on le représente comme un membre sage et âgé de notre propre espèce. Parfois il est plus abstrait et on le désigne simplement sous le nom d'« Etat » ou d'un autre terme voisin. Les réactions de soumission devant lui peuvent consister à fermer les yeux, à baisser la tête, à serrer les mains dans un geste de supplication, à s'agenouiller, à baiser le sol ou même à se prosterner, tout cela fréquemment accompagné de vocalisations gémissantes ou chantantes. Si ces actes de soumission réussissent, l'individu dominateur est apaisé. En raison de son immense pouvoir, les cérémonies d'apaisement doivent être célébrées à intervalles fréquents et réguliers, pour empêcher sa colère de s'éveiller de nouveau. L'individu dominateur est en général, mais pas toujours, qualifié de dieu.

Puisque aucun de ces dieux n'existe sous une forme tangible, pourquoi les avoir inventés ? Pour trouver la réponse à cette question, il nous faut revenir à nos lointaines origines. Avant que l'évolution ne fasse de nous des chasseurs coopératifs, nous avons dû vivre en groupes sociaux du genre de ceux qu'on observe aujourd'hui chez d'autres espèces de singes et de gorilles. Là, en général, chaque groupe est dominé par un seul mâle. C'est le chef, le seigneur et tous les membres du groupe doivent l'apaiser s'ils ne veulent pas supporter les conséquences de leur insubordination. Le chef joue également un rôle très actif dans la protection du groupe en face des périls extérieurs et dans le règlement des querelles entre ses sujets. La vie entière du groupe tourne autour de l'animal dominateur. Son rôle tout-puissant lui confère un statut quasi divin. Si nous nous tournons maintenant vers nos ancêtres immédiats, il est clair que le développement de l'esprit coopératif, si indispensable à la réussite de la chasse en groupe, a modifié l'état du chef. Il lui fallait devenir davantage « l'un des membres du groupe ». Le tyran-singe ancien style s'est transformé en un singe nu-chef plus tolérant, plus coopératif. Cette démarche était essentielle pour la nouvelle forme d'organisation « d'aide mutuelle » qui se développait, mais elle posait un problème. La domination totale du membre numéro un du groupe ayant été remplacée par une domination restreinte, il ne pouvait plus exiger une allégeance incontestée. L'influence d'un dieu inventé pouvait dès lors jouer le rôle d'une force complétant l'influence désormais moins étendue du chef de groupe.

Au premier abord, on peut s'étonner que la religion ait connu un tel succès, mais son extrême puissance montre simplement la force de notre tendance biologique fondamentale, directement héritée de nos ancêtres singes et gorilles. C'est pourquoi la religion s'est révélée extrêmement précieuse pour aider à la cohésion sociale, et sans doute notre espèce n'aurait-elle pas pu progresser sans elle. Elle a conduit à un certain nombre de bizarres sous-produits, tels que la croyance à une « autre vie » où nous rencontrerons enfin le personnage divin. Pour les raisons déjà expliquées, celui-ci se trouvait évidemment empêché de se joindre à nous durant cette vie, mais c'était là une omission que l'on pouvait réparer dans une vie future. Pour faciliter tout cela, on a développé toutes sortes d'étranges pratiques ayant trait au sort fait à nos corps après la mort. De là, sans doute, les rites funéraires compliqués.

La religion a également donné naissance à beaucoup de souffrances et de misères inutiles, partout où elle a été appliquée de façon trop formelle et chaque fois que les « assistants » professionnels du personnage divin n'ont pu résister à la tentation de lui emprunter un peu de son pouvoir a leur propre profit. Mais, malgré son histoire mouvementée, c'est un aspect de notre vie sociale dont nous ne pouvons nous passer. Chaque fois qu'elle devient inacceptable, la religion est plus ou moins violemment rejetée mais très vite elle reparaît sous une nouvelle forme, parfois soigneusement déguisée, mais comprenant les mêmes éléments fondamentaux. Il nous faut toujours « croire à quelque chose ». Seule une croyance commune maintient l'ordre et l'unité. On pourrait avancer que n'importe quelle croyance fera l'affaire, dès l'instant qu'elle est assez puissante, mais ce n'est pas tout à fait vrai. La croyance doit être manifestement impressionnante. Notre caractère communautaire réclame la célébration de rites raffinés auxquels le groupe participe. L'apparat est essentiel sur le plan culturel et rejoint un besoin profond. Mais certains types de croyance sont plus inutiles et abêtissants que d'autres et peuvent entraver le développement d'une communauté. En tant qu'espèce, nous sommes un animal tout d'abord intelligent, qui a le goût de l'exploration, si bien que des croyances qui mettent en valeur ces tendances nous seront infiniment profitables. Une croyance dans la valeur de l'acquisition de connaissances et d'une compréhension scientifique du monde où nous vivons, la création et l'appréciation de phénomènes esthétiques sous toutes leurs formes, l'élargissement et l'approfondissement de notre gamme d'expériences dans la vie quotidienne sont en train de devenir la « religion » de notre temps. L'expérience et la compréhension sont nos images divines ; nos écoles et nos universités sont nos centres de formation religieuse ; nos bibliothèques, nos musées, nos galeries d'art, nos salles de théâtre et de concert, nos arènes sportives sont nos lieux de culte. Nous célébrons le culte avec nos livres, nos journaux, nos magazines, nos postes de radio et de télévision. Dans une certaine mesure, nous croyons encore à une vie dans l'au-delà, parce qu'une partie de la récompense que nous procurent nos travaux créateurs, nous donne l'impression de « continuer à vivre » après notre mort. Comme toutes les religions, celle-ci a ses dangers, mais s'il nous en faut une, il semble qu'elle convienne assez bien aux qualités biologiques uniques de notre espèce. Son adoption de plus en plus étendue peut justifier un optimisme rassurant qui compensera le pessimisme exprimé plus haut quant à l'avenir immédiat de notre espèce.

Cette digression sur la religion découle de la défense communautaire d'un territoire. Mais le singe nu est un animal chez qui l'agressivité se manifeste sous trois formes sociales distinctes, et il nous faut maintenant considérer les deux autres. Ce sont la défense territoriale de l'unité familiale au sein de l'unité plus grande que constitue le groupe, et la préservation personnelle, individuelle, des positions hiérarchiques.

La défense du lieu où vit l'unité familiale est demeurée vivace à travers les progrès considérables de notre architecture. Même nos plus vastes buildings sont consciencieusement divisés en unités qui se répètent à raison d'une par famille. Même l'introduction de bâtiments communaux pour manger ou pour boire, comme les restaurants, les bars, n'a pas éliminé la présence d'une salle à manger dans la résidence familiale. Malgré le progrès, le plan de nos cités et de nos villes reste dominé par notre antique besoin de diviser nos groupes en petits territoires familiaux bien distincts. Là où les maisons n'ont pas encore été écrasées sous la masse des immeubles, la zone à défendre est soigneusement enclose, protégée des voisins par un mur ou par une haie et les lignes de démarcation sont scrupuleusement respectées.

Un des aspects importants du territoire familial, c'est qu'on doit le distinguer facilement des autres. Son emplacement séparé lui donne, bien sûr, un caractère unique, mais cela ne suffit pas. Sa forme et son aspect général doivent le faire ressortir en tant qu'entité aisément identifiable, pour qu'il puisse devenir la propriété « personnalisée » de la famille qui vit là. C'est un trait qui semble assez évident, mais qu'on a fréquemment négligé ou ignoré soit par suite de pressions économiques, soit parce que les architectes n'avaient pas conscience des nécessités biologiques. Dans le monde entier, on a édifié d'interminables, rangées de maisons identiques, uniformément répétées. Dans le cas des immeubles la situation est encore plus grave. Les dommages d'ordre psychologique causés à l'instinct territorial des familles contraintes de vivre dans ces conditions par les architectes, les urbanistes et les « promoteurs », sont incalculables. Heureusement, les familles intéressées ont d'autres moyens d'imposer à leurs demeures un caractère territorial unique. Les jardins, partout où il y en a, peuvent être plantés et dessinés suivant des styles personnels. L'intérieur des maisons ou des appartements peut être décoré et rempli de bibelots, de bric-à-brac et d'objets personnels. Le fait « d'arranger » sa maison ou son appartement est l'équivalent exact, pour d'autres espèces sédentaires, de marquer son antre d'une odeur personnelle. Quand vous mettez un nom sur une porte, quand vous accrochez un tableau sur un mur, vous faites exactement la même chose qu'un chien qui lève la patte contre cette porte ou contre ce mur pour y laisser sa marque. Le goût obsessif de collectionner certaines catégories d'objets se manifeste chez certains individus qui, pour une raison ou pour une autre, éprouvent un besoin anormalement fort de définir ainsi leur territoire.

Si l'on a tout cela présent à l'esprit, il est amusant de noter le grand nombre de voitures qui contiennent de petites mascottes et autres symboles d'identification personnelle, ou bien d'observer le chef de service qui s'installe dans un nouveau bureau et pose aussitôt sur son bureau son plumier, son presse-papier et peut-être une photographie de sa femme. L'automobile et le bureau sont des sous-territoires, des prolongements de la base, et c'est un grand soulagement que de pouvoir lever la patte là aussi pour en faire des espaces plus familiers, plus « possédés ».

Il nous reste à examiner maintenant le problème de l'agressivité par rapport à la hiérarchie sociale. L'individu doit aussi se défendre. Son statut social doit être maintenu et, si possible, amélioré, mais il faut procéder avec prudence, pour ne pas compromettre les contacts nécessaires à la coopération. C'est là qu'intervient toute la subtile signalisation d'agressivité et de soumission décrite plus haut. L'esprit coopératif du groupe exige et obtient un degré élevé de conformité aussi bien dans les vêtements que dans le comportement, mais dans les limites de cette conformité, il·y a encore largement la place pour la rivalité hiérarchique. En raison de ces exigences contradictoires, celle-ci atteint des degrés de subtilité presque incroyables. La forme exacte d'un nœud de cravate, l'arrangement précis de la partie exposée d'une pochette, d'infimes distinctions dans l'accent et autres caractéristiques apparemment sans importance jouent un rôle capital pour déterminer le niveau social de l'individu. Un membre de la société ayant quelque expérience peut les déchiffrer d'un coup d'œil. Il serait bien en peine d'en faire autant s'il se trouvait soudain jeté au sein de la hiérarchie sociale d'une tribu de Nouvelle-Guinée, mais dans la culture à laquelle il appartient, il est bien obligé de devenir rapidement un expert. En elles-mêmes ces menues différences vestimentaires ou autres sont absolument dépourvues de signification, mais par rapport aux règles du jeu pour acquérir une position et la conserver dans la hiérarchie, elles sont extrêmement importantes.

Nous n'avons pas évolué, bien sûr, pour vivre en énorme conglomérat comprenant des milliers d'individus. Notre comportement est conçu pour de petits groupes tribaux comprenant probablement moins de cent individus. Dans ce genre de situation, chaque membre de la tribu connaîtra personnellement tous les autres, comme c'est le cas chez les autres espèces de singes et de gorilles aujourd'hui. Dans cette forme d'organisation sociale, il est assez facile pour la hiérarchie de s'établir et de se stabiliser, en n'étant soumise qu'à de légers changements au fur et à mesure que les membres deviennent plus âgés et qu'ils meurent. Dans une énorme communauté urbaine, la situation est beaucoup plus difficile. Chaque jour l'habitant des villes s'expose à de brusques contacts avec d'innombrables étrangers, situation inconnue chez les primates. Il est impossible d'avoir avec tous des relations personnelles au sein d'une hiérarchie, et pourtant c'est là que nous pousseraient nos tendances. Or, on nous laisse trottiner, sans dominer et sans être dominé. Pour faciliter cette absence de contact social, se développent des schèmes de comportement anti-toucher. Nous avons déjà vu cela quand nous avons parlé du comportement sexuel, dans les cas où un individu touche accidentellement un membre du sexe opposé, mais il ne s'agit plus seulement ici d'éviter un contact sexuel. Cela couvre toute la gamme des relations sociales. En évitant soigneusement de nous dévisager les uns les autres, de faire un geste dans la direction d'autrui, d'émettre le moindre signal, de risquer un contact corporel, nous parvenons à survivre dans une situation sociale qui nous serait insupportable autrement. Et si nous enfreignons la règle du non-toucher, nous présentons aussitôt nos excuses pour bien en marquer le caractère accidentel.

Le comportement anti-contact nous permet de maintenir le nombre de nos relations au niveau qui convient à notre espèce. Nous pratiquons cela avec une constance et une uniformité remarquables. Si vous en voulez une confirmation, prenez le carnet d'adresses de cent types de citadins extrêmement différents et comptez le nombre de relations personnelles que vous y trouverez. Vous constaterez que presque tous connaissent à peu près le même nombre d'individus, et que ce nombre approche ce que nous considérons comme l'effectif d'un petit groupe tribal. Autrement dit, même dans nos rencontres sociales, nous obéissons aux règles biologiques fondamentales de nos lointains ancêtres.

Il y aura bien sûr des exceptions à cette règle : des individus que leur profession oblige à entretenir un grand nombre de contacts personnels, des gens que leur défaut de comportement rend anormalement timides ou esseulés, d'autres que leurs problèmes psychologiques rendent incapables d'obtenir de leurs amis les récompenses sociales attendues et qui s'efforcent de compenser cela par un déploiement frénétique d'activités mondaines dans toutes les directions. Mais cela ne représente qu'une faible proportion de la population des villes. Tous les autres vaquent gaiement à leurs affaires au milieu de ce qui semble être un prodigieux grouillement de corps, alors qu'il s'agit en réalité d'une série incroyablement compliquée de groupes tribaux entremêlés. Le singe nu a vraiment peu, très peu changé, depuis ses lointaines origines.

CHAPITRE VI

ALIMENTATION

Le comportement alimentaire du singe nu apparaît à première vue comme l'une de ses activités les plus variables, les plus occasionnelles et les plus dépendantes des impératifs culturels, mais même dans ce domaine jouent un certain nombre de principes biologiques de base. Nous avons déjà examiné de près la façon dont les cueilleurs de fruits s'étaient changés en chasseurs. Nous avons vu qu'il en était résulté un certain nombre de modifications fondamentales dans leurs habitudes alimentaires. La recherche de la nourriture était devenue plus difficile, donc plus soigneusement organisée. On emportait de la nourriture à une base fixe pour la consommer plus tard. Il fallait donner plus de soins à la préparation de la nourriture. Les repas devenaient plus importants et plus espacés. La part de la viande dans le régime augmentait dans des proportions spectaculaires. On pratiquait le stockage et le partage de la nourriture. C'était les mâles qui devaient fournir la nourriture à leur famille, et les activités de défécation étaient modifiées.

Tous ces changements s'étant opérés sur une

très longue période, il est normal qu'il nous en reste quelque chose, malgré les immenses progrès techniques de ces dernières années. A en juger par notre comportement d'aujourd'hui, ces mécanismes ont dû devenir, au moins dans une certaine mesure, des caractéristiques biologiques de notre espèce.

Comme nous l'avons déjà noté, l'amélioration des techniques agricoles a privé la plupart des adultes mâles de leur rôle de chasseur. Ils le compensent en allant « travailler ». Le travail a remplacé la chasse, mais il a conservé un grand nombre de caractéristiques fondamentales de celle-ci. Il implique un trajet régulier depuis la base familiale jusqu'aux terrains « de chasse ». C'est une activité de prédominance masculine et qui fournit l'occasion d'interactions entre mâles et d'activités de groupe. Cela implique des risques et une stratégie. Le pseudo-chasseur parle de « faire une boucherie à la Bourse ». Il devient impitoyable dans ses tractations. On dit qu'il « rapporte la pitance à la maison ».

Quand le pseudo-chasseur se détend, il va dans des « clubs » réservés aux mâles, dont les femelles sont absolument exclues[1]. Les mâles plus jeunes ont tendance à constituer des bandes uniquement masculines, et qui ont souvent des activités de « rapaces ». Dans toute la gamme de ces organisations, qu'il s'agisse de sociétés savantes, de clubs mondains, de fraternités, de syndicats, de clubs sportifs, de groupes maçonniques, de sociétés secrètes, jusqu'aux bandes de jeunes, il règne un climat de « communauté virile ». Il y a de forts sentiments de loyauté à l'égard du groupe. On

1. Cela vaut surtout pour l'Angleterre, évidemment. (N. du traducteur).

210

porte des insignes, des uniformes et autres marques d'identification. Les nouveaux membres passent invariablement par des cérémonies d'initiation. La mono-sexualité de ces groupes ne doit en aucun cas se confondre avec l'homosexualité. Ils n'ont tout simplement rien à voir avec le sexe. Ce qui les intéresse avant tout, c'est le lien de mâle à mâle du vieux groupe de chasse. Le rôle important que jouent ces groupements dans la vie des mâles adultes révèle la persistance des instincts ancestraux, fondamentaux. S'il n'en était pas ainsi, ils pourraient tout aussi bien se livrer à leurs activités habituelles sans toute cette ségrégation et tout ce rituel, et elles pourraient en grande partie s'exercer dans le cadre des unités familiales. Les femelles voient fréquemment d'un mauvais œil le départ de leurs mâles qui s'en vont « rejoindre les hommes », et elles réagissent à cela comme si c'était le signe d'une sorte de déloyauté envers la famille. Mais elles ont tort. Elles assistent tout simplement à l'expression moderne de la tendance millénaire qui pousse les mâles à chasser en groupes. C'est une tendance tout aussi fondamentale que la formation du couple mâle-femelle chez le singe nu et, d'ailleurs, elle a évolué en étroite liaison avec elle. Elle persistera toujours, en tout cas jusqu'à ce qu'apparaisse chez nous quelque nouveau et profond bouleversement génétique.

Bien que le travail ait dans l'ensemble remplacé la chasse aujourd'hui, il n'a pas totalement éliminé les formes plus primitives d'expression de cet instinct fondamental. Même là où il n'existe aucune excuse économique pour participer à la poursuite du gibier, cette activité persiste encore sous diverses formes. La chasse au gros gibier, la chasse au cerf, au renard, la chasse à courre, la fauconnerie, la chasse aux oiseaux sauvages, la pêche et les jeux de chasse des enfants sont autant de manifestations contemporaines de l'antique instinct de chasseur qui existe chez le singe nu.

On a avancé que le véritable mobile de ces activités d'aujourd'hui tient plus à la défaite des rivaux qu'à la chasse au gibier ; la malheureuse bête aux abois représente le membre le plus détesté de notre propre espèce, celui que nous aimerions voir dans la même situation. Il existe incontestablement un élément de vérité là-dedans, du moins pour certains individus, mais quand on examine dans leur ensemble ces schèmes de comportement, il est clair que ce n'est là qu'une explication partielle. L'essence du sport de la chasse, c'est qu'on doit laisser à la proie une honnête chance de s'échapper. (Si la proie n'est qu'un substitut pour un rival détesté, pourquoi lui laisser alors la moindre chance ?) Tout le processus de la chasse implique une inefficacité délibérée, un handicap que s'imposent les chasseurs. Ils pourraient fort bien utiliser des mitrailleuses ou des armes plus redoutables qu'ils ne le font, mais ce ne serait pas « sport ». C'est le défi qui compte, les complexités de la poursuite et les manœuvres subtiles qui apportent les récompenses.

Un des traits caractéristiques de la chasse, c'est qu'il s'agit d'un extraordinaire jeu de hasard, et il n'est donc pas surprenant que le jeu, dans les nombreuses formes stylisées qu'il prend aujourd'hui, exerce sur nous un aussi vif attrait. Comme la chasse primitive et comme le sport de la chasse, c'est avant tout une activité masculine et, comme telle, elle s'accompagne de règles et de rituels sociaux très sérieusement observés.

Un examen de notre structure de classe révèle que la chasse, tout comme le jeu, intéresse plutôt les classes inférieures et supérieures que les classes moyennes, et cela s'explique fort bien si on les considère comme deux expressions d'un instinct fondamental de chasseur. J'ai souligné plus haut que le travail était devenu le principal substitut de la chasse primitive, mais sous cette forme c'est surtout aux classes moyennes qu'il a profité. Pour le mâle moyen des classes inférieures, la nature du travail qu'on lui demande de faire s'adapte mal aux exigences de l'instinct de chasseur. C'est un travail trop répétitif, trop prévisible. Il ne possède pas les éléments de défi, de chance et de risque si indispensables au mâle chasseur. Pour cette raison, les mâles des classes inférieures partagent avec les mâles des classes supérieures (ceux qui ne travaillent pas) un besoin plus vif d'exprimer leurs instincts de chasseur que les classes moyennes, dont le travail est beaucoup plus adapté à son rôle de substitut de la chasse.

Si nous abandonnons maintenant le problème de la chasse pour nous tourner vers un autre aspect du schème général d'alimentation, nous en arrivons au moment de la mise à mort. Cet élément peut, dans une certaine mesure, s'exprimer par les activités de substitution que constituent le travail, la chasse et le jeu. Dans le sport de la chasse, l'acte de tuer s'effectue encore sous sa forme originale, mais dans le contexte du travail ou du jeu, il se transforme en moments de triomphe symbolique auxquels manque la violence de l'acte physique. Le besoin de tuer la proie est donc considérablement modifié dans notre mode de vie actuel. Il ne cesse de réapparaître avec une stupéfiante régularité dans les activités joyeuses (et pas toujours si joyeuses) des jeunes garçons, mais dans le monde adulte, il est soumis à une puissante répression culturelle.

On permet, dans une certaine mesure, deux

exceptions : l'une est le sport de la chasse déjà cité, et l'autre est le spectacle des courses de taureaux. Bien que nombre d'animaux domestiques soient abattus chaque jour, leur massacre est généralement dissimulé aux regards du public. Dans la tauromachie c'est le contraire : d'énormes foules se rassemblent pour regarder et pour éprouver par personne interposée la violence de la mise à mort.

Dans le cadre des limites fixées aux sports sanguinaires, on tolère ces activités, mais non sans protestations. Hormis ces deux domaines, la cruauté envers les animaux sous toutes ses formes est interdite et punie. Cela n'a pas toujours été le cas. Il y a quelques siècles, la torture et la mise à mort de la « proie » étaient régulièrement organisées en tant que spectacle en Grande-Bretagne et dans bien d'autres pays. On a reconnu depuis lors que ce genre de violence risque d'émousser la sensibilité de l'individu. Cela constitue donc une source potentielle de dangers au sein de sociétés complexes et encombrées, ou les restrictions de territoire et de domination peuvent atteindre un degré presque insoutenable, pour trouver parfois à s'épancher grâce à un déferlement d'agressivité refoulée qui se traduit par des actes de sauvagerie anormale.

Nous avons examiné jusqu'ici les premiers stades de l'activité alimentaire et leurs ramifications. Après la chasse et la mise à mort, nous en arrivons au repas lui-même. En tant que primates typiques, nous devrions passer notre temps à mâchonner de petits repas. Mais nous ne sommes pas des primates typiques. Notre évolution carnivore a modifié tout le système. Le carnivore typique se gave en faisant de gros repas, largement espacés dans le temps et c'est nettement cette méthode d'alimentation que nous avons adoptée.

Cette tendance persiste même longtemps après la disparition des exigences imposées par la chasse primitive. Il nous serait aujourd'hui très facile de retourner à nos anciennes habitudes de primates si nous en avions l'inclination. Malgré cela, nous nous imposons des heures de repas bien précises, tout comme si nous continuions à chasser active-ment. Bien rares sont ceux, si même il en existe, parmi les millions de singes nus vivants qui pra-tiquent le système d'alimentation par petits repas fréquents, caractéristiques des autres primates. Même dans des conditions d'abondance, nous mangeons rarement plus de trois ou quatre fois par jour au maximum. Pour bien des gens, le régime alimentaire ne comprend qu'un ou deux gros repas par jour. On pourrait avancer qu'il s'agit seulement d'un usage commode imposé par la culture, mais on n'a guère de preuves à l'appui de cette thèse. Il serait parfaitement possible, étant donné l'organisation complexe de réserves de nourriture dont nous jouissons aujourd'hui, de concevoir un système efficace permettant de s'ali-menter par petits repas répartis tout au long de la journée. Une alimentation fractionnée de cette façon pourrait s'obtenir sans aucune perte d'effi-cacité, dès l'instant où le schème culturel s'y serait adapté, et cela éliminerait les grandes interrup-tions dans d'autres activités causées par l'actuel système du « repas principal ». Mais, en raison de notre lointain passé de carnassiers, l'alimentation fractionnée ne suffirait pas à satisfaire nos besoins biologiques fondamentaux.

Il convient aussi d'examiner pourquoi nous fai-sons chauffer notre nourriture et pourquoi nous la mangeons pendant qu'elle est encore chaude. Il y a trois explications possibles. La première est que cela aide à simuler la « température de la

215

proie ». Bien que nous ne consommions plus de viande fraîchement tuée, nous la dévorons néanmoins à peu près à la même température que les autres espèces carnivores. Leur nourriture est chaude parce qu'elle n'a pas encore refroidi : la nôtre est chaude parce que nous l'avons réchauffée. Selon une autre interprétation, nous avons des dents si faibles que nous sommes forcés d'« attendrir » la viande en la faisant cuire. Mais cela n'explique pas pourquoi nous éprouvons le besoin de la manger pendant qu'elle est encore chaude, ni pourquoi nous devrions réchauffer toutes sortes d'aliments qui n'ont pas besoin d'être « attendris ». La troisième explication est que, en augmentant la température de la nourriture, nous enrichissons sa saveur. En ajoutant tout un assortiment d'auxiliaires savoureux aux principaux aliments, nous pouvons pousser ce procédé encore plus loin. Cela remonte, non pas à notre état adopté de carnivore, mais à notre passé plus ancien de primate. Les aliments des primates typiques ont une variété de goûts beaucoup plus grande que celle des carnivores. Quand un carnivore est passé par tous les stades complexes de la chasse, de la mise à mort et de la préparation de sa nourriture, il se comporte beaucoup plus simplement et sommairement quand il s'agit de manger. Il avale goulûment, il engloutit sa nourriture. Les singes et les gorilles, eux, sont extrêmement sensibles aux subtilités des saveurs diverses de leurs aliments. Ils les apprécient et passent sans cesse d'une saveur à l'autre. Peut-être, quand nous réchauffons et assaisonnons nos mets, revenons-nous à cette délicatesse des anciens primates. Peut-être est-ce notre seule façon de résister à la tendance qui nous entraînait à devenir des carnivores à part entière.

Maintenant que nous avons soulevé le problème du goût, il y a un malentendu qu'il importe de dissiper quant à la façon dont nous recevons ces signaux. Comment percevons-nous le goût ? La surface de la langue n'est pas lisse, mais couverte de petites projections appelées papilles, et qui supportent les bourgeons gustatifs. Nous possédons environ dix mille de ces bourgeons mais, avec l'âge, ils se détériorent et leur nombre diminue, ce qui explique le palais blasé du vieux gastronome. Chose étonnante, nous ne pouvons réagir qu'à quatre goûts fondamentaux : salé, sucré, acide, amer. Quand un morceau de nourriture est placé sur la langue, nous enregistrons les proportions respectives de ces quatre saveurs qu'il contient et c'est ce mélange qui donne à la nourriture sa saveur de base. Les différentes régions de la langue réagissent plus vivement à l'un ou l'autre de ces quatre goûts. Le bout de la langue est particulièrement sensible au salé et au sucré, les côtés de la langue à l'acide et le fond de la langue à l'amer. La langue dans son ensemble peut également juger la texture et la température de la nourriture, mais ces possibilités s'arrêtent là. Toutes les « saveurs » plus subtiles et plus diverses auxquelles nous réagissons avec une telle sensibilité ne sont pas en fait goûtées, mais senties. L'odeur de la nourriture se diffuse dans la cavité nasale où se trouve située la membrane olfactive. Quand nous remarquons que tel plat a « un goût » délicieux, nous disons en fait qu'il a une saveur et une odeur délicieuses. Par une ironie du sort, lorsque nous souffrons d'un violent rhume de cerveau et que notre sens de l'odorat est sévèrement réduit, nous affirmons que notre nourriture est sans goût. En réalité, nous la goûtons tout aussi clairement que d'habitude. C'est notre manque d'odorat qui nous gêne.

Ce point établi, il est un autre aspect du véritable fonctionnement de notre sens du goût qui mérite des commentaires particuliers, et c'est notre goût indéniable pour les sucreries. C'est un trait étranger à l'authentique carnivore mais typique du primate. A mesure que la nourriture naturelle des primates mûrit et devient plus propre à la consommation, elle devient généralement plus sucrée, et singes et gorilles réagissent vivement à tout ce qui est fortement sucré. Comme les autres primates, nous avons du mal à résister aux sucreries. Notre hérédité simiesque s'exprime, malgré notre forte tendance à manger de la viande, dans la recherche de substances sucrées. Nous favorisons ce goût fondamental plus que les autres. Nous avons des « confiseries », mais pas « d'acideries ». Il est significatif de noter que nous *terminons* nos repas, succession souvent complexe de saveurs, par une substance sucrée, si bien que c'est ce goût qui nous reste ensuite dans la bouche. Détail plus révélateur encore, lorsque nous prenons parfois de petites collations entre les repas (revenant par là, dans une faible mesure, au vieux système des repas nombreux et peu espacés des primates) nous choisissons presque toujours des produits sucrés, comme les bonbons, le chocolat, la glace ou les boissons douces.

Si puissante est cette tendance qu'elle peut nous causer des difficultés. C'est qu'il y a deux éléments dans un aliment qui le rendent séduisant pour nous. Sa valeur nutritive et sa saveur agréable. Dans la nature, ces deux éléments vont de pair, mais dans les produits alimentaires artificiellement créés ils peuvent être séparés, ce qui risque d'être dangereux. On peut rendre séduisantes des denrées alimentaires sans valeur nutritive en y ajoutant simplement une importante quantité d'un produit sucrant artificiel. S'ils séduisent notre vieux faible de primate par leur goût « extra-sucré », nous nous jetterons dessus et nous nous en bourrerons au point qu'il ne nous restera plus guère de place pour autre chose : c'est ainsi que notre régime alimentaire peut se trouver boule-versé. Cela s'applique notamment au cas des enfants en pleine croissance. Dans un chapitre précédent, j'ai fait allusion à des recherches récentes qui ont montré que la préférence pour les odeurs douces et fruitées diminue de façon spec-taculaire à la puberté, époque à laquelle se produit un glissement en faveur des odeurs fleuries, hui-leuses et musquées. Il est facile d'exploiter le pen-chant juvénile pour les sucreries, et on n'y manque pas.

Les adultes doivent veiller à un autre danger. Comme leur nourriture est en général rendue très savoureuse — beaucoup plus qu'elle ne le serait dans la nature — sa valeur sur le plan de la gour-mandise augmente considérablement et les réac-tions d'appétit sont sur-stimulées. Cela donne dans bien des cas un état d'obésité malsain. Pour y parer, on invente toutes sortes de bizarres régimes « diététiques ». On dit aux « patients » de manger ceci ou cela, de supprimer ceci ou cela, ou de faire tel ou tel exercice. Il n'y a malheureuse-ment qu'une seule vraie solution au problème : manger moins. Cela agit comme par miracle, mais comme le sujet demeure entouré par des signaux super-savoureux, il lui est difficile de résister long-temps. L'individu obèse est également victime d'une autre complication. J'ai parlé plus haut du phénomène des « activités de diversion » : des actes sans signification et sans importance qui ont un effet calmant dans les moments de tension. Comme nous l'avons vu, une forme commune et très fréquente de cette activité c'est « l'alimentation de diversion ». Dans les moments de tension nous grignotons de petits fragments de nourriture ou bien nous buvons des boissons dont nous n'avons nul besoin. Cela peut aider à dissiper la tension qui nous accable, mais cela contribue aussi à nous faire prendre du poids, d'autant plus que le caractère inutile de l'activité de diversion alimentaire signifie généralement que nous choisissons des aliments sucrés. Cette pratique, pour peu qu'elle se répète sur une longue période, provoque l'état bien connu d'« anxiété graisseuse » et nous voyons peu à peu apparaître les contours arrondis et familiers de l'insécurité « culpabilisée sur tranche ». Pour ce genre d'individus, les méthodes d'amaigrissement ne donneront de résultat que si elles s'accompagnent d'autres changements du comportement qui réduiront l'état initial de tension. Il convient de mentionner ici le rôle du chewing-gum. Cette substance semble s'être développée exclusivement en tant que procédé de diversion alimentaire. C'est un élément dissipateur de tension.

Si nous examinons maintenant la variété de produits alimentaires absorbés aujourd'hui par un groupe de singes nus, nous constatons que la gamme est très étendue. Dans l'ensemble les primates ont un régime alimentaire plus varié que les carnivores. Ces derniers sont devenus des spécialistes de la nourriture, alors que les premiers dépendent de l'occasion. Des études attentives effectuées sur une population sauvage de singes macaques japonais, par exemple, ont révélé qu'ils consomment jusqu'à cent dix-neuf espèces de plantes sous forme de bourgeons, de pousses, de feuilles, de fruits, de racines et d'écorces, sans parler de tout un assortiment d'araignées, de hannetons, de papillons, de fourmis et d'œufs. Le régime d'un carnivore typique est plus nutritif, mais il est aussi plus monotone.

Lorsque nous sommes devenus des tueurs, nous avons vu le meilleur des deux mondes. Nous avons ajouté à notre régime la viande dont la valeur nutritive est élevée, mais sans abandonner pour autant nos vieilles habitudes omnivores de primates. A une époque récente — c'est-à-dire, au cours des derniers millénaires — les techniques en vue d'obtenir de la nourriture se sont considérablement améliorées, mais la situation fondamentale demeure la même. Pour autant qu'on puisse en être sûr, les premiers systèmes agricoles étaient d'un type qu'on peut qualifier à peu près d'« exploitation mixte ». La domestication des animaux et des plantes se poursuivait parallèlement. Même aujourd'hui, compte tenu de la domination toute-puissante que nous exerçons sur notre environnement zoologique et botanique, nous gardons toujours ces deux cordes à notre arc. Qu'est-ce qui nous a empêchés de pencher dans une direction plutôt que dans l'autre ? C'est qu'avec des densités de populations qui ne cessaient de s'accroître, un régime exclusivement carné pouvait poser des problèmes en termes de quantité, alors qu'il serait dangereux, du point de vue de la qualité, de dépendre exclusivement des produits de la terre.

On pourrait avancer que, puisque nos ancêtres primates s'accommodaient d'un régime où l'élément carné n'était pas dominant, nous pourrions en faire autant. Nous n'avons été poussés à devenir des carnivores que par des circonstances tenant à l'environnement : on pourrait s'attendre à nous voir revenir à nos anciens modes d'alimentation de primates. C'est à peu près ce que prônent les végétariens (ou bien, comme s'intitulent eux-mêmes les pratiquants d'un de ces cultes, les frui-tariens), mais ce mouvement n'a pas connu un succès bien notable. Le besoin de manger de la viande semble s'être trop profondément enraciné ; maintenant que nous y avons goûté, nous répugnons à y renoncer. Il est significatif à cet égard que les végétariens expliquent rarement leur choix en déclarant simplement qu'ils le préfèrent à tout autre. Au contraire, ils le justifient par tout un système compliqué en invoquant toutes sortes d'inexactitudes sur le plan médical et de contra-dictions sur le plan philosophique.

Ces végétariens assurent l'équilibre de leur régime en utilisant une grande variété de substances végétales, tout comme les primates typiques. Mais pour certaines communautés, un régime à prédominance non carnée est devenu une cruelle nécessité pratique plutôt qu'une pré-férence morale. Avec le développement des techniques agricoles et la concentration sur un très petit nombre de céréales principales, une sorte d'efficacité à bas niveau a proliféré soudain dans certaines sociétés. Les opérations agricoles sur une grande échelle ont permis le développement d'énormes populations, mais le fait que celles-ci dépendent de quelques céréales de base a conduit à une grave sous-alimentation. Ces populations se reproduisent peut-être en grand nombre, mais elles donnent de piètres spécimens. Elles sur-vivent, mais tout juste. De la même façon que l'abus des armes mises au point par telle ou telle culture peut conduire à des phénomènes d'agres-sivité désastreux, l'abus de techniques alimen-taires développées par telle ou telle culture peut conduire à un désastre sur le plan de la nutrition.

Les sociétés qui ont perdu ainsi l'équilibre essentiel de l'alimentation pourront peut-être survivre, mais il leur faudra triompher des résultats catastrophiques que produisent les déficiences en protéines, en minéraux et en vitamines si elles entendent progresser et se développer qualitativement. Dans les sociétés les plus saines et les plus dynamiques d'aujourd'hui, l'équilibre entre la viande et les produits végétaux dans le régime est soigneusement préservé et, malgré les changements spectaculaires survenus dans les méthodes de production de réserves alimentaires, le singe nu d'aujourd'hui continue à peu près de se nourrir suivant le régime fondamental de ses lointains ancêtres chasseurs. Là encore, la transformation est plus apparente que réelle.

CHAPITRE VII

CONFORT

L'animal, lorsque l'environnement est en contact direct avec la surface de son corps, se trouve soumis dans le cours de son existence à des traitements assez rudes. Il est stupéfiant que l'animal survive à toutes ces épreuves et qu'il résiste aussi bien. Il y parvient grâce à son merveilleux système de remplacement des tissus et aussi parce que les animaux ont mis au point toute une variété de mouvements particuliers de confort qui entretiennent la propreté du corps. Nous avons tendance à considérer ces gestes de propreté comme relativement sans importance lorsqu'on les compare à des schèmes de comportement tels que l'alimentation, le combat, la fuite ou l'accouplement, mais sans eux le corps ne pourrait pas fonctionner de façon efficace. Pour certaines créatures, comme les petits oiseaux, l'entretien du plumage est une question de vie ou de mort. S'il laisse ses plumes se crotter, l'oiseau ne parviendra pas à décoller assez vite pour éviter ceux qui veulent faire de lui leur proie et il ne parviendra pas à maintenir sa température interne élevée si le temps tourne au froid. Les oiseaux passent des

heures à se baigner, à se lisser les plumes, à se hui-
ler et à se gratter et c'est chez eux une opération
longue et compliquée. Les mammifères sont un
peu plus simples dans leurs schèmes de toilette,
mais ils consacrent néanmoins beaucoup de
temps à se nettoyer, à se lécher, à se mordiller, à
se gratter et à se frotter. Comme les plumes, le
pelage doit être maintenu en bonne condition
pour que son possesseur n'ait pas froid. Si le poil
devient sale et crasseux, cela augmentera également les risques de maladie. Il faut attaquer les
parasites de la peau et réduire autant que possible
leur effectif. Les primates ne font pas exception à
cette règle.

A l'état sauvage, on peut voir fréquemment
singes et gorilles faire leur toilette, en procédant
systématiquement sur toute la surface de leur
pelage, ôtant de petits bouts de peau sèche ou des
corps étrangers. Généralement ils les portent à la
bouche et les mangent ou du moins les goûtent.
Ces gestes de toilette peuvent se poursuivre plusieurs minutes, l'animal donnant une impression
de grande concentration. Les séances de toilette
peuvent être entrecoupées de brusques accès de
grattage et de mordillements, dirigés contre des
irritations précises. La plupart des mammifères ne
se grattent qu'avec la patte inférieure, mais un
singe ou un gorille peut utiliser les membres antérieurs comme les membres postérieurs. Ces
membres antérieurs sont idéalement adaptés aux
tâches de la toilette. Les doigts agiles peuvent pei-
gner la fourrure et repérer avec une grande précision les régions irritées. Comparées aux griffes et
aux sabots, les mains du primate sont des
« décrotteurs » de précision. Malgré cela, deux
mains valent mieux qu'une — ce qui crée une sorte
de problème. Le singe ou le gorille peut utiliser ses

deux mains quand il s'occupe de ses jambes, de ses flancs ou du devant de son corps, mais il ne peut opérer efficacement de la même façon quand il s'agit de son dos ou des bras eux-mêmes. Et puis, faute de miroir, il ne voit pas ce qu'il fait quand il se concentre sur la région de la tête. Là, il peut utiliser les deux mains, mais il doit alors travailler à l'aveuglette. De toute évidence, la tête, le dos et les bras seront moins magnifiquement soignés que le devant, les côtés et les jambes, à moins de trouver une méthode spéciale.

La solution est la toilette communautaire, dans le développement d'un système amical d'entraide. On peut l'observer chez un grand nombre d'espèces, aussi bien d'oiseaux que de mammifères, mais elle n'est nulle part aussi développée que chez les primates supérieurs. On a mis au point des signaux spéciaux d'invitation à la toilette et les « soins de beauté » communautaires constituent des activités intenses et prolongées. Quand un singe toiletteur s'approche d'un singe à toiletter, le premier signale au second ses intentions au moyen d'une expression faciale caractéristique. Il exécute un mouvement rapide de claquement des lèvres, en tirant souvent la langue entre chaque claquement. Le singe à toiletter peut signaler son accord en adoptant une posture détendue, peut-être en offrant à nettoyer telle ou telle région de son corps. Comme je l'ai expliqué dans un chapitre précédent, le claquement des lèvres est devenu un rituel particulier, par l'évolution des mouvements répétés de dégustation des petites particules diverses, qui a lieu lors d'une séance de nettoyage du pelage. En accélérant ces mouvements, en les exagérant et en les exécutant de façon rythmée, on a pu en faire un signal visuel frappant et facilement reconnaissable.

Comme le toilettage communautaire est une activité coopérative et non agressive, le schème du claquement de lèvres est devenu un signal amical. Si deux animaux veulent resserrer leurs liens d'amitié, ils le font en se toilettant fréquemment l'un l'autre, même si l'état de leur pelage ne le nécessite guère. A vrai dire, il semble y avoir aujourd'hui peu de rapport entre la quantité de saleté sur le pelage et la fréquence du toilettage mutuel que l'on observe. Les activités de toilettage communautaire semblent être devenues à peu près indépendantes de leurs stimuli originaux. Bien qu'elles aient toujours pour but la tâche capitale de maintenir le pelage propre, leurs mobiles semblent aujourd'hui d'ordre plus social qu'esthétique. En permettant à deux animaux de rester l'un auprès de l'autre dans une ambiance non agressive et coopérative, elles contribuent à resserrer les liens inter-personnels entre les individus de la bande ou de la colonie.

A partir de ce sytème de signalisation amicale sont issus deux mécanismes de re-motivation, l'un destiné à apaiser, et l'autre à rassurer. Si un animal faible a peur d'un animal plus fort, il peut pacifier ce dernier en exécutant le signal d'invitation de claquement des lèvres puis en se mettant à lui nettoyer le pelage. Cela réduit l'agressivité de l'animal dominateur et aide l'animal subalterne à se faire accepter. Il est autorisé à rester en présence de son supérieur à cause des services rendus. Inversement, si un animal dominateur désire calmer les craintes d'un animal plus faible, il peut le faire de la même façon. En claquant des lèvres dans sa direction, il peut souligner le fait qu'il n'a pas d'intentions agressives. Malgré son aura de domination, il lui montrera qu'il ne lui veut aucun mal. Ce schème particulier — manifestation destinée à rassurer — est moins souvent observé que la variété d'apaisement, simplement parce que la vie sociale des primates en a moins besoin. Il est rare qu'un animal faible possède quelque chose qu'un animal dominateur veuille lui ravir sans recourir à la force. On peut observer une exception à cette règle quand une femelle dominatrice mais sans progéniture veut approcher et pouponner un petit appartenant à un autre membre de la troupe. Le jeune singe est naturellement effrayé par cette étrangère et bat en retraite. Dans ces cas-là, il est possible d'observer la femelle plus forte qui tente de rassurer le petit en lui prodiguant des claquements de lèvres. Si cela calme les craintes du jeune singe, la femelle peut alors le caresser et continue à le calmer en le nettoyant avec douceur.

Comme nous n'avons plus de somptueux pelage à entretenir, quand deux singes nus se rencontrent et veulent renforcer leurs relations amicales, il leur faut trouver une sorte de substitut à la toilette communautaire. Tout d'abord, il est évident que le sourire a remplacé le claquement des lèvres. Son origine en tant que signal infantile particulier a déjà été examinée et nous avons vu comment, faute de pouvoir se cramponner à la fourrure de sa mère, il est devenu nécessaire pour le bébé d'avoir un moyen d'attirer la mère. Prolongé dans la vie adulte, le sourire est de toute évidence un excellent substitut à « l'invitation au nettoyage ». Mais, une fois sollicité un contact amical, qu'arrive-t-il ? Il faut d'une façon ou d'une autre maintenir ce contact. Le claquement des lèvres est confirmé par l'action du toilettage, mais qu'est-ce qui renforce le sourire ? Certes, la réaction du sourire peut être renouvelée et prolongée dans le temps bien après le premier contact, mais il faut autre chose, un élément plus fonctionnel. Il faut emprunter et convertir une forme d'activité comparable à la toilette. De simples observations révèlent que la source à laquelle on puise, c'est celle de la vocalisation verbale.

Le schème de comportement de la parole est issu à l'origine du besoin de plus en plus marqué d'échanges coopératifs d'informations. Il est né du phénomène communément répandu chez les animaux de la vocalisation non verbale. A partir du répertoire classique de grognements et de cris que possèdent les mammifères, s'est développé un système plus complexe de signaux sonores appris. Ces unités vocales et leurs combinaisons multiples sont devenues la base de ce que nous appelons le *discours informatif*. Contrairement aux signaux d'humeur non verbaux et plus primitifs, cette méthode nouvelle de communication a permis à nos ancêtres de parler des objets de l'environnement et aussi du passé et du futur aussi bien que du présent. Jusqu'à ce jour, le discours informatif est demeuré la forme de communication la plus vocale et la plus importante de notre espèce. Mais, comme elle a évolué, elle ne s'est pas arrêtée là. Elle a acquis des fonctions supplémentaires. L'une de celles-ci a pris la forme de *discours d'humeur*. A proprement parler, ce développement n'était pas nécessaire car les signaux d'humeur non verbaux existaient toujours. Nous pouvons encore — et nous ne nous en faisons pas faute — faire connaître nos états affectifs en poussant les vieux cris et grognements de primates, mais nous précisons ces messages par une confirmation verbale de nos sentiments. Un cri de douleur est aussitôt suivi d'un signal verbal annonçant « Je me suis fait mal ». Un rugissement de colère est accompagné du message « Je suis furieux ». Parfois, le signal non verbal n'est pas émis sous sa forme pure, mais s'exprime par le ton de la voix. Les mots « J'ai mal » sont prononcés dans un gémissement ou dans un hurlement. Les mots « Je suis furieux » sont rugis ou vociférés. Le ton de la voix dans ces cas-là est si peu modifié par l'éducation et si proche du vieux système de signalisation non verbale des mammifères que même un chien peut comprendre le message, et à plus forte raison un étranger appartenant à notre propre espèce. Les mots utilisés dans ces cas-là sont presque inutiles. (Essayez de grommeler « Bon chien », ou de susurrer « Sale chien » à votre fidèle compagnon et vous verrez ce que je veux dire.) A son niveau le plus rudimentaire et le plus intense, le discours d'humeur n'est guère plus qu'un « déversement » de signalisation sonore verbalisée dans un domaine où la communication a déjà été établie. Sa valeur réside dans les possibilités accrues qu'il fournit pour une signalisation d'humeur plus subtile et plus sensible.

Une troisième forme de verbalisation, c'est le *discours exploratoire*. C'est parler pour le plaisir de parler, le discours esthétique ou, si l'on veut, le discours de jeu. Tout comme cette autre forme de transmission d'informations qu'est le dessin a fini par être utilisée comme moyen d'exploration esthétique, la même chose s'est produite avec la parole. Le poète est devenu le pendant du peintre. Mais c'est le quatrième type de verbalisation qui nous intéresse dans ce chapitre, la forme qu'on a fort justement décrite récemment comme *discours de toilettage*. C'est le bavardage poli et sans signification des rencontres mondaines, le genre « Beau temps pour la saison » ou bien « Vous avez lu de bons livres ces temps-ci ? » Il ne s'agit pas d'échanger des idées ni des informations importantes, pas plus que de révéler la véritable humeur de l'orateur, ni davantage un plaisir esthétique. Sa fonction est de renforcer le sourire d'accueil et de maintenir le climat mondain. C'est notre substitut du toilettage communautaire. En nous fournissant une occupation sociale non agressive, il nous permet de nous exposer en commun les uns aux autres durant des périodes relativement longues, obligeant ainsi de précieux liens d'amitié à se développer et se renforcer au sein du groupe.

Si l'on voit les choses ainsi, c'est un jeu amusant que de suivre le cours des propos « de toilettage » lors d'une rencontre mondaine. Il joue son rôle le plus important dès la fin du rituel initial d'accueil. Il perd alors lentement du terrain, mais il retrouve un regain de faveur lorsque le groupe se disperse. Si le groupe s'est rassemblé pour des raisons purement mondaines, le discours « de toilettage » peut évidemment persister pendant toute la durée de la rencontre, à l'exclusion de toute autre forme de discours informatif, d'humeur ou exploratoire. Un cocktail en est un bon exemple et, dans ces cas-là, l'hôte ou l'hôtesse peut même agir délibérément pour supprimer toute conversation « sérieuse » en intervenant de façon répétée pour interrompre les entretiens trop longs et assurer par la rotation le maximum de contact social aux « nettoyeurs mutuels ». De cette façon, chaque invité se trouve sans cesse rejeté au stade du « premier contact », ou le stimulus du « discours de toilettage » sera le plus fort. Si l'on veut que ces « séances de toilettage » mondain soient réussies, il convient d'inviter un nombre assez grand de personnes pour qu'on ne se trouve pas à court de nouveaux contacts avant la fin de la réception. Cela explique le mystérieux chiffre minimum que l'on reconnaît automatiquement comme essentiel pour ce genre de réunion. De petits dîners sans cérémonie fournissent des circonstances légèrement différentes. Là on peut voir le discours de toilettage se dissiper à mesure que la soirée progresse et l'échange verbal d'idées et d'informations sérieuses l'emporter à mesure que le temps passe. Toutefois, au moment où la soirée s'achève, on voit brièvement resurgir le discours de toilettage avant l'ultime rituel de séparation. Le sourire reparaît également à ce point et l'on observe ainsi, lors des adieux, les liens mondains se resserrer une dernière fois pour qu'ils puissent se maintenir jusqu'à la rencontre suivante.

Si nous nous attachons maintenant à regarder le cérémonial plus rigide de la rencontre d'affaires où la première fonction du contact est le discours informatif, nous assistons alors à un nouveau déclin de la domination du discours de toilettage mais pas nécessairement à son éclipse totale. Son rôle est ici presque entièrement confiné aux premiers et aux derniers moments de la rencontre. Au lieu de décliner lentement, comme lors d'un dîner, il disparaît rapidement après quelques premiers échanges polis. Il reparaît, là encore, vers la fin de la réunion, dès que le moment prévu pour la séparation a été signalé d'une façon ou d'une autre. En raison du besoin pressant de pratiquer le discours de toilettage, les groupes d'affaires sont généralement contraints de renforcer le formalisme de leurs réunions, afin de le supprimer. D'où l'existence des commissions, où le formalisme arrive à un degré rarement atteint dans les rencontres mondaines privées. Bien que le discours de toilettage représente le substitut le plus important que nous ayons au toilettage communautaire, ce n'est pas notre seul débouché pour cette activité. Notre peau nue peut ne pas émettre des signaux de toilettage très excitants mais on peut disposer fréquemment de surfaces plus stimulantes et les utiliser comme substitut. Des vêtements pelucheux ou poilus, des tapis ou des meubles provoquent souvent une forte réaction de toilettage. Les animaux familiers sont encore plus attrayants, et rares sont les singes nus qui peuvent résister à la tentation de caresser la fourrure d'un chat ou de gratter un chien derrière l'oreille. Le fait que l'animal apprécie cette activité de toilettage communautaire ne constitue qu'un des aspects de la récompense qu'en tire le toilettage. Ce qui compte davantage, c'est le champ d'action que la surface du corps de l'animal fournit à nos vieux instincts de primates. En ce qui concerne notre propre corps, s'il est nu sur presque toute sa surface, il existe encore une abondante quantité de poils qui se prêtent à la toilette dans la région de la tête. Cette toison est l'objet de nombreux soins — beaucoup plus que ne saurait le justifier la simple hygiène — prodigués par les spécialistes de la toilette, barbiers et coiffeurs. On ne comprend pas d'emblée pourquoi la coiffure mutuelle des cheveux n'est pas devenue partie intégrante de nos réunions mondaines ordinaires. Pourquoi, par exemple, avons-nous développé un discours de toilettage comme substitut de toilettage amical plus typique des primates, alors que nous aurions pu si facilement concentrer nos efforts sur la région de la tête ? L'explication semble résider dans la signification sexuelle de la chevelure. Sous sa forme actuelle l'arrangement des cheveux diffère de façon frappante d'un sexe à l'autre et fournit donc un caractère sexuel secondaire. Les associations sexuelles auxquelles sont liés les cheveux les ont inévitablement amenés à jouer un rôle dans les schèmes de comportement sexuel, si bien que les caresser ou les manipuler est maintenant un geste trop lourdement chargé de signification érotique pour être admissible en tant que simple geste mondain d'amitié. Si, à la suite de cela, ce geste est banni des réunions communautaires mondaines, il est nécessaire de lui trouver un substitut. Brosser un chat ou un divan peut fournir un débouché à l'envie de faire la toilette, mais le besoin *d'être* toiletté nécessite un contexte spécial. Le salon de coiffure fournit la solution idéale. Là, le client ou la cliente peut s'abandonner à son rôle de toiletté, sans craindre de voir aucun élément sexuel se glisser dans ce processus. En faisant des toiletteurs professionnels une catégorie à part, absolument dissociés du groupe « tribal » des relations, les dangers sont éliminés. L'emploi de toiletteurs mâles pour les mâles et de toiletteuses femelles pour les femelles réduit encore davantage les dangers. Même si ce n'est pas le cas, la sexualité du toiletteur se trouve réduite dans une certaine mesure. Si c'est un coiffeur mâle qui s'occupe d'une femelle, il a généralement un comportement efféminé, quelle que soit sa véritable personnalité sexuelle. Les mâles sont presque toujours toilettés par des coiffeurs mâles, mais si l'on a recours aux soins d'une masseuse femelle, il est caractéristique qu'elle soit d'aspect plutôt masculin.

En tant que schème de comportement, la coiffure a trois fonctions. Non seulement elle provoque les soins aux cheveux et fournit un débouché au toilettage communautaire, mais elle embellit également celui qui s'y soumet. L'embellissement du corps à des fins sexuelles, agressives ou autres, est un phénomène répandu chez le singe nu ; on en a du reste parlé dans de précédents chapitres. Il n'a pas vraiment de place dans un chapitre consacré au confort, sinon qu'il paraît si souvent issu d'une forme d'activité de toilette. Le tatouage, le rasage et l'épilation, les soins des mains, le percement des oreilles et les formes plus primitives de scarification semblent tous avoir leur origine dans de simples actes de toilette. Mais, alors que le langage de toilette a été emprunté ailleurs et utilisé en tant que substitut du toilettage réel, ici c'est l'inverse qui s'est produit et les actes de toilette ont été empruntés et aménagés pour d'autres usages. En acquérant une fonction de parade, les gestes primitifs concernant les soins de la peau se sont transformés ; ils équivalent à présent à une mutilation.

Cette tendance peut également s'observer chez certains animaux captifs. Ils font leur toilette et se lèchent avec une intensité anormale, jusqu'au moment où ils ont arraché des plaques de peau ou infligé de petites blessures, soit à eux-mêmes, soit à leurs compagnons. Des excès de toilette de ce genre sont causés par la tension ou l'ennui. Des situations analogues ont fort bien pu pousser des membres de notre propre espèce à mutiler certaines régions de leur corps, la peau déjà exposée et imberbe ne faisant que faciliter le processus. Dans notre cas, toutefois, notre opportunisme profond nous a permis d'exploiter cette tendance. Pour notre propre espèce, avec une intelligence et un sens de la coopération grandement accrus, le toilettage spécialisé de cet ordre devait être le point de départ d'une vaste technique d'assistance physique mutuelle. Le monde médical d'aujourd'hui a atteint une complexité telle qu'il est devenu, par rapport à la société, l'expression principale de notre comportement animal de confort. Se contentant au début de remédier aux menus inconforts dont nous pouvions souffrir, il en est arrivé à traiter les maladies importantes et les dommages corporels graves. En tant que phénomène biologique, ses réussites sont sans pareilles, mais en devenant rationnel, il a quelque peu négligé les éléments irrationnels qu'il contenait. Pour comprendre cela, il est essentiel de distinguer entre les cas d'« indisposition » sérieux et les autres. Un singe nu peut se casser une jambe ou être infecté par un parasite malin dans des conditions purement accidentelles. Mais, dans le cas d'affections bénignes, la réalité n'est pas tout à fait conforme aux apparences. Les menues infections et maladies sont généralement traitées de façon rationnelle, comme s'il s'agissait simplement de formes bénignes de maladies graves, mais on a toute raison de supposer qu'elles s'apparentent en fait beaucoup plus aux « exigences de toilette » primitives.

La toux, le rhume, la grippe, les maux de dos, les maux de tête, les maux d'estomac, les éruptions, les maux de gorge, les crises hépatiques, l'angine et la laryngite sont des exemples courants de « maux constituant des invitations à la toilette », comme on pourrait les appeler. L'état du patient n'est pas grave, mais suffisant pour justifier que ses compagnons redoublent de soins. Les symptômes jouent de la même façon le rôle de signaux d'invitation à la toilette, déclenchant un comportement de réconfort chez les médecins, les infirmières, les pharmaciens, les parents et les amis. Le toiletté provoque la compassion amicale, les soins et cela seul suffit généralement à guérir la maladie. L'administration de pilules et de médicaments remplace les anciens gestes de toilette. La nature exacte des produits pharmaceutiques prescrits n'a presque aucune importance et il n'y a guère de différence à ce niveau entre les pratiques de la médecine moderne et celles des sorciers d'autrefois.

On objectera sans doute à cette interprétation des affections mineures que l'observation permet de prouver la présence de véritables virus ou bactéries ; pourquoi nous faudrait-il alors chercher une explication dans le comportement ? La réponse, c'est que dans n'importe quelle grande ville, par exemple, nous sommes tous exposés constamment à ces virus et bactéries, mais que nous n'en sommes victimes qu'occasionnellement. Puis certains individus sont beaucoup plus prédisposés que d'autres aux maladies. Les membres d'une communauté qui réussissent ou qui sont socialement bien adaptés souffrent rarement de « maux constituant une invitation à la toilette ». En revanche ceux qui ont des problèmes sociaux plus ou moins constants en sont très souvent atteints. L'aspect le plus curieux de ces affections c'est la façon dont elles semblent faites sur mesure. Supposons par exemple qu'une comédienne soit fatiguée par les efforts et les tensions que lui impose la vie sociale, que se passe-t-il ? Elle perd sa voix, elle est atteinte de laryngite, si bien qu'elle est contrainte de cesser de travailler et de se reposer. Alors on la réconforte et on s'occupe d'elle. La tension se dissipe (du moins pour cette fois). Si au lieu de cela elle avait eu sur le corps une éruption, son costume l'aurait recouverte et elle aurait pu continuer à travailler. La tension aurait persisté. Comparez sa situation avec celle d'un catcheur. Pour lui, une extinction de voix serait inutile en tant que « mal constituant une invitation à la toilette », mais une affection de la peau est précisément ce que les médecins des catcheurs observent le plus souvent chez eux. Il est amusant à cet égard de noter qu'une célèbre comédienne, dont la réputation repose sur les scènes de nus que comportent toujours ses films, ne souffre pas de laryngite lorsqu'elle a une tension, mais d'éruption de boutons. Parce que, comme pour les lutteurs, le fait de dévoiler sa peau est pour elle capital et, dès lors, elle est atteinte du même genre d'affection qu'eux, plutôt que des maux qui affligent les autres comédiennes.

Si le besoin d'être réconforté est intense, alors la maladie se fait plus intense aussi. L'époque de notre existence où l'on nous prodigue le plus soins et protection, c'est la petite enfance. Une maladie assez sérieuse pour nous obliger à nous mettre au lit a donc le grand avantage de recréer pour nous tous les soins réconfortants qui nous ont entourés au berceau. Nous pouvons nous imaginer que nous prenons une forte dose de médicament, mais en réalité c'est une forte dose de sécurité qu'il nous faut et qui nous guérit. (Il n'y a pas là simulation. Il est inutile de simuler. Les symptômes sont bien assez réels. C'est la cause qui tient au comportement, pas les effets.)

Nous sommes tous dans une certaine mesure des toiletteurs frustrés, tout autant que des toiletés, et la satisfaction que l'on peut trouver à soigner les malades est aussi fondamentale que la cause de la maladie. Certains individus ont un si grand besoin de s'occuper des autres qu'ils peuvent activement provoquer et prolonger la maladie chez un compagnon afin de pouvoir satisfaire plus pleinement leur besoin de toiletter. Cela peut produire un cercle vicieux, la situation toiletteur-toiletté se développant hors de toute proportion, dans la mesure où l'on crée un invalide chronique exigeant (et obtenant) une attention constante. Si un « couple de toilettage mutuel » s'entendait révéler la vraie nature de son comportement, il nierait avec énergie. Il est néanmoins stupéfiant d'observer les guérisons miraculeuses qu'on obtient parfois dans ce genre de cas, lorsqu'un bouleversement social se produit dans l'environnement toiletteur-toiletté (c'est-à-dire infirmière-patient). Les guérisseurs ont fréquemment exploité cette situation avec des résultats extraordinaires, mais malheureusement pour eux nombre des cas qu'ils rencontrent révèlent des causes physiques aussi bien que des effets physiques. Ce qui travaille également contre eux, c'est le fait que les effets physiques de « maux constituant des invitations à la toilette » ayant leur origine dans le comportement, peuvent aisément provoquer des dégâts corporels irréversibles, pour peu qu'ils soient suffisamment prolongés ou suffisamment intenses. Dès lors, un traitement médical rationnel s'impose.

Je me suis concentré, jusqu'ici, sur les aspects sociaux du comportement de confort dans notre espèce. Comme nous l'avons vu, de grands progrès ont été effectués dans ce sens, mais cela n'a pas exclu ni remplacé les formes plus simples d'auto-toilette et d'auto-réconfort. Comme les autres primates, nous continuons à nous gratter, à nous frotter les yeux, à tripoter nos plaies et à lécher nos blessures. Nous partageons aussi avec eux une tendance marquée à prendre des bains de soleil. Nous avons ajouté à cela un certain nombre de schèmes culturels spécialisés, dont le plus répandu consiste à se laver à l'eau. C'est là un phénomène rare chez les autres primates, bien que certaines espèces se baignent de temps en temps, mais pour nous, il joue aujourd'hui le premier rôle dans l'hygiène corporelle au sein de la plupart des communautés.

Malgré ses avantages évidents, le fréquent nettoyage à l'eau n'en impose pas moins une gêne très nette à la production, par les glandes de la peau, d'huiles et de sels antiseptiques et protecteurs ; dans une certaine mesure il expose la surface du corps aux maladies. Le lavage à l'eau survit tout de même à cet inconvénient parce qu'il ôte la poussière, source de ces maladies.

Outre les problèmes de propreté, la catégorie générale du comportement de confort comprend aussi ces schèmes d'activité qui ont pour tâches de maintenir une température corporelle convenable. Comme tous les mammifères et les oiseaux, nous avons acquis avec l'évolution une température interne élevée et constante, qui nous donne sur le plan physiologique une efficacité grandement accrue. Si nous sommes en bonne santé, notre température interne ne varie pas de plus de un degré six, quelle que soit la température extérieure. Cette température interne varie suivant un rythme quotidien, atteignant son plus haut degré en fin d'après-midi et le plus bas vers quatre heures du matin. Si le milieu extérieur devient trop chaud ou trop froid, nous éprouvons aussitôt un inconfort aigu. Les sensations déplaisantes que nous ressentons jouent le rôle de système d'alerte, nous prévenant de l'urgente nécessité de prendre des mesures afin d'éviter que nos organes ne soient désastreusement refroidis ou surchauffés. Non content d'encourager des réactions intelligentes et volontaires, le corps prend aussi certaines mesures automatiques pour stabiliser son niveau de température. Si l'environnement devient trop chaud, une vaso-dilatation s'opère. Cela augmente la température de la surface du corps et encourage la perte de chaleur par la peau. On observe aussi une sudation abondante. Nous possédons environ deux millions de glandes sudoripares. Dans des conditions de chaleur intense elles sont capables de sécréter un maximum d'un litre de sueur à l'heure. L'évaporation de ce liquide à la surface du corps nous fournit une autre précieuse forme de déperdition de chaleur. Lors du processus d'acclimatation à un milieu généralement plus chaud, nous traversons une période de recrudescence marquée de la sudation. C'est d'une importance capitale car, même dans les climats les plus chauds, notre température interne ne peut supporter qu'une élévation de 0,2 degré, quelle que soit notre origine raciale.

Si l'environnement devient trop froid, nous réagissons par une vaso-constriction et par des frissons. La vaso-constriction aide à conserver la chaleur du corps et les frissons peuvent aller jusqu'à tripler la production de chaleur par rapport à celle du corps au repos. Si la peau est exposée au froid intense pendant un certain temps, on court le risque que la vaso-constriction prolongée conduise à la gelure. Dans la région de la main se trouve un important système anti-gelures. Les mains réagissent d'abord au froid intense par une vaso-constriction spectaculaire ; puis, au bout d'environ cinq minutes, le phénomène est inversé et l'on observe une forte vaso-dilatation, les mains devenant rouges et congestionnées. (Quiconque a fait des boules de neige en a l'expérience.) La constriction et la dilatation de la région de la main continuent alors à se succéder, les phases de vaso-constriction prévenant la déperdition de chaleur et les phases de vaso-dilatation prévenant les gelures. Les individus vivant de façon permanente sous un climat froid connaissent diverses formes d'acclimatation corporelle, parmi lesquelles une légère augmentation du métabolisme basal.

A mesure que notre espèce s'est étendue sur tout

le globe, d'importants ajouts culturels ont été faits à ces mécanismes de contrôle biologique de la température. Le développement du feu, des vêtements et d'habitations calorifugées combat le froid, tandis que l'on utilise la ventilation et la réfrigération contre l'excès de chaleur. Pour impressionnants et spectaculaires que soient ces progrès, ils n'ont en aucune façon modifié la température interne de notre corps. Ils ont simplement servi à contrôler la température externe, si bien que nous pouvons continuer à jouir de notre température primitive de primates dans des conditions extérieures beaucoup plus diverses. Malgré des affirmations récentes, les expériences sur l'animation suspendue impliquant des techniques particulières de réfrigération appartiennent encore au domaine de la science-fiction.

Avant d'en finir avec le problème des réactions de température, il est un aspect particulier de la sudation qu'il convient de mentionner. Des travaux détaillés sur les réactions de sudation de notre espèce ont révélé qu'elles ne sont pas aussi simples qu'elles peuvent le paraître de prime abord. La plupart des régions du corps commencent à transpirer abondamment lorsque la chaleur extérieure s'accroît, et c'est assurément la réaction originelle fondamentale du système des glandes sudoripares. Mais certaines régions ont acquis une réaction à d'autres types de stimulation et la sudation peut s'y produire quelle que soit la température extérieure. L'absorption d'aliments fortement épicés, par exemple, produit un mécanisme particulier de transpiration faciale. La tension affective mène rapidement à la sudation dans les paumes des mains, sur la plante des pieds, sous les aisselles et parfois aussi sur le front, mais sur aucune autre partie du corps. Il faut distinguer encore, dans les zones de sudation affective, les paumes des mains et la plante des pieds qui diffèrent des aisselles et du front. Les deux premières régions ne répondent bien *qu'*à ces situations affectives, alors que les deux dernières réagissent également à des stimuli affectifs et de température. Il apparaît dès lors clairement que les mains et les pieds ont « emprunté » la sudation au système de contrôle de température pour l'utiliser maintenant dans un nouveau contexte fonctionnel. La moiteur des paumes et de la plante des pieds dans les périodes de tension semble être devenue un trait caractéristique de la réaction « prêt à tout » du corps quand un danger menace. Se cacher dans les mains avant d'empoigner une hache est, dans une certaine mesure, l'équivalent non physiologique de ce processus.

La réaction de sudation des paumes est si sensible que des communautés ou des nations entières peuvent présenter un accroissement soudain de cette manifestation si leur sécurité de groupe est menacée d'une façon ou d'une autre. Lors d'une récente crise politique, alors que les risques de guerre nucléaire se trouvaient momentanément accrus, toutes les expériences sur la sudation des paumes dans un centre de recherche ont dû être abandonnées car le niveau de base de la réaction était devenu si anormal que les expériences auraient perdu toute signification. Faire examiner nos paumes par une chiromancienne ne nous dira peut-être pas grand-chose sur notre avenir, mais les faire examiner par un physiologiste peut certainement nous renseigner sur les craintes que nous inspire l'avenir.

CHAPITRE VIII

ANIMAUX

Jusqu'alors nous avons considéré le comportement du singe nu vis-à-vis de lui-même et vis-à-vis des membres de sa propre espèce : son comportement intra-spécifique. Il nous reste maintenant à examiner ses activités par rapport aux autres animaux, son comportement inter-spécifique.

Tous les êtres qui appartiennent aux formes supérieures de la vie animale connaissent d'autres espèces avec lesquelles ils partagent leur environnement. Ils les considèrent selon l'un des cinq points de vue suivants : comme proies, comme symbiotes, comme concurrents, comme parasites, ou comme rapaces. Dans le cas de notre propre espèce, ces cinq catégories peuvent être réunies sous l'étiquette d'approche « économique » vis-à-vis des animaux, à quoi l'on peut ajouter l'approche scientifique, esthétique et symbolique. Cette vaste gamme d'intérêt nous a donné des liens inter-spécifiques uniques dans le monde animal. Afin de les démêler et de les comprendre objectivement, il nous faut les étudier un par un.

En raison de son caractère exploratoire et occasionnel, la liste des espèces qui constituent une proie pour le singe nu est immense. A un moment ou à un autre, à un endroit ou à un autre, il a tué et dévoré à peu près tous les animaux connus. On sait d'après une étude de vestiges préhistoriques qu'il y a environ un demi-million d'années, en un seul cycle, il chassait et dévorait des bisons, des chevaux, des rhinocéros, des daims, des ours, des moutons, des mammouths, des chameaux, des autruches, des antilopes, des buffles, des sangliers et des hyènes. Il serait vain de vouloir composer un « menu d'espèces » pour une époque plus récente, mais il est un aspect de notre comportement d'animal de proie qui mérite d'être mentionné, c'est notre tendance à domestiquer certaines espèces que nous considérons comme des proies. Car, bien que nous soyons susceptibles à l'occasion de manger à peu près n'importe quoi, nous avons néanmoins limité l'essentiel de notre alimentation à quelques formes animales principales.

On sait que la domestication du bétail, comprenant son contrôle organisé et l'élevage sélectif de la proie, est pratiquée depuis au moins dix mille ans et, dans certains cas, probablement depuis beaucoup plus longtemps. Les chèvres, les moutons et les rennes semblent avoir été les premières espèces à connaître ce sort. Puis, avec le développement de communautés agricoles sédentaires, des porcs et des bovins comprenant le buffle d'Asie et le yack se sont ajoutés à la liste. Nous avons la preuve que, dans le cas du bétail, diverses races distinctes avaient déjà été développées il y a quatre mille ans. Alors que les chèvres, les moutons et les rennes étaient transformés directement de proies chassées en proies élevées, on pense que les porcs et le bétail ont commencé leur étroite association avec notre espèce en tant que voleurs de récolte.

Sitôt que des récoltes cultivées étaient consommables, ils venaient profiter de ce riche apport de nourriture fraîche, ce qui leur valait d'être capturés par les premiers fermiers et soumis eux-mêmes à la domestication.

La seule espèce de proie parmi les petits mammifères à connaître une domestication prolongée fut le lapin, mais il s'agit, semble-t-il, d'un développement beaucoup plus tardif. Parmi les oiseaux, on peut citer, comme importantes espèces de proie domestiquées il y a des millénaires, le poulet, l'oie et le canard, avec plus tard l'addition du faisan, de la pintade, de la caille et de la dinde. Les seuls poissons de proie ayant une longue histoire de domestication sont l'anguille romaine, la carpe et le poisson rouge. Ce dernier toutefois ne tarda pas à devenir ornemental plutôt que gastronomique. La domestication de ces poissons se limite aux deux derniers millénaires et n'a joué qu'un petit rôle dans l'histoire générale de notre activité organisée de bête de proie.

La seconde catégorie sur notre liste de relations inter-spécifiques, c'est celle du symbiote. On définit la symbiose comme l'association de deux espèces différentes pour leur bénéfice mutuel. On en connaît de nombreux exemples dans le monde animal, le plus célèbre étant l'association entre les oiseaux aquatiques et certains ongulés comme le rhinocéros, la girafe et le buffle. L'oiseau mange les parasites de la peau des ongulés, contribuant ainsi à les maintenir propres et sains, tandis que ceux-ci fournissent aux oiseaux une précieuse source de nourriture.

Là où nous sommes nous-mêmes un des membres d'un couple en symbiose, le bénéfice mutuel tend à pencher assez lourdement en notre faveur, mais c'est néanmoins une catégorie séparée, distincte de la relation plus sévère de proie à bête de proie, puisqu'elle n'implique pas la mort de l'autre espèce. Nous exploitons les animaux, mais en échange de cette exploitation nous les nourrissons et nous les soignons. C'est une symbiose déformée parce que nous contrôlons la situation et que nos partenaires animaux n'ont généralement peu ou pas de choix en l'occurrence.

Le plus ancien symbiote de notre histoire est, à n'en pas douter, le chien. Nous ne pouvons savoir avec certitude quand nos ancêtres ont commencé à domestiquer ce précieux animal, mais cela semble remonter à dix mille ans au moins. L'histoire est fascinante. Les ancêtres sauvages du chien domestique, semblables aux loups, devaient être de sérieux concurrents pour nos ancêtres chasseurs. Comme eux ils chassaient, en meute ; de grandes proies et, tout d'abord, les relations entre les loups et les hommes ne furent pas tendres. Mais les chiens sauvages possédaient certains raffinements particuliers qui manquaient à nos chasseurs. Ils étaient particulièrement doués pour rassembler en troupeaux et pour faire avancer les proies lors des manœuvres de la chasse et ils pouvaient y parvenir à grande vitesse. Ils avaient également un odorat et une ouïe plus développés que les nôtres. Si l'on pouvait exploiter ces attributs en échange d'une part de gibier, l'association devenait une bonne opération. D'une façon ou d'une autre — nous ne savons pas exactement comment — c'est ce qui s'est passé et un lien interspécifique s'est trouvé forgé. Il est probable que tout a commencé quand on a ramené au camp de base tribal de jeunes chiots destinés à être engraissés pour servir de nourriture. Très vite la valeur de ces créatures en tant que chiens de garde nocturne a dû plaider en leur faveur. Ceux qu'on a laissés vivre dans un état qui était maintenant celui d'animal domestique et qu'on a autorisés à accompagner les mâles dans leurs expéditions de chasse n'ont sans doute pas tardé à faire leurs preuves lorsqu'il s'est agi de traquer le gibier. Nourris à la main, les chiens se considéraient comme membres de la meute des singes nus et coopéraient instinctivement avec leurs chefs d'adoption. Un élevage sélectif portant sur un certain nombre de générations n'allait pas tarder à éliminer les faiseurs d'histoires et une nouvelle souche améliorée de chiens de chasse domestiques beaucoup plus calmes et contrôlables devait apparaître.

On a suggéré que c'est le développement de cette relation avec le chien qui a rendu possibles les premières formes de domestication de proies ongulées. Les chèvres, les moutons et les rennes étaient déjà soumis à un certain contrôle avant l'avènement de la véritable phase agricole, et le chien amélioré est considéré comme l'être vivant qui a joué un rôle capital à cet égard en aidant à rassembler les troupeaux sur une grande échelle. Des études comparées des techniques utilisées par les chiens de berger d'aujourd'hui et par les loups sauvages révèlent de nombreuses similitudes et viennent soutenir cette thèse.

A une époque plus récente, un élevage sélectif intensif a produit toute une série de chiens symbiotiques, ayant chacun leur spécialisation. Le chien de chasse primitif, qui servait à tout, aidait le singe nu aux différents stades de l'opération, mais chez ses lointains descendants on a perfectionné tel ou tel élément. Des chiens possédant des dons spécialement développés dans telle ou telle direction ont été croisés entre eux pour intensifier ces qualités particulières. Comme on l'a déjà vu, ceux qui avaient de bonnes qualités manœuvrières sont devenus chiens de troupeau, leur concours se bornant surtout au rassemblement des proies domestiques (chiens de berger). D'autres, qui avaient un sens de l'odorat exceptionnel, ont été croisés entre eux pour fournir des suiveurs de piste (chiens courants). D'autres, qui avaient une pointe de vitesse athlétique, sont devenus des chiens de course et on les a utilisés pour chasser des proies à vue (lévriers). Un autre groupe a été élevé pour donner des repéreurs de proie, leurs tendances à se figer dès l'instant où ils l'avaient aperçue étant exploitées et intensifiées (setters et pointers). Dans une autre race encore, on a amélioré les qualités de dénicheurs de proie et de porteurs (chiens rapporteurs). Des espèces plus petites ont été développées pour tuer la vermine (terriers). Les chiens de garde primitifs ont été eux aussi améliorés génétiquement (mâtins).

Outre ces formes communément répandues d'exploitation, on a procédé à un élevage sélectif d'autres races de chiens pour des fonctions plus inhabituelles. L'exemple le plus extraordinaire en est le chien nu des Indiens du Nouveau Monde, une race génétiquement nue, possédant une température de peau anormalement élevée et que les indigènes utilisaient comme bouillotte dans leurs quartiers d'habitation.

A des époques plus récentes, le chien symbiote a gagné sa pitance comme bête de somme, en tirant des traîneaux ou des charrettes, comme messager ou comme détecteur de mines en périodes de guerre, comme sauveteur en repérant les alpinistes enfouis sous la neige, comme chien policier, en traquant ou en attaquant les criminels, comme chien-guide, pour les aveugles et même comme substitut de voyageur spatial. Aucune autre espèce symbiotique ne nous a servis de façon si complexe et si variée. Même aujourd'hui, avec tous les progrès techniques, le chien est encore activement employé dans la plupart de ses fonctions séculaires. On peut distinguer aujourd'hui des centaines de races purement ornementales, mais le rôle du chien actif est loin d'être terminé.

Le chien a connu une telle réussite comme compagnon de chasse qu'on a fait peu d'efforts pour tenter de domestiquer d'autres espèces dans cette forme particulière de symbiose. Les seules exceptions importantes sont le guépard et certains oiseaux de proie, notamment le faucon, mais ni dans l'un ni dans l'autre cas on n'a progressé en ce qui concerne l'élevage contrôlé, et encore moins l'élevage sélectif. Il a toujours fallu passer par l'entraînement individuel. En Asie, le cormoran, un oiseau plongeur, a été utilisé pour la chasse au poisson. On prend des œufs de cormoran qu'on fait couver par des poules domestiques. Les jeunes oiseaux de mer sont alors nourris à la main et dressés à attraper du poisson au bout d'un fil. Les poissons sont rapportés au bateau et dégorgés, les cormorans ayant été munis d'un collier qui les empêche d'avaler leurs proies. Mais, là encore, aucune tentative n'a été faite pour améliorer la race par un élevage sélectif.

Il y a une autre forme très ancienne d'exploitation : c'est l'utilisation de petits carnivores pour détruire les animaux nuisibles. Cette tendance n'a pris de l'ampleur que lorsque s'est instaurée la phase agricole de notre histoire. Avec le stockage de grains sur une large échelle, les rongeurs ont commencé à poser un grave problème et l'on a encouragé les tueurs de rongeurs. Le chat, le furet et la mangouste ont été les espèces qui sont venues à notre aide et dans les deux premiers cas il s'est ensuivi une domestication complète avec élevage sélectif.

Peut-être la forme la plus importante de symbiose a-t-elle été l'utilisation de certaines espèces plus grandes comme bêtes de somme. Les chevaux, les onagres (les ânes sauvages d'Asie), les mulets, les ânes sauvages d'Afrique, le bétail y compris le buffle et le yack, le renne, les chameaux, les lamas et les éléphants ont tous été soumis ainsi à une exploitation massive. Dans la plupart de ces cas, les types originaux sauvages ont été « améliorés » par un élevage sélectif, les seules exceptions à cette règle étant l'onagre et l'éléphant. L'onagre était utilisé comme bête de somme par les Sumériens, il y a plus de quatre mille ans, mais l'avènement d'une espèce plus facile à contrôler, le cheval, l'a rendu démodé. L'éléphant, bien qu'on l'emploie encore comme animal de travail, a toujours posé des problèmes trop considérables à l'éleveur et n'a jamais été soumis aux pressions de l'élevage sélectif.

Une autre activité encore : la domestication de diverses espèces comme source d'un certain produit. Des animaux ne sont pas tués, si bien que dans ce rôle on ne saurait les considérer comme des proies. On leur prend seulement quelque chose : le lait aux vaches et aux chèvres, la laine aux moutons et aux alpagas, les œufs aux canes et aux poules, le miel aux abeilles et la soie aux vers à soie.

Outre ces grandes catégories comprenant les compagnons de chasse, les destructeurs d'animaux nuisibles, les bêtes de somme et les sources de produits, certains animaux ont noué avec notre espèce des relations de symbiose sur des bases plus insolites et plus spécialisées. On a domestiqué le pigeon comme porteur de messages. Les dons d'orientation stupéfiants de ce volatile sont exploités depuis des millénaires. Cette relation est devenue si précieuse en temps de guerre qu'à des époques récentes, on a développé une contre-symbiose, sous forme de faucons dressés à intercepter les porteurs de messages. Dans un contexte très différent, les poissons de combat siamois et les coqs de combat ont été longuement soumis à un élevage sélectif afin de devenir des instruments de jeu. Dans le domaine de la médecine, le cobaye et le rat blanc ont été largement employés comme « tubes à essai vivants » pour des expériences de laboratoire.

Tels sont donc les principaux animaux symbiotes qu'on a forcés à conclure une sorte d'association avec notre ingénieuse espèce. L'avantage pour eux est qu'ils cessent d'être nos ennemis. Leur nombre augmente dans des proportions spectaculaires. En terme de population, ils connaissent une réussite éclatante. Mais c'est une réussite qui a ses limites. Le prix qu'ils ont payé, c'est leur liberté d'évolution. Ils ont perdu leur indépendance génétique et, tout en étant bien nourris et bien soignés, ils sont maintenant soumis à nos caprices et à nos fantaisies d'éleveurs.

La troisième grande catégorie de relations animales, après les proies et les symbiotes, c'est celle des concurrents. Toute espèce qui est en concurrence avec nous pour ce qui est de la nourriture ou du territoire, ou qui gêne le cours de notre existence, est impitoyablement éliminée. Il est inutile d'énumérer ces espèces. Pratiquement tout animal qui n'est pas comestible, ou utile sur le plan de la symbiose, est attaqué et exterminé. Ce processus se poursuit aujourd'hui dans toutes les parties du monde. Dans le cas de concurrents mineurs, la persécution se fait au petit bonheur, mais les rivaux sérieux n'ont guère de chance. Dans le passé, nos plus proches parents parmi les primates ont été nos rivaux les plus menaçants, et ce n'est pas un hasard si aujourd'hui nous sommes la seule espèce survivante de toute notre famille. De grands carnivores ont constitué d'autres sérieux concurrents et eux aussi ont été éliminés quand notre espèce s'est élevée au-dessus d'un certain niveau. L'Europe, par exemple, est aujourd'hui pratiquement dépourvue de toutes les grandes formes de vie animale, à l'exception d'une vaste masse grouillante de singes nus.

Pour la grande catégorie suivante, celle des parasites, l'avenir apparaît encore plus sombre. Là, la lutte s'est intensifiée et, s'il peut nous arriver de déplorer la disparition d'un concurrent séduisant, personne ne versera une larme sur la rareté grandissante de la puce. A mesure que la science médicale progresse, l'empire des parasites diminue. Ce déclin amène dans son sillage une nouvelle menace pour toutes les autres espèces, car à mesure que les parasites sont éliminés et que notre hygiène s'accroît, notre population peut se développer à un rythme encore plus extraordinaire, accentuant ainsi le besoin de supprimer tous les concurrents moins dangereux. La cinquième grande catégorie, celle des bêtes de proie, est également sur son déclin. Nous n'avons jamais vraiment constitué un élément essentiel du régime alimentaire d'aucune espèce et nos rangs n'ont jamais été sérieusement décimés par les bêtes de proie à aucun stade de notre histoire, pour autant qu'on puisse l'affirmer. Mais les grands carnivores, tels que les félins et les chiens sauvages, les plus grands membres de la famille des crocodiles, les requins et les grands oiseaux de proie nous ont grignotés de temps en temps et leurs jours sont de toute évidence comptés. Par une ironie du sort, le tueur qui est responsable de la mort de plus de singes nus que n'importe quel autre (à l'exception des parasites) est un animal qui ne peut dévorer ses victimes. Cet ennemi redoutable, c'est le serpent venimeux et, comme nous le verrons plus tard, il est devenu la plus détestée de toutes les formes supérieures de la vie animale.

Mais outre cette approche « économique » des animaux nous avons nos approches particulières, scientifiques, esthétiques et symboliques.

Les attitudes scientifiques et symboliques sont des manifestations de notre puissant instinct exploratoire. Notre curiosité nous pousse à étudier tous les phénomènes naturels et le monde animal est tout naturellement devenu le domaine sur lequel s'est concentrée une grande part de nos efforts. Pour le zoologue, tous les animaux sont, ou devraient être, également intéressants. Pour lui, il n'y a pas de bonnes espèces ni de mauvaises espèces. Il les étudie toutes, pour le plaisir d'étudier. L'approche esthétique implique la même tendance exploratoire fondamentale, mais avec des termes de référence différents. Là, la variété considérable de formes, de couleurs, de dessins et de mouvements chez les animaux sont étudiés en tant qu'objets de beauté plutôt qu'en tant que systèmes à analyser.

L'approche symbolique est radicalement différente. Dans ce cas, il ne s'agit ni d'économie ni d'exploration. Les animaux sont utilisés plutôt comme personnification de concept. Si une espèce a un aspect farouche, elle devient un symbole guerrier. Si elle paraît maladroite et timide, elle devient un symbole enfantin. Qu'elle soit sincèrement farouche ou sincèrement timide importe peu. Dans ce contexte, ce n'est pas sa vraie nature qu'on étudie, car il ne s'agit pas d'une approche scientifique. L'animal timide peut être armé de dents tranchantes comme des rasoirs et doué d'un tempérament violemment agressif, mais dès l'instant que ces attributs ne sont pas évidents, à l'inverse de sa timidité, il est parfaitement acceptable en tant que symbole enfantin idéal. Pour l'animal symbolique, justice n'a pas à être faite ; seule compte l'apparence.

L'attitude symbolique envers les animaux a été à l'origine baptisée approche « anthropoïdomorphique ». Heureusement, ce terme abominable a plus tard été contracté, comme substantif, en « anthropomorphisme » qui, bien qu'il soit encore lourd, est l'expression en usage aujourd'hui. Elle est utilisée invariablement dans un sens péjoratif par les savants qui, de leur point de vue, ont parfaitement raison de la mépriser. Ils doivent à tout prix conserver leur objectivité s'ils entendent se livrer à une exploration valable du monde animal. Mais ce n'est pas aussi facile qu'il y paraît.

Sans aucun rapport avec la décision délibérée d'utiliser des formes animales comme idoles, comme images et comme emblèmes, il y a aussi de subtiles pressions occultes qui ne cessent d'opérer sur nous pour nous forcer à voir d'autres espèces comme des caricatures de nous-mêmes. Même le savant le plus exigeant est capable de dire : « Bonjour, mon vieux » quand il salue son chien. Bien qu'il sache pertinemment que l'animal ne peut pas comprendre ce qu'il dit, il ne peut résister à la tentation. Quelle est la nature de ces pressions anthropomorphiques et pourquoi est-il si difficile d'en triompher ? Pourquoi certaines créatures nous font-elles dire « Ah ah ! » et d'autres « Pouah ! » ? Ce n'est pas là un point dépourvu d'intérêt : cela concerne une part importante des rapports de notre culture avec les autres espèces. Nous aimons et nous détestons passionnément certains animaux, et ces liens ne peuvent s'expliquer sur la seule base de considérations économique et exploratoire. De toute évidence des signaux précis que nous recevons déclenchent en nous une réaction fondamentale, insoupçonnable. Nous nous dupons en croyant réagir à tel animal en tant qu'animal. Nous déclarons qu'il est charmant, irrésistible ou horrible, mais qu'est-ce qui le rend ainsi ?

Afin de trouver la réponse à cette question, il nous faut tout d'abord réunir quelques faits. Quels sont exactement les animaux que nous aimons et les animaux que nous détestons dans notre culture et comment ces amours et ces haines varient-elles suivant l'âge et le sexe ? Il faut de nombreuses réponses si l'on entend se prononcer sérieusement sur ce sujet. Pour obtenir de tels éléments, une enquête a été menée portant sur quatre-vingt mille enfants anglais de quatre à quatorze ans. Lors d'une émission de télévision sur un zoo, on leur a posé les simples questions suivantes : « Quel animal aimez-vous le plus ? et : « Quel animal aimez-vous le moins ? ». Sur la masse des réponses à cette enquête on a choisi au hasard et analysé un échantillonnage de douze mille réponses à chaque question.

A propos d'abord des « amours » inter-spécifiques, les chiffres sont les suivants : 97,15 % de tous les enfants ont cité comme animal favori un mammifère. Les oiseaux n'entraient que pour 1,6 %, les reptiles pour 1 %, les poissons pour 0,1 %, les invertébrés pour 0,1 % et les amphibies pour 0,05 % des réponses. De toute évidence, il y a dans ce contexte quelque chose de particulier à propos des mammifères.

(Il faudrait peut-être souligner que les réponses aux questions étaient écrites et non verbales, et qu'il était parfois difficile d'identifier les animaux à partir des noms mentionnés, surtout dans le cas de très jeunes enfants. Il a été assez facile de reconnaître quels animaux se dissimulaient derrière l'appellation de « lons, de cevaux, de nounours, de punicans, de sinzes et de léopolds », mais il a été pratiquement impossible d'affirmer avec certitude ce que certains sujets interrogés entendaient par « bouteilles, ver sauteur, otame ou coco-cola ». Les enquêteurs se sont vus dans le regret de ne pas retenir les réponses mentionnant ces séduisantes créatures.)

Si nous nous limitons maintenant aux « dix animaux préférés » les chiffres suivants apparaissent : 1° Le chimpanzé (13,5 %) ; 2° Le singe (13 %) ; 3° Le cheval (9 %) ; 4° Le galago (8 %) ; 5° Le panda (7,5 %) ; 6° L'ours (7 %) ; 7° L'éléphant (6 %) ; 8° Le lion (5 %) ; 9° Le chien (4 %) ; 10° La girafe (2,5 %).

Il apparaît aussitôt que ces préférences ne sont pas le reflet de puissantes influences d'ordre économique ou esthétique. Une liste des dix espèces les plus importantes sur le plan économique serait très différente. Aucun de ces animaux favoris n'appartient non plus à l'espèce la plus élégante ou la plus colorée. On compte au contraire parmi eux une forte proportion d'animaux assez maladroits, lourds et de couleur terne. Ils sont toutefois doués de traits anthropomorphiques et c'est à cela que les enfants réagissent quand ils font leur choix. Ce n'est pas un processus conscient. Chacune des espèces énumérées fournit certains stimuli clefs rappelant fortement des propriétés particulières à notre propre espèce et nous réagissons automatiquement à ces stimuli sans comprendre le moins du monde ce qui nous séduit exactement. Les traits anthropomorphiques les plus significatifs des dix animaux préférés sont les suivants :

1° Ils ont tous du poil plutôt que des plumes ou des écailles ;

2° Ils ont une silhouette arrondie (chimpanzé, singe, panda, ours, éléphant) ;

3° Ils ont le visage aplati (chimpanzé, singe, galago, ours, panda, lion) ;

4° Ils ont des expressions faciales (chimpanzé, singe, cheval, lion, chien) ;

5° Ils peuvent manipuler de petits objets (chimpanzé, singe, galago, panda, éléphant) ;

6° Leur posture est à certains égards ou à certains moments plutôt verticale (chimpanzé, singe, galago, panda, ours, girafe).

Plus une espèce peut marquer de ces points, plus elle se situe haut dans la liste des dix animaux différents. Les espèces non mammifères sont mal classées parce qu'elles ne marquent guère de points. Parmi les oiseaux, les favoris sont le pingouin (0,8 %) et le perroquet (0,2 %). Le pingouin arrive au premier rang des oiseaux parce que c'est le plus vertical de tous. Le perroquet, lui aussi, est installé plus verticalement sur son perchoir que la plupart des oiseaux et il a divers autres avantages. La forme de son bec lui donne un visage anormalement aplati pour un oiseau. Il a également une étrange façon de se nourrir, en portant sa patte à sa bouche plutôt que de baisser la tête et il peut imiter nos vocalisations. Malheureusement pour sa popularité, il adopte une posture plus horizontale quand il marche et pour cela perd des points par rapport au pingouin qui se dandine à la verticale.

Parmi les mammifères préférés, on notera certains détails. Pourquoi, par exemple, le lion est-il le seul des grands fauves à figurer dans cette liste ? Réponse, semble-t-il : il est le seul, chez le mâle, à avoir une lourde crinière entourant la région de la tête. Cela a pour effet d'aplatir le visage (comme il ressort clairement de la façon dont les lions sont représentés dans les dessins des enfants) et ce détail contribue à faire marquer quelques points supplémentaires à cette espèce.

Les expressions faciales sont particulièrement importantes, comme nous l'avons déjà vu dans les chapitres précédents, en tant que forme fondamentale de communication visuelle pour notre espèce. Elles ont évolué pour atteindre une certaine complexité chez seulement quelques groupes de mammifères : les primates supérieurs, les chevaux, les chiens et les chats. Ce n'est pas un hasard si cinq des dix animaux favoris appartiennent à ces groupes. Des changements dans l'expression faciale indiquent des variations d'humeur et cela constitue un lien précieux entre l'animal et nous-mêmes, même si la signification correcte de ces expressions n'est pas toujours comprise avec précision.

En ce qui concerne l'habileté manipulatoire, le panda et l'éléphant sont des cas uniques. Le premier a acquis un os du poignet allongé avec lequel il peut saisir les minces pousses de bambous dont il se nourrit. On ne trouve nulle part ailleurs dans le règne animal une structure de cette sorte. Elle donne au panda au pied plat la possibilité de tenir de petits objets et de les porter à sa bouche pendant qu'il est assis dans une posture verticale. Sur le plan anthropomorphique, cet élément morphologique lui fait marquer de nombreux points. L'éléphant aussi est capable de « manipuler » de petits objets avec sa trompe, un autre appendice sans pareil, pour les porter à sa bouche.

La posture verticale si caractéristique de notre espèce donne à tout autre animal capable d'adopter cette position un avantage anthropomorphique immédiat. Les primates qui figurent parmi les dix animaux préférés, les ours et le panda, s'asseyent tous fréquemment dans une position verticale. Ils se mettent même parfois debout ou vont jusqu'à faire quelques pas chancelants dans cette position, autant de traits qui les aident à marquer des points précieux. La girafe, en raison des proportions uniques de son corps, est dans une certaine mesure en permanence un animal vertical. Le chien, qui atteint un total de points anthropomorphiques assez élevé à cause de son comportement social, a toujours été assez décevant en ce qui concerne la posture. Il est horizontal avec intransigeance. Refusant d'admettre la défaite sur ce point, notre ingéniosité s'est mise à l'œuvre et n'a pas tardé à résoudre le problème : nous avons dressé le chien à s'asseoir sur son séant pour mendier. Dans notre besoin d'anthropomorphiser la malheureuse créature, nous sommes même allés plus loin encore. Comme nous n'avons pas nous-mêmes de queue, nous nous sommes mis à couper la sienne. Comme nous avons le visage plat, nous avons eu recours à l'élevage sélectif pour diminuer la structure osseuse dans la région du mufle. C'est pourquoi de nombreuses races de chiens ont aujourd'hui le visage anormalement plat. Nos désirs anthropomorphiques sont si exigeants qu'ils doivent être satisfaits, fût-ce aux dépens de l'efficacité dentaire des animaux. Mais il ne faut pas oublier que cette approche des animaux est purement égoïste. Nous ne voyons pas les animaux comme des animaux, mais seulement comme des reflets de nous-mêmes, et si le miroir nous déforme trop, nous le modifions ou nous le jetons.

Nous avons jusqu'alors considéré les animaux préférés des enfants ayant indistinctement de quatre à quatorze ans. Si nous classons maintenant les réponses en les séparant par groupe d'âges, certaines tendances remarquablement constantes apparaissent. Pour certains de ces animaux, on observe un déclin régulier de préférence à mesure que les enfants grandissent. Pour d'autres, c'est une ascension régulière.

La découverte inattendue que l'on fait ici, c'est que ces tendances soulignent l'existence d'une relation nette avec un trait particulier des animaux préférés, à savoir leur taille. Les plus jeunes enfants préfèrent les gros animaux, et les plus âgés préfèrent les petits. Pour illustrer ce point, nous pouvons prendre les chiffres des deux plus grands animaux figurant parmi les dix préférés, l'éléphant et la girafe, et des deux plus petits, le galago et le chien. L'éléphant, avec un pourcentage moyen de 6 %, commence à 15 % avec les enfants de quatre ans puis tombe régulièrement jusqu'à 3 % avec les enfants de quatorze ans. La girafe présente un déclin de popularité analogue, passant de 10 à 1 %. Le galago, par contre, débute seulement à 4,5 % chez les enfants de quatre ans pour s'élever graduellement jusqu'à 11 % chez les enfants de quatorze ans. Le chien monte de 0,5 à 6 %. Les animaux de taille moyenne figurant parmi les dix préférés ne présentent pas ces tendances marquées.

Nous pouvons résumer les découvertes que nous venons de faire en formulant deux principes. La première loi de la séduction animale est que « la popularité d'un animal est directement proportionnelle au nombre de traits anthropomor-phiques qu'il possède ». La seconde loi est que « l'âge d'un enfant est inversement proportionnel à la taille de l'animal qu'il préfère ».

Comment peut-on expliquer la seconde loi ? Si l'on se souvient que la préférence est fondée sur une équation symbolique, l'explication la plus simple est que les enfants plus petits considèrent les animaux comme des substituts de leurs parents et que les enfants plus âgés les tiennent pour des substituts d'enfants. Ce n'est pas assez que l'animal nous rappelle notre propre espèce, il doit aussi nous rappeler une certaine catégorie au sein même de l'espèce. Quand l'enfant est très jeune, ses parents sont des figures protectrices extrêmement importantes. Ils dominent la conscience de l'enfant. Ce sont de grands animaux amicaux et les grands animaux amicaux sont donc aisément identifiés avec des figures de parents. A mesure que l'enfant grandit, il commence à s'affir-mer, à se poser en rival de ses parents. Il se voit maître de la situation, mais il est difficile de se rendre maître d'un éléphant ou d'une girafe. L'ani-mal préféré doit donc se réduire à une taille maniable. L'enfant, avec une étrange précocité, devient lui-même le parent. L'animal est devenu le symbole de *son* enfant. L'enfant est trop jeune pour être un véritable parent, il le devient donc symboliquement. La possession de l'animal appa-raît comme importante et le fait d'avoir un animal familier se développe comme une forme de « parentalisme infantile ». Ce n'est pas par hasard que, depuis qu'il est devenu un animal familier exotique, la créature précédemment connue sous le nom de galago a maintenant acquis en anglais le surnom populaire de « bush-baby », c'est-à-dire « bébé de la brousse ». (On devrait prévenir les parents que ce besoin d'avoir un animal familier ne se manifeste qu'assez tard dans l'enfance. C'est une grave erreur que de donner des animaux familiers à de très jeunes enfants, qui ont devant eux la même réaction que devant des objets voués à une exploration destructrice ou des animaux nuisibles.)

Il y a une exception remarquable à la seconde loi de la séduction animale, et il s'agit du cheval. La réponse concernant cet animal est insolite à deux égards. Quand on l'analyse par rapport à l'âge croissant des enfants, on observe une montée constante de popularité suivie d'une chute non moins constante. Le sommet de la courbe coïncide avec le début de la puberté. Si on l'analyse d'après les sexes, il apparaît que le cheval est trois fois plus populaire auprès des filles que des garçons. Cette différence entre les sexes est unique dans ce choix. Il y a là de toute évidence quelque chose d'étonnant qui mérite un examen particulier.

La caractéristique qui fait du cheval un animal à part dans le contexte actuel, c'est qu'il s'agit d'un animal qu'on peut monter. Cela ne s'applique à aucun des autres animaux choisis. Si nous rapprochons cette observation du fait que son maximum de popularité coïncide avec la puberté et qu'il y a une forte différence entre garçons et filles, nous sommes forcés de conclure que la réaction au cheval doit comprendre un élément sexuel fortement marqué. Si l'on pose une équation symbolique entre le fait de monter un cheval et la monte sexuelle, alors il est peut-être surprenant que l'animal ait une plus grande séduction pour les filles. Mais le cheval est un animal puissant, musclé et dominateur, et donc plus adapté au rôle de mâle. Considéré objectivement, l'acte de monter à cheval consiste en une longue série de mouvements rythmiques, jambes bien écartées et en contact étroit avec le corps de l'animal. L'attrait qu'il exerce sur les filles semble résulter de la combinaison de son caractère profondément masculin avec la nature même de la position et des actions qu'on exécute sur son dos. (Il faut souligner ici que nous nous occupons de la population enfantine dans son ensemble. Un enfant sur onze seulement a choisi le cheval. Seule une petite fraction de ce pourcentage possédait en fait un poney ou un cheval. Ceux-là ne tardent pas à apprendre les nombreux autres plaisirs, plus variés, qu'on peut tirer de l'équitation. Si, par la suite, ils deviennent des cavaliers passionnés, cela n'a évidemment pas nécessairement une signification sexuelle.)

Il reste à expliquer la chute de popularité du cheval après la puberté. Avec le développement sexuel, on pourrait s'attendre à ce que sa popularité croisse. On trouvera une réponse en comparant la courbe de l'amour du cheval avec celle des jeux sexuels chez les enfants. Elles se répondent étonnamment. Il semblerait qu'avec le développement de la conscience sexuelle et le besoin caractéristique d'intimité qui imprègne les sentiments sexuels des pré-adolescents, la réaction au cheval diminue en même temps que les jeux et bousculades à caractère franchement sexuel des enfants. Il est significatif à ce propos que l'attrait qu'inspirent aux enfants les singes connaisse également un déclin à la puberté. De nombreux singes ont des organes sexuels particulièrement voyants, avec notamment de gros gonflements sexuels rosés. Pour le jeune enfant, tout cela n'a aucune signification et les autres puissants caractères anthropomorphiques des singes peuvent opérer sans encombre. Mais pour les enfants plus âgés, les organes génitaux voyants deviennent une source de gêne et en conséquence la popularité de ces animaux en souffre.

Telle est donc la situation en ce qui concerne les préférences animales chez les enfants. Chez les adultes, les réactions sont plus variées et plus raffinées, mais l'anthropomorphisme fondamental demeure.

Si nous nous attachons maintenant aux « antipathies » animales, nous pouvons soumettre les chiffres obtenus à une analyse similaire. Les dix animaux les plus détestés sont les suivants : 1° Le serpent (27 %) ; 2° L'araignée (9,5 %) ; 3° Le crocodile (4,5 %) ; 4° Le lion (4,5 %) ; 5° Le rat (4 %) ; 6° Le putois (3 %) ; 7° Le gorille (3 %) ; 8° Le rhinocéros (3 %) ; 9° L'hippopotame (2,5 %) ; 10° Le tigre (2,5 %). Ces animaux ont en commun un trait important : ils sont dangereux. Le crocodile, le lion et le tigre sont des tueurs carnivores. Le gorille, le rhinocéros et l'hippopotame peuvent facilement tuer si on les provoque. Le putois pratique une forme violente de guerre chimique. Le rat est un animal nuisible qui propage des épidémies. Enfin il existe des serpents et des araignées venimeux.

La plupart de ces créatures manquent également des traits anthropomorphiques qui caractérisent les dix animaux favoris. Le lion et le gorille sont les seules exceptions. Le lion est le seul animal à figurer à la fois dans les deux listes. L'ambivalence de la réaction devant cette espèce est due à la combinaison unique chez cet animal de caractères anthropomorphiques séduisants et d'un comportement violent de bête féroce. Le gorille possède de nombreux traits anthropomorphiques, mais, par malheur pour lui, sa structure faciale est telle qu'il semble être toujours d'une humeur redoutablement agressive. C'est simplement le résultat accidentel de sa structure osseuse et cela n'a aucun rapport avec sa vraie personnalité (plutôt douce), mais, alliée à sa grande force physique, cette apparence fait aussitôt de lui le parfait symbole de la force brute à l'état sauvage.

Ce qu'il y a de plus frappant dans la liste des dix animaux les plus détestés, c'est la réaction massive au serpent et à l'araignée. Cela ne saurait s'expliquer seulement par l'existence d'espèces dangereuses. D'autres forces entrent en jeu. Une analyse des raisons données pour haïr ces formes animales révèle que l'on déteste les serpents parce qu'ils sont « visqueux et sales » et que les araignées sont répugnantes parce qu'elles sont « velues et sournoises ». Cela doit indiquer, outre une nette signification symbolique, que nous possédons une puissante réaction innée qui nous fait éviter ces animaux.

On a longtemps considéré le serpent comme un symbole phallique. Etant un phallus empoisonné, il a représenté la sexualité maudite, ce qui peut être une explication partielle de son impopularité. Mais il n'y a pas que cela. Si nous examinons les différents niveaux de l'antipathie des enfants entre quatre et quatorze ans pour le singe, il apparaît que le sommet de l'impopularité se place de bonne heure, bien avant la puberté. Dès quatre ans, le niveau d'antipathie est grand — environ 30 % — puis il s'élève légèrement pour atteindre son sommet à l'âge de six ans. Dès lors, il suit un déclin régulier, tombant bien au-dessous de 1 % à l'âge de quatorze ans. Il n'y a guère de différence entre les sexes, bien qu'à chaque niveau d'âge la réaction des filles soit légèrement plus forte que la réaction des garçons. La puberté semble n'avoir aucune influence sur la réaction ni dans l'un ni dans l'autre sexe.

A partir de ces éléments, il est difficile de voir

dans le serpent simplement un symbole sexuel marqué. Il semble plus vraisemblable que nous ayons affaire ici à une réaction innée d'aversion de notre espèce envers le serpent. Cela expliquerait non seulement l'affirmation précoce de la réaction, mais aussi son niveau extraordinairement élevé quand on la compare avec les autres antipathies ou préférences animales. Cela correspondrait aussi avec ce que nous savons de nos plus proches parents vivants, les chimpanzés, gorilles et orangs-outans. Ces animaux manifestent de même une grande crainte des serpents et là encore elle s'affirme de bonne heure. On ne l'observe pas chez les très jeunes singes, mais elle atteint son plein développement dès qu'ils ont quelques années, quand ils commencent à faire de brèves sorties sans la protection maternelle. Pour eux, une réaction d'aversion a manifestement une importante valeur de survie et a dû être également profitable à nos lointains ancêtres. On a soutenu pourtant que la réaction au serpent n'est pas innée, et qu'il s'agit seulement d'un phénomène culturel résultant de l'éducation. De jeunes chimpanzés, élevés dans des conditions d'isolement anormal, n'ont, paraît-il, pas manifesté de réactions de peur la première fois qu'on les a exposés à la présence de serpents. Mais ces expériences ne sont pas très convaincantes. Dans certains cas, les chimpanzés étaient trop jeunes lorsqu'on a fait les premières expériences. Si on les avait répétées quelques années plus tard, la réaction aurait fort bien pu se produire. Puis, les effets de l'isolement ont pu être si sérieux que les jeunes animaux en question étaient pratiquement des déficients mentaux. De telles expériences reposent sur une méconnaissance fondamentale de la nature des réactions innées, qui ne s'affirment pas sous une forme encapsulée, indépendamment de l'environnement extérieur. On devrait les considérer plutôt comme des prédispositions innées. Dans le cas de la réaction au serpent, il faut peut-être que le jeune chimpanzé ou le jeune enfant rencontrent auparavant un certain nombre d'objets effrayants dans les premières années de leur vie et qu'ils apprennent la peur. Les éléments innés dans le cas du serpent se manifesteraient alors sous la forme d'une réaction beaucoup plus massive à ce stimulus qu'aux autres. La peur inspirée par le serpent serait hors de toute proportion avec les autres craintes et c'est ce caractère disproportionné qui serait le facteur inné. La terreur provoquée chez les jeunes chimpanzés normaux mis en présence d'un serpent et l'horreur intense des serpents ressentie par notre propre espèce sont difficiles à expliquer autrement.

La réaction des enfants aux araignées suit un cours assez différent. Là, il y a une différence marquée d'un sexe à l'autre. Chez les garçons on observe un accroissement de la haine des araignées de quatre à quatorze ans, mais il est léger. Le niveau de la réaction est le même chez les filles jusqu'à l'âge de la puberté, mais après il présente une élévation spectaculaire, si bien qu'à quatorze ans il est le double de ce qu'il est chez les garçons. Il semble bien qu'ici nous ayons affaire à un important facteur symbolique. En termes d'évolution, les araignées venimeuses sont tout aussi dangereuses pour les mâles que pour les femelles. Il peut y avoir ou non une réaction innée à ces créatures dans les deux sexes, mais cela ne saurait expliquer le bond spectaculaire de la répulsion pour les araignées qui accompagne la puberté chez les femelles. Le seul indice que l'on possède ici, c'est l'affirmation répétée des femelles que les araignées sont des choses dégoûtantes et velues. La puberté, bien sûr, c'est le stade où des touffes de poils commencent à pousser tout aussi bien sur les garçons que sur les filles. Pour les enfants, l'aspect velu du corps doit apparaître comme un caractère essentiellement masculin. L'apparition de poils sur le corps d'une jeune fille doit donc avoir une signification plus perturbatrice (mais inconsciente) pour elle que chez un garçon. Les longues pattes de l'araignée sont plus velues et plus voyantes que celles d'autres petites créatures comme la mouche et c'est pour cela qu'elle est devenue le symbole idéal.

Telles sont donc les préférences et les antipathies que nous éprouvons lorsque nous rencontrons d'autres espèces. Ajoutées à nos intérêts d'ordre économique, scientifique et esthétique, elles finissent par constituer un ensemble de rapports inter-spécifiques d'une complexité sans pareille, et qui se modifient au cours des années. Nous pouvons résumer cela en disant qu'il y a « sept âges » dans les réactions inter-spécifiques. Le premier âge est la *phase infantile*, où nous sommes complètement dépendants de nos parents et où nous réagissons violemment aux très gros animaux en les utilisant comme symbole de parents. Le second est la *phase infantile-parentale*, où nous commençons à rivaliser avec nos parents et à réagir vivement aux petits animaux que nous pouvons utiliser comme substitut des enfants : c'est l'âge où nous avons un chien, un chat, un oiseau, etc. Le troisième âge est la *phase objective pré-adulte*, le stade où les intérêts exploratoires, d'ordre scientifique aussi bien qu'esthétique, en viennent à dominer les intérêts symboliques. C'est le temps où l'on chasse les insectes, le temps du microscope, des filets à papillons et des aquariums. Le quatrième est la *phase jeune adulte*. A ce stade, les animaux les plus importants sont les membres du sexe opposé au nôtre dans notre propre espèce. Les autres espèces perdent alors du terrain, sauf dans un contexte purement commercial ou économique. Le cinquième est la *phase parentale adulte*. Là, les animaux symboliques réapparaissent dans notre vie, mais cette fois en tant qu'animaux familiers pour nos enfants. Le sixième âge est la *phase post-parentale*, où nous perdons nos enfants et où une fois de plus nous pouvons nous tourner vers les animaux en tant que substitut d'enfants, pour les remplacer. (Dans le cas d'adulte sans enfant, le recours aux animaux en tant que substitut d'enfant peut, bien entendu, commencer plus tôt.) Enfin, nous atteignons le septième âge, la *phase sénile*, caractérisée par un regain d'intérêt pour la préservation et la conservation des animaux. L'intérêt à ce stade se concentre sur les espèces qui courent le risque d'extinction. Peu importe si elles sont séduisantes ou repoussantes, utiles ou inutiles, dès l'instant que leurs effectifs sont peu nombreux et en voie de diminution. Ainsi, des animaux qui se font de plus en plus rares comme le rhinocéros et le gorille, et qui sont si détestés des enfants, deviennent à ce stade l'objet de toutes les attentions. Il faut les « préserver ». L'équation symbolique ici est assez évidente : l'individu sénile est sur le point de s'éteindre personnellement et il utilise donc des animaux rares comme symbole de sa fin prochaine. L'intérêt qu'il porte à les sauver de l'extinction reflète son désir de prolonger sa survie.

Au cours des dernières années, l'intérêt pour la préservation des animaux s'est étendu dans une certaine mesure à des groupes d'âge plus jeune, sans doute à la suite du développement des armes nucléaires extrêmement puissantes. Leur énorme potentiel de destruction nous menace tous, quel que soit notre âge, d'une extermination immédiate, si bien que nous éprouvons tous maintenant un penchant affectif pour les animaux qui symbolisent la rareté.

Il ne faudrait pas croire toutefois que c'est là l'unique motif de préserver la vie sauvage d'espèces qui n'ont pas réussi. Il s'y ajoute des raisons parfaitement valables d'ordre scientifique et esthétique. Si nous entendons continuer à profiter des richesses du monde animal et à utiliser les animaux sauvages comme objets d'exploration scientifique et esthétique, il nous faut les protéger. Comme nous sommes une espèce hautement investigatrice, nous ne pouvons guère nous permettre de perdre une source de production aussi précieuse.

On mentionne aussi parfois des éléments économiques lorsqu'on évoque la conservation des espèces. On fait remarquer qu'une protection intelligente et qu'une exploitation contrôlée de certaines espèces sauvages peuvent aider les populations à court de protéines dans diverses parties du monde. Si c'est exact à court terme, les perspectives à long terme sont plus sombres. Au rythme affolant de notre accroissement, nous serons bientôt obligés de choisir entre eux et nous. Si précieuses que puissent être pour nous ces espèces sur les plans symbolique, scientifique ou esthétique, les conditions économiques joueront contre elles. Disons-le crûment : quand la densité de notre espèce atteindra un certain niveau, il ne restera plus de place pour les autres animaux. L'argument selon lequel ils constituent une source de nourriture indipensable ne résiste malheureusement pas à un examen sérieux. Il est plus efficace de manger directement une nourriture végétale que de la convertir en chair animale pour dévorer ensuite les animaux. A mesure que la demande d'espace vital s'accroîtra il faudra finir par prendre des mesures encore plus radicales et nous serons amenés à synthétiser nos produits alimentaires. A moins de pouvoir coloniser d'autres planètes sur une grande échelle et répartir ainsi la charge, ou bien trouver un moyen de contrôler sérieusement l'accroissement de notre population, il nous faudra, dans un avenir moins éloigné qu'on ne le croit, éliminer de la terre toutes les autres formes de vie.

J'ai l'air de faire du mélodrame, mais il n'est que de considérer les chiffres. A la fin du XVIIᵉ siècle, la population mondiale des singes nus n'était que de cinq cents millions. Elle s'est élevée aujourd'hui à trois milliards. Elle s'accroît toutes les vingt-quatre heures de cent cinquante mille individus. (Les autorités d'émigration interplanétaire verraient sans doute dans ce chiffre l'énoncé d'un problème décourageant.) D'ici à deux cent soixante ans, si le taux d'accroissement reste constant — ce qui est peu problable — il y aura sur terre une masse grouillante de quatre cents milliards de singes nus, ce qui représente un chiffre de quatre mille deux cent soixante-dix personnes au kilomètre carré sur toute la superficie des terres émergées. Pour présenter les choses autrement, disons que la densité de population que l'on rencontre aujourd'hui dans nos grandes villes s'étendrait au globe tout entier. La conséquence, pour toutes les formes de vie sauvage, est évidente. L'effet que cela pourrait avoir sur notre propre espèce n'est pas moins déprimant.

Inutile de nous appesantir sur ce cauchemar : il

y a peu de chances qu'il se réalise. Comme je l'ai souligné tout au long de ce livre, nous ne sommes guère plus qu'un simple phénomène biologique, malgré nos énormes progrès techniques. Nos idées grandioses et notre vanité sans limite n'y changent rien : nous demeurons d'humbles animaux, soumis à toutes les lois fondamentales du comportement animal. Bien avant que nos populations n'atteignent les niveaux envisagés plus haut, nous aurons enfreint tant de règles qui gouvernent notre nature biologique que nous nous serons effondrés en tant qu'espèce dominante. Dans notre complaisance, nous avons tendance à nous bercer d'illusions, imaginant que cela ne pourra jamais arriver, qu'il y a chez nous quelque chose de spécial, que nous sommes en quelque sorte au-dessus du contrôle biologique. Il n'en est rien. De nombreuses espèces remarquables se sont éteintes dans le passé et nous ne faisons pas exception à la règle. Tôt ou tard nous disparaîtrons, et nous laisserons la place à d'autres. Si nous voulons que ce soit dans un avenir plus lointain que proche, il nous faut alors nous considérer sans indulgence comme des spécimens biologiques et accepter nos limites. Tel est le but de ce livre, où nous sommes délibérément traités de singes nus, pour nous rabattre le caquet. Il est bon de garder un certain sens des proportions et de considérer ce qui se passe juste sous la surface de notre existence. Il est possible que dans mon enthousiasme j'aie quelque peu exagéré. J'aurais pu nous prodiguer des compliments mérités et vanter de nombreuses réussites magnifiques qui sont à notre honneur. En m'y refusant, j'ai certainement donné un tableau partial de la situation, car nous sommes une espèce extraordinaire et je n'entends pas le nier. Mais on l'a trop souvent répété. Quand on lance la pièce en l'air, on dirait qu'elle retombe toujours du côté face ; il m'a semblé utile d'en montrer un peu le côté pile. Malheureusement, notre puissance et notre réussite extra-ordinaires, en comparaison des autres animaux, nous inclinent à considérer nos humbles origines avec un certain mépris ; je ne m'attends donc pas à des remerciements. Notre ascension fut un enrichissement rapide et, comme tous les nouveaux riches, nous n'aimons guère qu'on évoque nos modestes débuts, si proches encore.

Il est des optimistes qui estiment que notre haut niveau d'intelligence et notre instinct puissamment inventif devraient nous permettre de retourner n'importe quelle situation à notre avantage ; que notre extrême souplesse nous aidera à modifier notre existence selon les nouvelles exigences que nous impose la situation présente et future ; que, le moment venu, nous aurons à faire face au problème de la surpopulation, à la disparition de toute intimité et de toute indépendance d'action ; que nous parviendrons à vivre comme des fourmis géantes et à contrôler nos sentiments d'agressivité, nos instincts territoriaux, et sexuels, ainsi que nos tendances parentales ; que notre esprit pourra dominer tous nos instincts biologiques fondamentaux. J'affirme que tout cela est une plaisanterie. Notre nature animale brute ne le permettra jamais. Certes, nous sommes adaptables. Certes nous sommes par comportement des opportunistes, mais il y a des limites à l'opportunisme. En soulignant dans ce livre nos caractères biologiques, j'ai essayé de montrer la nature même de ces limites. En les reconnaissant clairement et en nous soumettant à elles, nous multiplierons nos chances de survie. Cela ne signifie pas un naïf « retour à la nature ». Cela veut dire simplement qu'il nous faut adapter nos progrès aux exigences de notre comportement fondamental. D'une façon ou d'une autre nous devons nous développer sur le plan qualitatif plutôt que sur le plan quantitatif. Si nous y parvenons, nous pourrons continuer à progresser de façon spectaculaire dans le domaine de la technique sans renier l'héritage de notre évolution. Si nous n'y parvenons pas, nos instincts biologiques refoulés ne vont cesser d'augmenter leur pression jusqu'au moment où cédera le barrage. Alors tout le système compliqué de notre existence sera définitivement emporté par le nouveau déluge.

APPENDICE : SOURCES

Il est impossible de citer les nombreux ouvrages que j'ai consultés pour écrire *Le Singe nu*, mais j'énumère ci-dessous quelques-uns des plus importants, classés par sujet et par chapitre. On trouvera des références détaillées dans la bibliographie qui suit cet appendice.

CHAPITRE PREMIER. ORIGINES.

Classification des primates : Morris, 1965. Napier et Napier, 1967.

Évolution des primates : Dart et Craig, 1959. Eimerl et DeVore, 1965. Hooton, 1947. Le Gros et Clark, 1959. Morris et Morris, 1966. Napier et Napier, 1967. Oakley, 1961. Read, 1925. Washburn, 1962 et 1964. Tax, 1960.

Comportement des carnivores : Guggisberg, 1961. Kleiman, 1966. Kruuk, 1966. Leyhausen, 1956. Lorenz, 1954. Moulton, Ashton Eayrs, 1960. Neuhaus, 1953. Young et Goldman, 1944.

Comportement des primates : Morris, 1967. Morris et Morris, 1966. Schaller, 1963. Southwick, 1963. Yerkes et Yerkes, 1929. Zuckerman, 1932.

Chapitre II. Sexualité.

Cours chez les animaux : Morris, 1956.
Réactions sexuelles : Masters et Johnson, 1966.
Fréquence des schèmes sexuels : Kinsey, 1948 et 1953.
Auto-imitation : Wickler, 1963 et 1967.
Postures d'accouplement : Ford et Beach, 1952.
Odeurs préférées : Monicreff, 1965.
Ceintures de chasteté : Gould et Pyle, 1896.
Homosexualité : Morris, 1955.

Chapitre III. Éducation.

Tétée : Gunther, 1955. Lipsitt, 1966.
Réaction aux pulsations cardiaques : Salk, 1966.
Taux de croissance : Harrison, Weiner, Tanner et Barnicott, 1964.
Sommeil : Kleitman, 1963.
Stades de développement : Shirley, 1933.
Développement du vocabulaire : Smith, 1926.
Imitations vocales du chimpanzé : Hayes, 1952.
Pleurs, sourires et rire : Ambrose, 1960.
Expressions faciales chez les primates : Van Hooff, 1962.
Densité des groupes d'enfants : Hutt et Vaizey, 1966.

Chapitre IV. Exploration.

Néophilie et néophobie : Morris, 1964.
Dessins effectués par des singes : Morris, 1962.
Dessins effectués par de jeunes enfants : Kellogg, 1955.
Comportement exploratoire du chimpanzé : Morris et Morris, 1966.
Isolement durant l'enfance : Harlow, 1958.
Comportement stéréotypé : Morris, 1964 et 1966.

CHAPITRE V. AGRESSIVITÉ.

Agressivité chez le primate : Morris et Morris, 1966.
Modifications anatomiques : Cannon, 1929.
Origine des signaux : Morris, 1956 et 1957.
Activités de déplacement : Tinbergen, 1952.
Expressions faciales : Van Hooff, 1962.
Les taches-yeux en tant que signaux : Coss, 1965.
Rougissement des fesses : Comfort, 1966
Redirection de l'agressivité : Bastock, Morris et Moynihan, 1953.
Surpopulation chez les animaux : Calhoun, 1962.

CHAPITRE VI. ALIMENTATION.

Schèmes d'association mâles : Tiger, 1967.
Organes du goût et de l'odorat : Wyburn, Pickford et Hirst, 1964.
Régimes à base de céréales : Weiner, Tanner et Barnicott, 1964.

CHAPITRE VII. CONFORT.

Toilettage social : Van Hooff, 1962, Sparks, 1963. (Je suis notamment redevable à Jan Van Hooff de l'invention du terme « conversation de toilettage ».)
Glandes de la peau : Montagna, 1956.
Réactions de température : Harrison, Weiner, Tanner et Barnicott, 1964.
Soins « médicaux » chez les chimpanzés : Miles, 1963.

CHAPITRE VIII. ANIMAUX.

Domestication : Zeuner, 1963.
Animaux favoris : Morris et Morris, 1966.
Animaux détestés : Morris et Morris, 1965.
Phobies animales : Marks, 1966.
Explosion de population : Fremlin, 1965.

BIBLIOGRAPHIE

AMBROSE, J.A., *The smiling response in early human infancy* (Thèse, Université de Londres, 1960), pp. 1-660.

BASTOCK, M., D. MORRIS, and M. MOYNIHAN, Some comments on conflict and thwarting in animais. *Behaviour 6* (1953), pp. 66-84.

BEACH, F. A., *Sex and Behaviour* (Wiley, New York, 1965).

BERELSON, B. and G. A. STEINER, *Human Behaviour* (Harcourt, Brace and World, New York, 1964).

CALHOUN, J. B., « A behavioral sink », in *Roots of Behaviour,* (Harper and Brothers, New York, 1962), pp. 295-315.

CANNON, W. B., *Bodily Changes in Pain, Hunger, Fear and Rage* (Appleton-Century, New York, 1929).

CLARK, W. E. LE GROS, *The Antecedents of Man* (Edinburgh University Press, 1959).

COLBERT, E. H., *Evolution of the Vertebrates* (Wiley, New York, 1955).

COMFORT, A., *Nature and Human Nature* (Weidenfeld and Nicolson, 1966).

COSS. R. G., *Mood Provoking Visual Stimuli* (University of California, 1965).

DART, R. A. and D. CRAIG, *Adventures with the Missing Link* (Hamish Hamilton, 1959).

EIMERL, S. and I. DEVORE, *The Primates* (Time Life, New York, 1965).

FORD, C. S., and F. A. BEACH, *Patterns of Sexual Behaviour* (Eyre and Spottiswoode, 1952).

FREMLIN, J. H., « How many people can the world support ? » *New Scientist* 24 (1965), pp. 285-7.

GOULD, G. M. and W. L. PYLE, *Anomalies and Curiosities of Medicine* (Saunders, Philadelphia, 1896).

GUGGISBERG, C. A. W., *Simba. The Life of the Lion* (Bailey Bros. and Swinfen, 1961).

GUNTHER, M., « Instinct and the nursing couple ». *Lancet* (1955), pp. 575-8.

HARDY. A. C., « Was man more aquatic in the past ? » *New Scientist* 7 (1960), pp. 642-5.

HARLOW, H. F., « The nature of love ». *Amer. Psychol.* 13 (1958), pp. 673-85.

HARRISON, G. A., J. S. WEINER, J. M. TANNER and N. A. BARNICOTT, *Human Biology* (Oxford University Press, 1964).

HAYES, C., *The Ape in our House* (Gollancz, 1952).

HOOTON, E. A., *Up from the Ape* (Macmillan, New York, 1947).

HOWELLS, W., *Mankind in the Making* (Secker and Warburg, 1960).

HUTT, C. and M. J. VAIZEY, « Differential effects of group density on social behaviour ». *Nature* 209 (1966), pp. 1371-2.

KELLOGG, R., *What Children Scribble and Why* (Authors, edition, San Francisco, 1955).

KINSEY, A. C., W. B. POMEROY and C. E. MARTIN, *Sexual Behaviour in the Human Male* (Saunders, Philadelphia, 1948).

KINSEY, A. C., W. B. POMEROY, C. E. MARTIN and P. H. GEBHARD, *Sexual Behaviour in the Human Female* (Saunders, Philadelphia, 1953).

KLEIMAN, D., « Scent marking in the Canidae ». *Symp. Zool. Soc.* 19 (1966), pp. 167-77.

KLETTMAN, N., *Sleep and Wakefulness* (Chicago University Press, 1963).

KRUUK, H., Clan-system and feeding habits of Spotted Hyenas. *Nature* 209 (1966), pp. 1257-8.

LEYHAUSEN, P., *Verhaltensstudien an Katzen* (Paul Parey, Berlin, 1956).

LIPSITT, L., « Learning processes of human newborns ». *Merril-Palmer Quart. Behav. Devel.* 12 (1966), pp. 45-71.

LORENZ, K., *King Solomon's Ring* (Methuen, 1952).

LORENZ, K., *Man Meets Dog* (Methuen, 1954).

MARKS, I. M. and M. G. GELDER, « Different onset ages in varieties of phobias ». *Amer. J. Psychial.* (July 1966).

MASTERS, W. H., and V. E. JOHNSON, *Human Sexual Response* (Churchill, 1966).

MILES, W. R., « Chimpanzee behaviour : removal of foreign body from companion's eye ». *Proc. Nat. Acad. Sci.* 49 (1963), pp. 840-3.

MONICREFF, R. W., « Changes in olfactory preferences with age ». *Rev. Laryngol.* (1965), pp. 895-904.

MONTAGNA, W., *The Structure and Function of Skin.* (Academie Press, London, 1956).

MONTAGNU, M. F. A., *An Introduction to Physical Anthropology* (Thomas, Springfield, 1945).

MORRIS, D., « The causation of pseudofemale and pseudomale behaviour ». *Behaviour* 8 (1955), pp. 46-56.

MORRIS, D., The function and causation of courtship ceremonies. Fondation Singer Polignac. Colloque Internat. sur l'instinct, juin 1954 (1956), pp. 261-86.

MORRIS, D,. « The feather postures of birds and the problem of the origin of social signals ». *Behaviour* 9 (1956), pp. 75-113.

MORRIS, D., « Typical Intensity » and its relation to the problem of ritualization ». *Behaviour* 11 (1957), pp. 1-12.

MORRIS, D., *The Biology of Art* (Methuen, 1962).

MORRIS, D., « The response of animals to a restricted environment ». *Symp. Zool, Soc. Lond.* 13 (1964), pp. 99-118.

MORRIS, D., *The Mammals : A Guide to the Living Species.* (Holder and Stoughton, 1965).

MORRIS, D., « The rigidification of behaviour ». *Phil. Trans. Roy. Soc. London,* B. 251 (1966), pp. 327-30.

MORRIS, D., *Primate Ethology* (Weidenfeld and Nicolson, 1967).

MORRIS, R., and D. MORRIS, *Men and Snakes* (Hutchinson, 1965).

MORRIS, R., and D. MORRIS, *Men and Apes* (Hutchinson, 1966).

Morris, R. and D. Morris, *Men and Pandas* (Hutchinson, 1966).

Moulton, D. G., H. Ashton and J. T. Eayrs, « Studies in olfactory acuity. 4. Relative detectability of n-Aliphatie acids by dogs ». *Anim. Behav* 8 (1960), pp. 117-28.

Napier J. and P. Napier, *Primate Biology* (Academie Press, 1967).

Neuhaus, W., « Uber die Riechschärfe der Hunden für Fettsäuren ». *Z. vergl. Physiol.* 35 (1953), pp. 527-52.

Oakley, K. P., *Man the Toolmaker*. Brit. Mus. (Nat. Hist.) 1961.

Read, C., *The Origin of Man* (Cambridge University Press, 1925).

Romer, A.S., *The Vertebrale Story* (Chicago University Press, 1958).

Russell, C., and W. M. S. Russel, *Human Behaviour* (André Deutsch, 1961).

Salk, L., « Thoughts on the concept of imprinting and its place in early human development ». *Canad. Psychiat. Assoc. J.* II (1966), pp. 295-305.

Schaller, G., *The Mountain Gorilla* (Chicago University Press, 1963).

Shirley, M. M., « The first two years, a study of twenty-five babies ». Vol. 2, *Intellectual development. Inst. Child Welf. Mongr.*, Serial N° 8 (University of Minnesota Press, Minneapolis, 1933).

Smith, M. E., « An investigation of the development of the sentence and the extent of the vocabulary in young children ». *Univ. Iowa Stud. Child. Welf.* 3, N° 5 (1926).

Sparks, J., « Social grooming in animals ». *New Scientist* 19 (1963), pp. 235-7.

Southwick, C. H., *Primate Social Behaviour* (van Nostrand, Princeton, 1963).

Tax, S., *The Evolution of Man* (Chicago University Press, 1960).

Tiger, L., « Research report : Patterns of male association ». *Current Anthropology* (vol. VIII, N° 3, June 1967).

Tinbergen, N., *The Study of Instinct* (Oxford University Press, 1951).

Van Hooff, J., « Facial expressions in higher primates » ; *Symp. Zool, Soc. Lond.* 8 (1962), pp. 97-125.

WASHBURN, S. L., *Social Life of Early Man* (Methuen, 1962).

WASHBURN, S.L., *Classification and Human Evolution* (Methuen, 1964).

WICKLER, W., « Die biologische Bedeutung auffallend farbiger, nackter Hautstellen und innerartliche Mimikry der Primaten ». *Die Naturwissenschaften* 50 (13) (1963), pp. 481-2.

WICKLER, W., Socio-sexual signals and their intra-specific imitation among primates. In *Primate Ethology*, (ed. D. Morris) (Weidenfeld & Nicolson, 1967), pp. 68-147.

WYBURN, G. M., R. W. PICKFORD and R. J. HIRST, *Human Senses and Perception* (Oliver and Boyd, 1964).

YERKES, R. M. and A. W. YERKES, *the Great Apes* (Yale University Press, 1929).

YOUNC P. and E. A. GOLDMAN, *The Wolves of North America* (Constable, 1944).

ZEUNER, F. E., *A History of Domesticated Animals* (Hutchinson, 1963).

ZUCKERMAN, S., *The Social Life of Monkeys and Apes* (Kegan Paul, 1932).

Table

Composition réalisée par Jouve

Achevé d'imprimer en novembre 2008, en France sur Presse Offset par
Maury-Imprimeur - 45330 Malesherbes
N° d'imprimeur : 141494
Dépôt legal 1ᵉʳ publication : juillet 1976
Édition 23 - novembre 2008
LIBRAIRIE GÉNÉRALE FRANÇAISE - 31, rue de Fleurus -75278 Paris Cedex 0

30/2752/